슈킹의 정석

슈킹의 정석

초판 1쇄 발행 2021년 3월 3일

지은이 이인철
펴낸이 장길수
펴낸곳 지식과감성#
출판등록 제2012-000081호

디자인 장홍은
편집 장홍은, 최지희
검수 양수진, 최지희
교정 정은지
마케팅 고은빛, 정연우

주소 서울시 금천구 벚꽃로298 대륭포스트타워6차 1212호
전화 070-4651-3730~4
팩스 070-4325-7006
이메일 ksbookup@naver.com
홈페이지 www.knsbookup.com

ISBN 979-11-6552-698-6(03810)
값 13,000원

- 이 책의 판권은 지은이와 지식과감성#에 있습니다.
- 이 책 내용의 전부 또는 일부를 재사용하려면 반드시 양측의 서면 동의를 받아야 합니다.
- 잘못된 책은 구입하신 곳에서 바꾸어 드립니다.

지식과감성#
홈페이지 바로가기

이인철 장편소설

슈킹의
정석

나는 사채업자 슈킹뿐만 아니라
연애도 완벽하게 성공했다
이게 바로 작업의 정석이란 것이다

작가의 말

필자가 두려운 마음으로 《슈킹의 정석》을 집필하였습니다.
'슈킹'이란 돈을 받아내는 수금(收金)을 일본어로 발음한 것입니다. 우리 나라에서는 '남의 돈을 중간에서 가로챈다'는 의미의 은어입니다.
현우는 20여 일 만에 사채업자의 돈 40억을 슈킹(사기)합니다. 이 과정에서 사채업자와 치열한 두뇌싸움을 벌이게 됩니다. 현우가 처음 이 작업에 뛰어들었던 이유는 단지 돈 때문이었습니다. 만약 그가 작업이 성공한 후 휘파람을 불며 유유히 사라졌다면 저자는 이 글을 쓰지 않았을 겁니다. 힘들게 쟁취한 자신의 소유를 내려놓아야 하는 내면의 갈등에서 승리하는 모습을 담고 싶었습니다. 그리고 현우의 심리적 변화를 통해서 이 사회에 전하고자 하는 메시지가 있어서입니다.

이 책에는 현실에서 차별과 고통을 겪는 많은 사람들의 삶이 그려집니다. 그들은 멀리 있는 것이 아니라 바로 담장 하나를 사이로 늘 마주하는 이웃입니다.

우리는 누구나 현우와 같은 선택의 기로에서 인생을 살아가고 있습니다. 길 가다 걸인에게 돈을 주면 왠지 기분이 좋아집니다. 하지만 우리는 그 순간에도 갈등을 합니다. 그럴 때 이 글이 도움이 되었으면 하는 간절한 바람입니다.

진정한 삶의 가치는 과연 무엇입니까? 장수의 날보다는 얼마나 오랫동안 기억되느냐가 아닐까요.
책을 덮을 때 뭉클한 감동이 밀려올 것입니다.

그리고 부족한 졸작을 출간해 주신 '지식과감성#' 장길수 대표님과 편집인 정은지 님, 장홍은 님, 최지희 님께 감사드립니다.

이인철 배상

차례

작가의 말　　　　　　　　　　　　　　　　　／4

1　전야제　　　　　　　　　　　　　　　　／8
2　예행연습　　　　　　　　　　　　　　　／13
3　잘못된 만남　　　　　　　　　　　　　／41
4　운명의 선택　　　　　　　　　　　　　／51
5　출사표　　　　　　　　　　　　　　　　／54
6　작업의 서곡　　　　　　　　　　　　　／63
7　첫 아군과의 만남　　　　　　　　　　／72
8　디데이 16일 전　　　　　　　　　　　／89
9　두 번째 아군과의 만남　　　　　　　／103
10　작업 금액은 40억으로　　　　　　　／114
11　복수의 기회가 오다　　　　　　　　／129
12　첫 암호를 풀다　　　　　　　　　　／134
13　사채업자와의 두뇌 싸움　　　　　　／150
14　우정에 금이 가다　　　　　　　　　／159

15	독자 노선을 선언하다	/ 173
16	적과의 동침	/ 189
17	아군들을 모집하다	/ 198
18	아군에서 사랑으로	/ 206
19	바지의 등장	/ 220
20	작업 준비 끝	/ 232
21	D-day Ⅰ	/ 240
22	D-day Ⅱ	/ 249
23	바지의 판정승 Ⅰ	/ 267
24	바지의 판정승 Ⅱ	/ 280
25	바지의 판정승 Ⅲ	/ 290
26	바지의 판정승 Ⅳ	/ 292
27	영원한 동반자	/ 297
28	작업의 정석	/ 304

1
전야제

2005년 12월 1일 (토)

　현우는 커피숍 문을 열고 들어섰다. 구석진 자리에 앉아 있는 그들의 모습이 보였다. 현우와 눈이 마주친 동수가 세차게 손을 흔들었다. 그리고 옛 전우를 만난 듯 와락 껴안았다. 동인도 반가움에 어쩔 줄 몰라 했다.
　"현수 형은 전보다 훨씬 더 젠틀하네요."
　"문제는 돈이 없다는 거지."
　동인의 립서비스에 동수가 은근히 염장을 질렀다.
　"우리 만난 지 1년도 넘은 거 같은데?"
　"정확히는 아직 1년이 안 됐지. 현수 형이 첫 봉급 탄 기념으로 횟집에서 만났었잖아. 생각 안 나?"
　그러고 보니 동인의 말대로 미래부동산을 그만두고 두어 달 지나 한 번 만난 적이 있었다. 그것은 백수였던 현우가 취직한 기념으로 그들에게 한턱내는 자리였다. 현우 자신도 까마득히 잊고 있었는데, 장소까지 기억하는 동인이 대단했다.

"형. 어떻게 지내세요? 동수 형 말로는 그 회사 퇴사했다는 거 같던데… 고생이 심하겠네요."

동인의 위로에 현우는 자신이 초라하게 느껴졌다.

당시 한턱내던 자리에서 현우는 근무하는 회사의 장점과 비전을 나열하며 큰소리를 쳤었다.

"그러면 너, 요즘 돈 필요하겠네?"

"그, 그걸 어떻게?"

"돈 궁한 사람 눈 밑에는 엽전 주름이 지거든. 네가 지금 그 꼴이야."

동수가 또 갈구었다.

"내가 자의로 그만둔 건 아니고… 회사가 문 닫는 바람에 어쩔 수 없었어."

"야호! 잘됐네!"

'짝짝짝!'

갑자기 동수가 물개박수를 치며 기뻐했다. 현우는 무슨 영문인지 몰라 어리둥절했다.

"형은 참, 이번 작업에 현수 형이 필요하긴 하지만 직장 잃은 사람 앞에서 너무 심하잖아. 하여간 뇌가 없어. 뇌가."

동인이 쏘아붙이자 동수는 뒷머리를 긁적거렸다.

동인은 친형인 동수에게는 반말을 했지만, 불과 두 살 차이인 현우에게는 언제나 존댓말을 썼다.

"그러면 요새 뭐 하세요?"

"실업자 된 지 세 달이 넘었는데 직장 잡는 게 쉽지가 않네. 더욱이

전야제 9

특별한 기술도 없으니 말이야. 몇 군데 회사에 이력서 넣고 연락을 기다리는 중이야."

"그래도 넌 대학물까지 먹었으니 우리보다 취업하기가 쉽잖아. 게다가 외모도 멋있고. 내가 만약 너라면 걱정 하나 없겠다. 근데 현수야, 월급쟁이 해서 어느 세월에 집 사고 결혼하냐? 이따위 사회 구조로는, 부자는 계속 잘살겠지만 우리 같은 서민은 다람쥐 쳇바퀴 돌듯 맨날 요 모양 요 꼴이라고. 안 그러냐, 동인아?"

"그건 동수 형 말이 맞아요. 형도 잠깐 사채 사무실에서 일했으니 알겠네요. 고생은 직원들이 죽도록 하고 전주들이 다 가져가잖아요. 이런 빈익빈 부익부 사회에서 우리는 영원히 희망이 없다고요!"

전에 보았던 동인의 차분한 모습은 간데없고 그의 목소리는 격앙되었다.

현우는 그들을 만날 때마다 친형제인데 어쩌면 저리도 다를 수 있을까란 생각을 자주 했었다. 둘은 외모뿐만 아니라 성격에서도 확연히 달랐다. 동수는 크고 마른 체격에 곱슬머리이며, 광대뼈가 튀어나왔다. 그에 반해 동인은 작은 키에 통통한 근육질로 직모이며, 똘똘한 인상이다. 동수는 피부가 검었지만 동인은 희었다. 또 동수는 단순하고 덤벙대지만 동인은 꼼꼼하고 침착했다. 아마도 이들을 친형제라고 말하지 않는 한, 남남으로 보는 것이 더 자연스러웠다.

"그런데 오늘 왜 만나자고 했어?"

현우는 호기심의 눈길로 두 사람을 번갈아 쳐다봤다. 동수가 의식적으로 주위를 둘러보고는 그에게로 가까이 몸을 당겼다.

"끝내주는 계획이 있는데 함께하지 않을래?"

"뭔데? 이야기해 봐. 뭔지 알아야 하든지 말든지 하지."
"음… 음… 그게 말이야….."
동수는 막상 말할 용기가 없는지 헛기침을 하며 머뭇거렸다. 보다 못한 동인이 불쑥 끼어들었다.
"요즘 우리는 비자금 세탁하는 일을 하고 있어요."
"카드깡은 안 하고?"
"그 일은 그만둔 지 한참 됐어요."
"비자금 세탁이라는 게 뭐야? 정치자금이나 기업자금을 말하는 건가?"
현우는 '비자금 세탁'이라는 용어를 매스컴에서나 들었기에, 이 상황이 생뚱맞게 느껴졌다.
"남의 명의를 빌려 돈을 분산하는 거지요. 결국은 세금을 떼어먹는 거라고 보면 돼요."
그는 알 듯 모를 듯 했지만 아무튼 전의 카드깡보다는 스케일이 큰 일임은 틀림없었다.
"언제부터 했어?"
"조금 됐어. 일하게 되면 금방 알게 될 거야. 우리 재회의 기쁨을 축하하는 의미에서 한잔하는 게 어때?"
"그래요. 오랜만에 만났으니 마음껏 마셔요."
신이 난 동수가 어느 음식점에 예약 전화를 하느라 바빴다.
택시를 타고 간 곳은 유명 한우 고깃집으로, 가격이 만만치 않은 음식점이었다. 동수가 신용카드를 꺼내며 으스댔다.
"오늘은 내가 쏠 테니까 맘껏 먹어."

"그래, 고맙다."

"여기 한우가 아주 죽여. 투뿔뿔짜리라고. 돼지고기는 왜 이런 감칠맛이 없나 몰라."

"아직 덜 익은 것 같은데?"

"원래 소고기는 이렇게 먹는 거야. 그래야 육즙이 안 빠져."

"그러냐? 알았다."

'삼겹살에 핏기만 가셔도 입에 처넣던 녀석이….'

동수는 볼때기가 미어터지도록 고깃덩어리를 밀어 넣었다. 현우도 고기 한 점을 삼켰지만 아무 맛도 나지 않았다.

그들은 2차로 룸살롱까지 갔다. 거기서 두 사람은 지갑에서 만 원짜리를 집히는 대로 꺼내 아가씨들에게 뿌렸다. 현우는 이들의 씀씀이가 전과 다르게 크고 헤퍼졌다는 것만이 기억 속에 또렷이 남았다.

2
예행연습

12월 3일 (월)

   일찍 집에서 출발한 현우는 동인이 알려 준 장소로 가려고 전철에 몸을 실었다. 어제저녁, 그로부터 연락을 받았다. 그저께 말했던 일을 하게 되었으니 오전 9시에 동수와 만나서 동행하라는 것이다. 또한 정장 차림을 당부했다. 현우는 모처럼 양복에 넥타이를 매고 머리에 무스도 발랐다.

   도착한 곳은 어느 아파트 입구의 상가 건물이었다. 그 건물 2층에는 K은행이 입점해 있었다. 그는 9시에 왔지만 동수는 아직 오지 않았다. 은행 문을 열려면 30분이 남았기에 현우는 은행으로 통하는 상가 출입구에 서 있었다. 자판기에서 커피를 꺼냈을 때, 동수와 낯선 사내의 모습이 눈에 띄었다. 동수가 사내의 귀에 뭔가 속삭이더니 혼자 걸어왔다. 멀지 않은 거리의 사내는 조금 불안한 기색을 보였다.

   금테 안경에 코트까지 걸친 동수의 변신에 현우는 깜짝 놀랐다.
   "야, 너 웬일이야. 스타일 멋지네!"
   "지금 장난할 때가 아니야."

현우와 다르게 동수의 목소리는 긴장되었다.

"현수야, 저 사람이 K은행에서 돈을 찾을 건데, 혹시 돈을 갖고 튈지 모르니까 잘 감시해야 돼. 알았지?"

동수는 턱짓으로 사내를 가리키며 낮게 말했다.

"어떻게 하면 되는데?"

"이 은행 출입문이 두 개인데 내가 저 사람과 같이 들어갈 거니까 너는 정문 밖에서 지키면 돼."

현우 쪽을 힐끗힐끗 쳐다보던 사내는 동수가 손짓하자 천천히 다가왔다. 사내는 50대 중반쯤으로 새 양복을 걸쳤으나 체격이 왜소해선지 어색해 보였다. 마치 막 노동을 마치고 세탁소에서 빌려 입은 느낌이랄까. 밑으로 처진 눈매가 고분고분한 인상이었다.

동수를 사이에 두고 두 사람은 가벼운 눈인사를 나누었다. 곧이어 약속이라도 한 듯 동수가 앞장서고 뒤이어 사내와 현우가 상가 계단을 올라갔다. 둘은 은행 안으로 들어가고 현우는 투명 유리의 정문 밖에 서 있었다. 변두리 지점이라 직원도 적었고, 청원경찰 아가씨만이 분주히 돌아다녔다. 사내의 뒷모습이 창구에서 보이다가 사라지곤 했다. 안쪽으로 고객 대기석이 있는지 동수는 보이지 않았다. 현우는 왠지 불안해 연신 입술에 침을 발랐다.

한동안 내부를 주시하던 그는 답답하여 복도 끝으로 가 창문을 열어젖혔다. 이어 담배 한 모금을 깊게 빨아 단숨에 내뿜었다. 순식간에 밀려든 차가운 바람이 연기를 휘감아 얼굴을 때렸다. 건너편 아파트에 조경된 나뭇가지가 자신의 마음처럼 심하게 흔들리고 있었다. 돌아가는 안의 상황을 몰라 미칠 것만 같았다. 초조한 기다림에는 담배만 한 해소제가 없어 두 개비째를 입에 물었다.

"현수야, 이제 가자!"

깜짝 놀라 뒤를 돌아보니 계단을 총총 내려가는 그들의 등이 반쯤 보였다.

상가를 나오자마자 동수는 어디론가 전화를 걸었다.

"어떻게 됐어? 다 끝난 거야?"

현우의 물음에 동수는 손가락으로 동그라미를 만들어 OK 사인을 보냈다. 일사불란하게 대로로 나온 그들은 택시를 잡아탔다. 조수석에는 사내가, 두 사람은 뒷좌석에 앉았다. 일부러 동수가 그렇게 한 것 같았다.

"잠실 K은행 커피숍 앞에서 세워 주세요."

차가 출발하자 동수는 안도의 숨을 내쉬고는 가만히 현우의 옆구리를 쿡 찔렀다. 그리고 안주머니에서 종이 몇 장을 꺼내 그의 손에 슬쩍 쥐여 주었다. 조금 전 은행에서 발급받은 자기앞수표였다. 수표를 본 현우의 동공이 커졌다. 수표에는 0이 무려 8개나 인쇄되어 있었다. 현우는 숨죽여 숫자를 세기 시작했다.

'…십만, 백만, 천만, 억!?'

떨리는 음성을 억누르며 재차 확인하였으나 틀림없었다. 그것도 네 장이나.

'4억!'

감탄사가 저절로 튀어나올 뻔했다. 현우는 얼른 손으로 입을 막았다. 지금껏 살면서 이런 거액을 만져 본 적이 없어 순간 꿈인가 싶었다. 살짝 허벅지를 꼬집으니 아픔이 느껴진다. 꿈이 아닌 현실이다.
'어찌 이런 일이….'
온몸의 핏줄이 솟구치며 심장이 벌렁거렸다. 현우는 심호흡을 길게 하고는 냉정을 찾아야 한다고 생각했다.
"자금 세탁한 돈이야?"
그는 운전기사의 눈치를 살피며 동수의 귀에 속삭였다. 동수는 고개를 끄덕였다.

그들이 개선장군처럼 커피숍으로 들어서자, 이미 와서 기다리던 동인이 보였다. 그의 곁자리에는 큼직한 베이지색 가방이 두 개 놓여 있었다. 사내는 동인과 구면인지 아는 체를 했다. 동수가 사내에게 귓속말로 뭐라고 하자 그는 조금 떨어진 자리로 가서 혼자 앉았다.
"예상보다 일이 빨리 끝났네. 수표 줘 봐."
"여기 있어."
동수가 주머니에서 수표를 꺼내 건넸다. 동인이 수표를 두 번이나 세어 보고는 돌려주었다. 이렇게 큰돈을 자연스럽게 주고받는 두 사람의 모습에 현우는 적잖이 놀랐다.
"동수 형, 이제부터가 중요한 거야. 내가 말한 대로 침착하게 행동해야 돼. 알았지?"
비장한 말투였다.
"현수 형. 동수 형이 K은행에 갈 건데 형도 함께 갔으면 좋겠는데요?"
동인은 대로 건너편 고층 건물 1층의 K은행을 손짓으로 가리켰다.

현우에게는 부탁 아닌 반명령으로 들렸다.

"형은 마스크가 호남형이니 동행하면 신뢰가 갈 거예요. 특별히 할 일은 없고 병풍 역할만 하면 돼요. 작업은 동수 형이 다 알아서 할 거고요."

"그래, 현수야. 너는 들러리만 서면 돼. 같이 가자, 응? 응?"

동수까지 조르는 바람에 현우는 난처한 입장이 되었다. 거절하자니 매정한 것 같고, 한편으론 자금을 세탁하는 과정이 궁금했다. 현우는 결국 승낙하고 말았다. 어쩌면 호기심이 발동했는지도 모른다.

"잠깐만요, 저 사람과 할 이야기가 있어서요."

동인은 사내가 있는 자리로 옮기더니 무언가 속닥였다. 동인만 혼자 남고 세 사람은 K은행으로 향했다.

그들이 은행에 들어선 시각은 오전 11시였다. 이 은행은 조금 전 들렀던 K은행과는 비교가 안 될 정도로 넓고 직원도 많았다.

창구로 간 동수는 조심스레 직원에게 말을 걸었다.

"저, 시디를 사러 왔는데요."

"그러세요? 시디는 과장님 담당이시니 잠시만 기다리세요."

여직원은 중년 여자에게 쪼르르 달려갔다. 그 여자의 책상에는 과장이라는 명패가 세워져 있었다. 시디를 사러 왔다니까 동수를 부유층으로 알고는 유난히 친절하게 대했다.

"시디를 구입하러 오셨다면서요? 그러시면 상담실로 가시지요."

과장은 행장실 옆에 있는 사무실로 안내했다. 상담실은 현우가 은행에 수없이 왔어도 평소 눈에 띄지 않던 곳이다. 하긴 그의 신분으로는 부의 증식을 논의할 재산이 없었기에 당연할 수도 있다.

실내는 고급스런 장식으로 꾸며졌고 접대용 차와 과자가 놓여 있었다. 현우는 푹신한 소파에서 과장이 권하는 차를 마셨다. 대기표를 뽑고 전광판에 자기 순번이 나타나기만을 기다렸던 자신의 모습을 떠올리고는 마치 상류층이 된 듯하여 기분이 좋았다.

"시디를 얼마나 구입하시려고요?"

"4억입니다. 1억짜리 네 장으로요."

불쑥 사내가 과장 앞에 수표를 내놓았다.

"오늘자 저희 은행 1억짜리 자기앞수표네요. 시디 발행할 고객님께서 이 거래신청서를 작성하여 주시고요. 죄송하지만 신분증을 좀 주시겠습니까?"

과장은 수표와 신청서, 신분증을 대기하던 여직원에게 건넸다. 이어 그녀는 자기 은행에서 모집하는 펀드와 금융 상품 판매에 열을 올렸다.

돌아온 여직원에게 시디를 받은 과장은 한 장 한 장 꼼꼼히 확인하고는 말했다.

"이 시디는 6개월 만기로 세금 공제하고 3.8%의 이자가 붙습니다. 앞으로 저희 지점을 자주 이용해 주시고 언제든 전화 주시면 최선을 다해 모시겠습니다."

과장은 명함을 사내와 동수, 현우에게 차례로 주었다. 그녀는 이 기회에 부유층을 단골 고객으로 유치하려는 듯 정문까지 배웅했다.

세 사람은 빠른 걸음으로 횡단보도를 건너 커피숍에 들어섰다.

어디엔가 전화를 하던 동인이 우르르 들어오는 그들을 보고는 급히 전화를 끊었다. 동인과 사내는 다른 자리에서 다시 무언가 속삭이기 시작했다.

"너, 시디라는 거 못 봤지? 자, 여기 있어."

동수가 건넨 지폐보다 조금 큰 종이 중앙에는 '양도성예금증서'라는 글자가, 왼쪽에는 수입인지가 붙어 있었다. 금액란에는 '1억 원' 한글과 아라비아 숫자가 박혔다.

현우는 시디가 무기명 채권의 하나이고 최초 발행인과 최종 소유자의 신분만 확인하며 유통 과정에서는 실명 확인이 필요 없는 것으로 알고 있다. 그래서 비자금이나 불법정치자금 등 '검은 돈'의 세탁용으로 자주 활용된다는 것과 상속이나 증여 시 세금을 피하기 위해 사용하는 정도는 알지만 직접 본 적은 처음이다. 그는 시디를 이리저리 살펴보며 가슴이 뛰었다. 도대체 오늘 1억짜리 돈을 몇 번이나 만지작거리는지, 스스로도 신기할 따름이다.

"현수 형, 지금부터 동수 형하고 저 사람과 같이 다니세요."

'이놈 봐라. 이제 대놓고 명령질이네?'

순간 현우는 기분이 상했으나 낯선 사내 앞에서 성질내는 것이 창피하여 꾹 참았다. 사실 그보다는 동인이 그의 손에 쥐어 준 쪽지에 혹했음이 솔직한 심정이다. 그래서 부아가 치밀어 올랐지만 억누를 수밖에 없었다.

조금 전의 일이었다. 시디를 보고 난 후, 현우는 소변이 마려워 화장실에 갔다. 어느새 뒤따라온 동인이 윙크와 함께 그의 주머니에 뭔가를 집어넣고는 휙 나가 버렸다. 현우는 의아한 표정으로 메모지를 펼쳤다.

'오늘 일 끝나면 형 몫도 있을 거예요.'

배당금이 얼마인지는 모르겠지만 고생한 대가를 지불한다는 것이 아닌가! 방금 전까지 그에게 불쾌했던 감정이 눈 녹듯 사라졌다. 이것이 평범한 인간의 본성이다. 현우도 보통 사람이다. 지금 백수인 그의 처지로서는 난데없는 희망의 빛이 나타난 것이다.

'그래, 이제껏 국가가 나에게 뭘 해 줬는데? 쥐꼬리만 한 봉급에서 꼬박꼬박 세금만 떼어 갔잖아.'

현우는 이 일에 명분을 내세우며 자신을 합리화했다. 또 개인이 아닌 정부를 상대로 한 세금 포탈이라 생각하니 죄의식도 별로 느껴지지 않았다. 어떤 면에서는 희열이 일기도 했다. 그는 상상의 나래를 펼치며 중얼거렸다.

"천만 원을 주려나? 아니야, 3천만 원은 줄 거야. 원래 동인이의 성격은 화끈하잖아!"

꿀꺽, 목울대가 울렁거렸다. 현우는 채무자에게 받은 차용증인 양 쪽지를 고이 접어서 지갑에 넣고는 행진하듯 화장실을 나왔다.

"어디로 가는데?"

"명동 사채 사무실요."

"뭐 하러?"

"이 시디를 현금으로 바꿀 거예요. 그쪽에다 연락해 놨으니 형은 따라만 가면 돼요. 그리고 이 가방에 돈을 넣고 나오면 끝나요."

동인이 가방을 툭툭 쳤다.

현우는 커피숍을 나올 때 의식적으로 앞장섰다. 이런 액션이라도 취해야 배당금을 받을 때 조금이라도 떳떳할 것 같아서다.

'하루 반나절 만에 3천만 원을 버는 나 같은 고급 인력이 어디 있단 말인가!'

얼굴에는 엔도르핀이 돌았고 걸음걸이에는 힘이 차 있었다.

그들은 서둘러 택시를 탔다. 명동까지 가는 길은 교통체증이 심해 시간이 꽤 걸렸다. 근처에 이르자 동인은 사채 사무실에 전화하여 정확한 위치를 다시 물었다. 곧 방문하겠다는 그의 말에 그쪽에서는 점심시간이라 밖이라고 하는 것 같았다. 시계를 본 동인은 뭔가 차질이 생긴 듯 인상을 찡그렸다. 이어 퉁명스럽게 말했다.

"지금 사무실에 없대요. 우리도 점심 먹고 하죠."

현우는 아침밥을 걸러 빈속임에도 오전 내내 긴장 탓인지 배고픔도 느낄 수 없었다.

그들은 사채 사무실에서 가까운 한가로운 식당을 찾아 들어갔다. 주문을 받고 돌아서는 종업원에게 사내는 화장실이 어디냐고 물었다. 종업원이 가리키는 방향을 향해 그는 부리나케 뛰었다. 그때를 기다리기라도 한 듯 동인이 빠르게 입을 놀렸다.

"동수 형, 그쪽에다 만 원권으로 준비해 놓으라고는 했지만 혹시나 해서 말하는 거야. 무조건 현금으로 받아야 해. 수표는 절대 안 돼. 만약 낌새가 이상하다 싶으면 화장실 가는 척하고 나한테 전화하는 거 잊지 말고. 알았지?"

"걱정하지 마."

동수는 자기만 믿으라며 가슴을 쿵쿵 두드렸다. 두 사람의 모습에 현우는 불현듯 첩보 영화의 긴박한 장면이 떠올랐다. 식사를 마친 후 동인은 커피숍에서 기다리기로 하고 세 사람은 사채 사무실로 향했다.

그러고 보니 지금까지 누구 한 사람 동인의 지시와 통제에 토를 달거나 대꾸한 적이 없었다. 마치 전쟁에서 상관의 명령을 거부하면 불복종죄로 처벌받을까 두려워하는 부하처럼.

모든 일은 동인의 각본대로 한 치의 오차도 없이 진행되고 있었다. 예외라면 차가 밀려 사채 사무실과의 미팅이 점심 이후로 미루어진 것이다. 그런데 이 예외가 나중에 엄청난 파장을 일으킬 줄은 아무도 몰랐다. 물론 동인도 늦은 미팅에 잠깐 짜증만 냈을 뿐 대수롭지 않게 여겼다.

사채 사무실은 주변 건물들에 비해 허름해 보이는 6층 빌딩의 4층에 입주해 있었다. 세 사람은 엘리베이터를 타고 4층에서 내렸다. 현우와 동수의 손에는 대형 가방이 한 개씩 들려 있었다. 복도 막다른 끝에 '금강기업'이란 돌출간판이 눈에 띄었다. 동수는 숨을 힘껏 들이켜고는 노크를 했다.

"시디 교환 건으로 전화 드린 사람인데요. 점심시간 지나서 찾아뵙기로 했거든요."

"예. 연락 받았어요. 잠시만 기다리세요."

여직원은 사무적인 투로 대답했다. 그들은 어색한 몸동작으로 두리번거리며 소파에 앉았다. 여직원이 커피를 내놓았다. 밖에서 보던 것과 달리 사무실 안은 값비싼 도자기와 수석으로 꾸며져 있었다. 특히 큰 책상은 중앙에 화려한 나전칠기가 박혀 골동품처럼 보였다. 그 책상을 뒤로 한 의자에서 오침 중이던 대머리 중년 남자에게 여직원이 다가가 뭐라고 속삭였다. 대머리가 거드름을 피우며 소파로 천천히 걸어왔다. 잔다란 키에 똥배가 불룩 튀어나온, 눈매가 날카로운 인상이었다.

"처음 뵙겠습니다. 우 전무라고 합니다. 시디 교환하러 오셨다면서요?"

중저음 목소리에는 왠지 거만함이 배어 있었다. 몇 가락 남지 않은 머리카락을 뒤로 넘기자 기름기가 번지르르한 이마가 번쩍였다.

"교환하실 금액이 얼마지요?"

"4억입니다."

동수가 탁자 위에 시디 네 장을 올려놓았다.

"이게 다입니까? 더 없어요? 저희는 작은 금액은 취급하지 않고 보통 10억 이상만 거래하는데….."

우 전무는 교환 금액에 실망한 듯 무시하는 투로 뒷말을 흘렸다. 현우는 이쪽 계통은 잘 모르지만, 어쨌든 4억이 작다는 그가 거대해 보였다. 순간 우 전무는 현우와 동수를 경계의 눈빛으로 훑었다. 시디를 교환하러 온 손님이 생각보다 젊어서다.

"오전에 전화 드릴 때 그런 말씀이 없었는데요?"

당황한 동수의 목소리가 떨렸다. 예측 못 한 상황이 벌어진 것이다.

잠시 뜸을 들인 우 전무는 선심 쓰듯 말했다.

"오시느라 고생도 하셨고, 오래 기다렸으니 교환해 드리지요."

세 사람은 동시에 안도의 숨을 내쉬었다. 그런데 시디 발행일자를 확인한 우 전무의 눈이 휘둥그레졌다.

"아니, 이 시디는 당일 자로 발행된 건데 오늘 바꾸시게요?"

사실 그가 놀라는 것도 무리는 아니었다.

시디란, 만기일 전에는 은행에서 현금으로 바꿀 수가 없다. 이것이 자기앞수표와의 차이점이다. 이 기간 동안 은행에서는 시디 금액만큼 돈을 활용하므로 발행인에게 소정의 이자를 지급하는 것이다. 만약 급박한 사유가 있다면 만기 전이라도 사채 사무실에 2% 정도의 수수료를 주고 현금으로 교환할 수 있다. 하지만 오늘 발행한 시디를 당일 교환한다는 것은 상식적으로 이해가 안 된다. 시디를 발행한 날에 수수료를 손해 보며 다시 현금으로 바꾸는 미친 사람이 어디 있겠는가!

우 전무가 놀라는 이유가 바로 여기에 있는 것이다. 시디에 관해 문외한인 동수는 안절부절못했다. 우 전무는 의심의 눈으로 동수를 쨰렸다. 곧이어 그 눈빛이 현우와 사내에게로 옮겨 갔다. 그들은 모두 요주의 인물로 낙인찍혔다. 한순간 분위기는 싸해지고 긴장감이 흘렀다. 현우는 심장박동이 마구 뛰었다. 사내는 불안한 듯 다리를 꼬았다 풀었다를 반복했다.

'어떡하든 이 상황을 모면해야 해!'

꼴깍, 마른침을 삼킨 현우가 이 정적을 깼다. 어쩌면 저녁에 받을 배당금에 대한 의무감이라 할 수도 있었다. 간곡한 표정으로 선수를 쳤다.

"갑자기 피치 못할 사정이 생겨 현금이 필요해서요. 만약 이 시디가 가짜 같아서 의심스러우시면 발행 은행에다 진위 여부를 확인해 보시지요?"

"음, 음. 그래요."

우 전무는 헛기침을 하며 자리로 돌아가 수화기를 집어 들었다.

"거기 잠실 K은행이지요? 시디 담당자 부탁드립니다. 다름이 아니라 오늘자 1억짜리 시디 네 장을 발행하셨나요? 맞다고요… 그러면 일련번호를 확인했으면 하는데요. …네. 네. 알겠습니다."

우 전무는 그제야 의심의 눈초리를 거두며 말했다.

"이상 없다니까 교환해 드리지요."

현우는 마치 롤러코스터를 타는 심정이었다.

"가능하면 수표 말고 전부 만 원권으로 주셨으면 합니다."

정신을 가다듬은 동수가 '만 원'에 힘을 주었다.

"그건 걱정할 필요가 없습니다. 은행에서 현금으로 찾으면 되니까요. 그런데 이 시디 발행인은 누구입니까?"

"이 사람입니다."

동수가 사내를 가리켰다. 갑작스런 지목에 사내는 깜짝 놀라 고개를 번쩍 들었다.

"예, 예, 접니다."

"거래신청서는 갖고 왔지요?"

사내는 미세하게 떨리는 손으로 봉투에서 거래신청서를 꺼냈다. 거래신청서를 본 우 전무는 어이없다는 표정을 지었다.

"이거는 사본 아닙니까? 시디를 교환하려면 원본이 필요해요. 다시 은행 가서 반드시 원본으로 받아 와야 합니다. 오늘 교환하려면 빨리 서둘러야 할 거예요. 4시까지는 도착해야 저희가 돈을 준비할 수 있습니다."

우 전무는 고개를 갸우뚱하며 중얼거렸다.

"은행에서 실수로 원본과 바뀌었나 보네. 아니면 깜빡했나?"

사무실 벽시계는 2시를 막 지나고 있었다. 세 사람은 누가 먼저랄 것도 없이 급히 사무실을 나왔다. 6층에 고정된 엘리베이터가 내려오는 시간을 참지 못한 그들은 비상계단을 이용해 아래로 내달렸다.

커피숍에 들어서자 이미 동인은 사채 사무실에서의 일을 아는 듯한 얼굴이었다. 사채 사무실에서 동수가 화장실을 간다며 잠깐 밖으로 나간 적이 있었다. 아마도 그때 전화하여 보고한 것 같았다. 동인과 사내가 한 탁자에, 뒤로 칸막이를 사이에 두고 두 사람이 앉았다. 현우는 커피를 주문했다. 지금의 커피 맛은 부드럽고 그윽하다. 같은 커피라도 은행과 사채 사무실에서의 맛이 다른 이유는 긴장의 차이라고 생각했다. 사실은 배당금이 눈앞에 보여서다.

"이제 거래신청서 원본을 받아서 그 사무실에 갖다주면 끝나는 거지? 빨리 은행에 가야 되는 거 아냐?"

"동인이가 다 알아서 할 거야. 걱정 안 해도 돼."

조급한 현우에 비해 동수는 담배 연기로 도넛을 만들어 공중으로 날리며 여유를 부렸다.

'하긴 낙천적인 성격이 너의 매력이기도 하지.'

동인과 사내는 조용히 이야기를 나누었다. 잔잔한 클래식 음악 소리에 현우는 두 사람의 대화를 들을 수 있었다. 동인이 손가방에서 두툼한 봉투를 꺼내 탁자 위에 올려놓았다.

"약속한 천만 원입니다. 그동안 수고하셨습니다."

"다음 일은 언제 있나요?"

"조만간 있을 겁니다. 그때 다시 연락드리겠습니다. 저희가 드린 대포 폰은 갖고 계십시오."

"당연하지요."

사내는 허리를 굽실거리며 돈 봉투를 가슴에 품고 일어났다. 출입문을 나서는 사내의 얼굴은 세상을 다 얻은 듯 환해 보였다. 사내가 길 건너편으로 완전히 사라진 것을 확인한 세 사람은 커피숍을 나왔다.

"지금 어디 가는데?"

"아마 이 부근에 동인의 차가 있을 거야."

"차가 있으면 명동 올 때 그 차를 타고 오지 그랬어?"

"너, 바보 아냐? 그러면 바지가 우리 차종과 넘버를 기억하잖아. 자폭하란 거야?"

현우는 그제야 '바지'란 사내를 지칭하는 말이고, 그 불편함을 감수해야 하는 이유를 알아차렸다. 대로변 골목을 끼고 돌자 주차장에 번쩍이는 그랜저가 있었다. 현우가 동인이의 승용차를 보는 것은 처음이다.

'며칠 전 1년여 만에 만났을 때 왜 자기 차를 타고 오지 않았을까? 일부러라도 자랑하고 싶었을 텐데… 아직은 나를 바지처럼 의심한다는 거네.'

현우는 여기까지 생각이 미치자 섭섭한 마음을 떨칠 수가 없었다. 동인이 두 사람을 향해 얼른 타라는 손짓을 했다. 그리고 시동을 걸며 중얼거렸다.

"서두르지 않으면 늦겠는데."

차가 출발하자 동수는 사채 사무실에서 있었던 일들을 과장하여 떠벌리기 시작했다. 그러면서 자신의 역할을 치켜세웠다. 그의 무용담에 맞장구를 쳐 주던 동인은 차가 밀리자 초조한지 자주 시계를 보았다.

K은행으로 가는 길은 올 때보다 더 밀려 도심 한복판을 관통하기가 쉽지 않았다. 시간이 지날수록 상냥한 내비게이션 아가씨의 음성이 그들을 점점 불안하게 만들었다.

"이러다간 어렵겠어. 오늘은 은행에서 거래신청서만 받고 내일 처리해야겠는걸."

동인은 3시를 가리키는 계기판 옆의 디지털시계를 보며 체념한 듯 말했다.

"동수 형, 저 S은행 앞에 차를 세울 테니 ATM기에서 나머지 돈을 다 인출해 와. 일단 돈부터 찾는 게 상책일 것 같아. 어차피 명동 일은 오늘 힘들고 K은행은 마감 시간 안에만 도착하면 되니까."

동수가 재빠르게 현금인출기 박스로 들어갔다. 현우는 조마조마하여 연신 담배를 빨아댔다. 열린 창으로 들어온 찬바람이 담배 연기와 맞부딪쳐 회오리를 일으켰다.

이때 얼굴이 하얗게 질린 동수가 헐레벌떡 뛰어 들어왔다.

"동인아, 어서 출발해. 인출이 정지됐어!"

"무슨 말이야? 자세히 말해 봐!"

"사고 계좌로 나오더니 체크카드를 먹어 버렸어."

"벌써?"

놀란 동인이 급히 액셀을 밟았다.

"이상하네. 이렇게 빨리 터질 리가 없는데… 조금 전 잔액조회를 할 때까지만 해도 괜찮았는데… 어떻게 된 거지?"

운전대를 잡은 동인의 손이 바르르 떨렸다.

교차로 건너편으로 K은행의 돌출간판이 보였다. 원래 은행 앞에 세워질 차는 빠른 속도로 지나쳤다. 100여 미터를 지나 갓길에 정차한 동인은 지갑에서 K은행 과장의 명함을 꺼냈다. 그리고 휴대폰 버튼을 천천히 눌렀다. 현우와 동수는 왠지 죄인처럼 그의 눈치를 살피며 숨을 죽였다.

"K은행이지요? 시디 담당 과장님 부탁드립니다. 오늘 오전에 1억 시디 네 장을 발행한 사람입니다. 거래신청서 원본이 필요한데 지금 방문해도 될까요?"

"어디세요? 빨리 오셔야겠는데요. 시디 교환으로 받은 자기앞수표가 사고 수표로 접수되었어요. 그래서 일단 시디도 지급 정지시켰고요. 당장 오셔서 해결하셔야 되겠는데요?"

시디를 교환할 때 친절했던 음성은 간데없고 빚 독촉하는 채권자마냥 앙칼진 목소리가 휴대폰 너머로 튀어나왔다.

"예, 알겠습니다. 곧 찾아뵙도록 하지요."

과장의 다급함에 비해 오히려 동인은 차분하게 전화를 끊었다. 이어 통화한 휴대폰에서 배터리를 분리했다.

"우 전무가 은행에 시디를 조회할 때만 해도 이상이 없었고 방금 잔액을 찾을 때 사고 계좌로 나왔으니까 조금 전에 사고 접수를 했다는 건데… 원본만 있었다면 완벽하게 작업을 끝낼 수가… 길어야 2시간 차이로 실패했다는 건가! 으, 으…!"

동인은 상처 입은 야수처럼 앓는 소리를 냈다.

차 안은 연막탄을 터트린 양 세 사람이 피우는 담배 연기로 자욱했다. 갑자기 동수가 목에 핏대를 세우며 버럭 소리를 질렀다.

"거 봐! 내가 위험하더라도 저번처럼 현금으로 찾자고 했지! 그랬으면 이런 불상사가 생기지 않았잖아. 애초부터 일을 복잡하게 만든 게 잘못이야. 작업비만 몇천 날렸으니 이제 어떡할 거야?"

"형도 알다시피 통장이 부족해서 이체를 몇 번 못했고 한 번에 거액을 찾으면 의심받을까 봐 그랬지. 사채 사무실에서 시디만 있으면 바로 현금으로 바꿔 준다기에… 그게 더 안전하다고 생각했어. 거래신청서 원본이 필요한지는 나도 몰랐어. 확실히 알아봤어야 했는데… 내 불찰이야. 정말 미안해."

"이 시디는 휴지 조각이 됐으니 네 마음대로 해!"

동수가 시디를 대시보드에 탁 놓고는 문을 박차고 나갔다. 순간 분위기가 서늘해졌다.

"현수 형, 아침부터 고생했는데 아무 소득이 없어서 어떡해요. 잘 됐으면 형 몫도 챙겨 주려고 했는데…."

"나야 뭐 괜찮은데… 동인아, 하나만 물어봐도 될까? 비자금 세탁이 안 된 거야?"

현우는 자신의 배당금이 날아간 감정을 애써 숨기며 물었다.

솔직히 울고 싶을 정도로 무지 속이 쓰렸다.

사실 '사고 계좌', '지급 정지' 등의 말을 들었을 때 '무언가 잘못되어 가는구나'라고 어렴풋이 느낄 수 있었다. 그래서 물어보려는 찰나에 동수가 불만을 터트린 것이다.

"자세한 건 이따가 말해 줄게요."

"응, 그래."

조금 후 잔뜩 찌푸린 얼굴의 동수가 돌아왔다.

"원본만 가져갔어도 지금 4억은 우리 수중에 있는 건데…."

'꽝!'

아직도 미련을 못 버린 동수는 억울한지 글로브박스를 내리쳤다.

얼마쯤 달렸을까?

누구도 동인에게 목적지를 묻지 않았다. 계획대로라면 원본을 갖고 명동으로 갈 차는 도심을 벗어나 한적한 곳에 다다랐다. 비닐하우스가 밀집된 지역이었다. 길을 닦은 지 얼마 되지 않은 듯 아스팔트에서 올라오는 휘발성 냄새가 코를 찔렀다. 동수가 K은행 과장과 통화했던 휴대폰을 신경질적으로 짓밟고는 비닐하우스를 향해 멀리 내던졌다. 허공으로 담배 연기를 내뱉는 동인의 축 처진 어깨가 길 잃은 나그네처럼 쓸쓸해 보였다.

'좀 더 신중했어야 했는데 실수다. 내가 놈을 너무 얕봤어.'

독백을 날리고 차로 들어온 동인이 디지털시계를 뚫어지게 쳐다보았다. 시간은 녹색 빛을 발하며 5시를 넘어가고 있었다. 이빨로 아랫입술을 잘근거리던 동인은 휴대폰을 집어 들었다.

"해룡금융이죠? 사장님을 바꿔 주십시오. 오늘 4억짜리 잔고증명 사고가 있었죠? 제가 그 잔고 작업한 사람입니다. 지금 시디를 갖고 있는데 협상을 했으면 합니다."

"뭐라고예? 잔고증명 사고예? 우리 그런 일 없으니 허튼소리 하지 마이소. 행여 그렇다 치더라도 4억은 애들 껌값이니 당신 마음대로 하이소."

'딸깍.'

투박한 사투리가 쩡쩡 울리더니 일방적으로 전화를 끊었다. 동인은 전혀 예상치 못한 상대방의 반응에 벙찐 표정이다.

"자식들, 구린 데가 있으니 아예 시침을 딱 떼네. 자기들 하는 일이 불법이니까 사고가 났어도 신고를 못하고. 아마 환장할 거야."

"저쪽에서 세게 나오는 이유가 시디를 정지시켜 놨으니 돈 떼일 염려는 없다는 거지. 시간이 걸려 그렇지 피사체를 걸면 나중에 돈을 찾을 수 있을 거고. 만일 슈킹을 당했다는 소문이 퍼지면 이 업계에서 자기네만 망신이니까 모른 척하는 거야."

동인은 벌겋게 상기된 얼굴로 시동을 걸었다. 어느새 차는 시내로 접어들었다.

"어디 기는 거야?"

동수의 물음에 동인은 대꾸도 않은 채 휴대폰 번호를 꾹꾹 눌렀다.

"화백이 형님이세요? 저 동인이에요. 형님, 그 일 계속하시지요? 사고 시디가 있는데 처리가 안 될까요? K은행 시디인데 1억짜리 네 장으로 4억이에요. 적어도 절반은 받을 수 있다던데요?"

"상황마다 다르지만 그렇게는 못 받아. 그건 네가 잘못 안 거야."

"만약 후려치는 업자라면 다른 데 알아볼 겁니다. 형님, 일단 만나서 이야기하지요."

스피커폰에서 흘러나오는 사내의 음성에 동인은 단호히 받아친 후 전화를 끊었다.

"다른 데 어디로? 또 아는 데 있어?"

"아냐 없어. 장난치지 말라고 그냥 해 본 소리야. 그쪽 라인은 이 사람 밖에는 몰라."

동인은 손을 휘저었다.

약속한 2층 커피숍은 사방이 통유리로 둘러싸여 시원한 느낌을 주었다. 10여 분이 지나자 둥근 베레모에 콧수염을 기른 중년 사내가 들어왔다. 그의 콧수염은 비스마르크처럼 팔자 모양이어서 언뜻 화가나 철학자를 연상케 했다.

"어디 줘 봐!"

그런데 시디를 살펴보던 사내의 눈동자가 커졌다.

"아니… 이 시디 당일 발행인데 오늘 터졌단 말이야? 이런 건 처음 보네. 어떻게 된 거야?"

"자세한 건 모르고요. 사실은 저도 아는 사람에게 부탁을 받았어요."

"누구? 이 사람들이야?"

"아녜요, 이 형들은 관계없어요. 형들, 인사하시지요. 화백이 형님이에요."

"조화백이란 사람입니다. 아쉽게도 화가는 아닙니다. 만나서 반갑습니다. 하하하!"

우렁찬 목소리와 유머스러움이 특징인 사내였다.

"그나저나 당일 발행일자 사고 시디를 매입하는 업자가 있을지 모르겠네. 최소한 열흘이라도 지나야 오리발을 내밀 수 있을 텐데. 너도 알잖아. 사고 수표 처리하는 거. 더구나 이건 시디라서 더 까다로울 거야. 쉽지는 않겠지만 가능할 수도 있어."

사내는 걱정하면서도 한편으론 자신감을 내비쳤다.

"화백이 형님, 수고비는 충분히 생각해 드릴게요. 절반이 힘들면 그 밑이라도 해 보세요."

동인의 목소리가 사정조로 바뀌었다.

"나야 많이 받으면 좋지. 그만큼 커미션도 비례할 테니까. 헤헤…."

사내는 헤벌쭉거리며 전화를 걸기 시작했다.

"유 사장, 나 화백이야. K은행 시디인데 1억짜리 네 장으로 4억이야. 그런데 문제는 오늘 발행한 건데 오늘 터졌다는 거야. 어떻게 안 될까? …곤란하다고? 30%까지도 안 될까? …그것도 힘들다고? 알았어…."

사내는 어두워진 낯빛으로 손가락을 바삐 움직였다.

"박 사장, 나야 조화백. 다름이 아니라 K은행 사고 시디를 갖고 있는데 1억짜리로 네 장이야. 근데 발행일자가 오늘인데 당일에 터졌어. 몇 %까지 가능하겠어? …수수료가 문제가 아니라 이건 돌릴 수가 없다고? 그래, 다음에 봐."

사내의 통화가 길어질수록 세 사람은 입술이 바짝 타들어갔다.

"10%라도 안 될까? …아예 매입을 안 한다고? 다른 방법이 없겠어?"

애걸하던 사내는 포기한 듯 힘없이 휴대폰을 떨구었다. 그리고 갈증이 나는지 주스를 벌컥벌컥 마시고는 울상으로 변했다. 현우는 보기가 안쓰러워 창가로 고개를 돌렸다. 아마 그도 자기처럼 행운의 로또가 날아가는 안타까운 심정이리라!

"이 시디는 어렵겠어. 잘 됐으면 서로 좋았을 텐데. 이거 무척 아쉽구먼."

"할 수 없지요. 형님, 고생하셨는데 저녁이라도 함께 하시지요."

"아니야. 작업이 성공했으면 몰라도⋯ 동인아, 오늘 일 부담 갖지 말고 또 연락해라. 그럼, 두 분도 다음에 뵙도록 합시다."

가볍게 목례를 한 사내는 맥없는 걸음으로 나갔다. 현우는 사내의 뒷모습을 바라보며 그의 본업이 무엇일까 무척 궁금했다.

"이제 다 끝난 거야? 우리 지금까지 헛고생한 거야?"

동수가 허탈한 음성으로 적막을 깨뜨렸다. 창밖을 바라보던 동인이 천천히 현우를 향해 고개를 돌렸다.

"현수 형, 이제 사실대로 말할게요. 그리고 형에게 할 이야기도 있고요."

동인은 경계하듯 주변을 빙 둘러 살피고는 낮게 말했다. 손님이 듬성듬성 있었지만 그들 가까운 자리에는 아무도 없었다.

"형, 같이 작업하지 않을래요?"

"왜 하필 나야?"

"현수 형은 인간답지 않은 일을 인간답게 하는 재주가 있거든요."

"어째 말 속에 뼈가 있네."

"농담이에요."

"현수야, 그거 욕 아니고 칭찬이야."

"군소리 그만하고 뭔지 알아야 하든지 말든지 하지. 오늘 일은 어떻게 된 거야? 진작 묻고 싶었는데 겨우 참은 거야. 먼저 너희가 하는 일을 그대로 털어놔 봐."

현우는 콧수염 사내가 있는 동안에 곰곰이 추리해 보았지만 의문은 풀리지 않았다. 오히려 거머리처럼 달라붙는 의혹이 증폭되었다.

"우리 비자금 세탁하는 것 아니에요. 형한테 거짓말해서 미안해요."

"그럼, 뭔데? 빨리 말해 봐."

"사실은…."

현우의 재촉에 동인은 곤혹스런 표정으로 망설였다. 이때 동수가 바지 뒷주머니에서 민첩하게 지갑을 꺼내는 흉내를 냈다. 순간 현우는 그 모습이 소매치기를 나타내는 행동이란 걸 직감적으로 알아챘다.

"사채업자를 등치는 거야. 한마디로 그 사람들의 돈을 슈킹하는 거지."

"사기를 친다는 말이야? 그런데 그거 위험한 일 아니야? 물론 쉬운 일도 아닐 테지만."

이어 '그거 범죄 아니야?'란 말이 튀어나오려 했으나 차마 거기까지 내뱉으면 안 될 것 같아 입을 꾹 닫있다.

"아까 너도 차 안에서 들었겠지만 그들이 하는 잔고증명이 불법이라 절대 신고를 못 해. 그 문제는 안심해도 돼."

동수는 마치 자신이 재판장으로 판결을 내리듯 이 일의 안전성에 자신만만했다.

"형, 그건 동수 형 말이 맞아요. 저들이 하는 잔고증명의 돈은 대부분 전주들 것이에요. 전주들은 전면에 나서지 않고 잔고업자를 내세워 돈놀이를 하지요. 만약 사고가 터져 신고를 하면 잔고업자는 불법으로 처벌받는 것은 물론이고 전주들과도 연결이 될 수밖에 없어요. 명동 전주들 중에는 우리나라 지하 경제를 움직이는 큰손들이 많다고 들었거든요. 그런데 우리에게 슈킹 당했다는 소문이 나면 그 잔고업자는 스폰서인 전주들에게 능력 부족으로 자금줄이 끊길 수가 있어요. 그래서 도리어 자기들이 쉬쉬하는 거지요. 이 바닥이 생각보다 좁거든요. 전주 입장에서도 잔고업자가 자금의 실소유자를 불면 당국에 세금 포탈이 드러나지요. 오히려 잔고업자보다 더 몸 사리며 감출 수밖에 없어요. 잔고업자와 전주의 공생 관계가 다행히도 우리에게는 보호망이 되는 거지요."

이제야 현우는 어느 정도 감이 왔다. 아직은 수박 겉핥기 정도지만.

"이 바닥에서 제일 나쁜 놈이 누군 줄 아세요?"

"글쎄…."

"돈 많이 가진 놈들. 그놈들은 돈 뒤에 숨어서 더 나쁜 일을 하거든요."

"거기에 비하면 우린 천사야. 할렐루야!"

동수가 두 팔을 활짝 뻗었다.

"현수 형, 잔고증명 알지요?"

"응, 공사 입찰을 할 때 자금 능력 여부를 확인하는 것 아냐? 또 이민이나 유학을 갈 시에 생활 능력을 증명하는 돈으로 알고 있는데."

"맞아요. 잔고증명이란 원칙적으로 자기 돈으로 해야 돼요. 그런데 그 돈이 부족한 사람은 잔고업자에게 비싼 수수료를 주면서 의뢰할 수밖에 없지요. 잔고업자는 의뢰인 명의의 통장으로 돈을 입금시키고 다음 날 일찍 인출해 가요. 이때 입금된 돈을 우리가 순간적으로 빼내는 거예요."

"하루 만에 한다고? 그게 가능해?"

화들짝 놀란 현우가 소리쳤다.

"현수, 현실 감각이 많이 떨어졌네. 너도 차 안에서 확인했잖아. 자기들이 약점이 있으니까 그런 일 없다고 잡아떼는 거. 오늘 거래신청서 원본만 있었어도 성공한 거 알잖아."

동수는 분한 듯 손으로 무릎을 쳤다.

"설계는 동인이가 다 할 거야. 너와 나는 동인이가 시키는 대로만 하면 돼. 현수야, 하자. 응? 우리도 만날 이렇게 살 수는 없잖아. 그 사람들은 몇백 억 부자들이라 이 정도 갖고는 꿈쩍도 안 해. 너도 들었잖아. 4억이 껌값이라는 거. 그런 놈들에게 껌값 좀 적선받는다고 생각해."

"나도 현수 형이 같이 했으면 좋겠어요. 사실 주위에 사람이 없는 것은 아니지만 형처럼 호감 가는 스타일이 필요하거든요. 물론 서로의 믿음이 중요하겠지만요."

동인은 '믿음'이란 단어에 의식적으로 힘을 주었다.

"갑자기 이런 제안을 해서 어안이 벙벙할 거예요. 지금 결정하라는 것은 아니에요. 다만, 분명한 건 그들은 결코 신고를 못 하니 안심해도 된다는 거지요. 그리고 이번을 마지막으로 그만둘 거예요. 꼬리가 길면 잡히거든요. 형들에게 약속할게요."

'이번을 마지막'이라는 말에 현우는 '그럼 전에도 했다는 거야?'라는 물음이 목구멍까지 차올랐지만 꾹 삼켜 버렸다.

'저번처럼 현금으로 찾자고 했잖아'라는 동수의 말까지 유추하면 굳이 처음이냐고 물어볼 필요도 없었다. 어쩌면 몇 번째냐는 질문이 더 정확할지 모른다.

"반죽은 제가 다 할 테니 형은 몸만 오면 돼요. 넉넉잡아 한 달 안에 끝나요. 현수 형이 고생한 건 평생 직장생활을 안 해도 될 만큼 충분히 보상할게요."

"우리 동인이 믿고 가 보자. 이놈이 이쪽으로는 도통했어. 아마 지켜보면 깜짝 놀랄 거야. 우리도 폼 나게 한번 살아 봐야지. 현수야, 할 거지? 응? 응?"

"너희들 마음은 알겠는데 이런 일이 처음이라 생각할 시간이 필요할 것 같아."

현우는 오늘 일들이 파노라마처럼 스치며 프로그램이 뒤섞인 양 머리가 혼란스러웠다.

"현수야, 너무 생각이 많으면 인생이 고달픈 거야."

"만일 형이 안 한다면 다른 사람을 구해야 돼요. 그러니 모레까지는 확답을 주세요. 세부적인 건 형이 합류하면 알려 줄게요. 전 현수 형을 믿어요."

'믿어요'라는 말이 현우에게는 은연중 부담으로 다가왔다.

'나도 나 자신을 모르는데 무엇을 믿는다는 말인가!'

"배고프지 않아? 한참을 굶었더니 배꼽시계가 요동친다. 요동쳐."

"배고프긴. 배만 불룩하고만."

"아냐, 인마. 이건 등짝이 꺼진 거야."

언제 심각했냐는 듯 동수의 야단법석에 동인이 비꼬았다. 어느덧 시간은 저녁 9시를 지나고 있었다.

그들은 식당에 들어서자마자 술부터 시켰다. 빈속에 소주를 연거푸 마신 현우는 긴장이 풀리며 취기가 올랐다. 침울한 술자리는 일어날 때까지 이어졌다.

현우는 집으로 오면서 고민을 했다. 물론 돈 욕심도 있지만 두려웠다. 이 길을 선택하는 것이 과연 옳은지를 자신에게 끊임없이 되물었다. 수많은 생각이 엉키는 바람에 머리가 터질 듯 욱신거렸다. 태어나서 이렇게 긴 하루와 복잡한 날은 처음이다. 술기운에 몸은 축 늘어졌으나 웬일인지 정신은 점점 또렷해졌다. 현우는 그끄저께 동수와의 전화 통화를 떠올리고는 밤잠을 설쳤다.

3
잘못된 만남

11월 30일 (금)

'삐리리, 삐리리.'

현우는 휴대폰 벨소리에 잠이 깼다. 이어 술이 덜 깬 소리로 전화를 받았다.

"여보세요?"

"저, 혹시 강현수 씨 휴대폰 아닙니까?"

"예, 그런데요."

"현수야! 나야, 나. 기억 안 나?"

익숙한 목소리인데 언뜻 이름이 생각나지 않았다.

"전에 우리 금융사무실에서 만났었잖아. 나 장동수라고, 그래도 모르겠어?"

순간 강렬한 인상의 동수와 그의 동생인 동인의 얼굴이 떠올랐다.

"아, 동수! 네가 웬일이야. 그동안 잘 지냈어?"

"응, 자세한 것은 만나서 이야기하기로 하고. 너 요즘 어떻게 지내냐? 아직도 그 회사 다니고 있어?"

"아니."

"내일 시간 좀 있냐? 만나서 꼭 할 말이 있어서 그래. 옛날 우리 사무실 옆에 있는 다방 알지? 내일 오후 3시에 거기로 나와. 알았지?"

현우도 오랜만에 그들이 보고 싶어졌다. 몽롱한 상태에서 전화를 끊고는 중얼거렸다.

"그런데 꼭 할 말이란 게 뭐지."

그는 두 사람을 만났던 1년 전의 기억 속으로 빠져들어 갔다.

그 시절 현우는 다니던 회사가 부도나 다른 직장을 알아보던 중이었다. 하루는 친한 선배의 사무실에 놀러간 적이 있었다. 부동산 담보대출을 하는 비교적 큰 사채 사무실로 선배의 직함은 부장이었다. 미래부동산은 직원이 20여 명이었는데, 김 이사가 모든 업무를 관장했다. 현우의 사정을 잘 알던 선배는 새로운 직장을 구할 때까지 일하라는 호의를 베풀어 주었다. 그는 몇몇 중소기업에 이력서를 넣었으나 번번이 탈락하여 낙심하던 차였다. 사채 사무실이라 찜찜하였으나 당장 생활비가 궁했기에 달리 선택의 여지가 없었다.

현우가 하는 일이란 일단 지역정보지를 수거한다. 그런 후 동종업체 중에서 소규모 사채 사무실에 전화를 건다. 작은 사채 사무실은 전주들이 거의 없다. 그래서 한 번에 큰돈이 나가는 부동산 담보대출은 잘 취급하지 않는다. 대부분은 금융기관에 대출을 알선해 주고 소정의 수수료를 받는 신용대출이 위주다. 이런 사무실에 연락하여 담보대출 손님이 있으면 자기 사무실로 연결시켜 달라고 한다. 만약 계약이 성사되면 전체 수수료에서 일부를 떼어 주겠다는 것이다. 예를 들어 대출금 1억의 3%인 300만 원을 수수료로 받는다면 1%인 100만 원을 지급한다. 단지 소개만 하는 그들 입장에서는 적지 않은 부수입이 생긴다. 현우 사무실은 대출자가 원금을 다 갚을 때까지 매달 들어오는 2~3%의 이자가 고정수입이다. 그리고 연체된 카드 금액을 대납하여 주고 수수료를 받는 일을 부업으로 했다.

신용카드는 원칙적으로 물건을 사는 데 사용해야 한다. 그런데 돈이 궁한 사람은 즉시 현금을 융통하기 위해 허위 매출을 발생시키는 카드깡을 한다. 대납으로 카드가 되살아나도 수수료를 주려면 어차피 카드깡을 다시 할 수밖에 없다. 보통 대납 수수료는 10%이고 카드깡 수수료는 20%이므로 불과 며칠 만에 30%의 살인적 이자가 된다. 당장 발등의 불은 끌지 몰라도 빚은 폭발적으로 늘어난다. 그런데 카드깡은 여신금융법 위반으로 불법이어서 다른 사채 사무실에 의뢰하고 있었다.

현우가 사무실에 출근한 지 사흘쯤 되었을 때 카드 대납 건이 들어왔다. 그때 카드깡을 하러 간 곳이 바로 동수의 사채 사무실로 10분 정도의 가까운 거리였다.

낡은 건물의 좁은 계단을 올라가 '한빛기획'이란 간판이 붙은 문을 열었을 때 두 사람은 한창 바둑을 두고 있었다. 실내는 아담했고 봉우리 맺힌 난 화분이 눈에 띄었다. 현우는 가벼운 목례를 하고는 방문한 용건을 말했다.

"미래부동산에서 오셨지요? 아까 연락 받았습니다. 차는 뭘로 하시겠어요?"

"커피로 하지요."

"동인아, 커피 좀 시켜라. 그런데 처음 뵙는 분 같은데요?"

"일한 지 며칠 안 되었습니다. 잘 부탁드립니다."

"무슨 말씀이세요. 오히려 우리가 잘 보여야지요. 덕분에 편안히 돈 버는 건 저희인데요. 하하하!"

동수는 과도하게 웃으며 너스레를 떨었다. 차 주문을 마친 동인이 다가왔다.

"카드가 몇 장이지요? 오늘은 금액이 좀 크네요."

동인은 자리로 돌아가 카드 한도를 조회하기 시작했다.

"어떻게 불러야 되는지요? 저는 장 부장이라고 합니다."

동수가 스스럼없이 악수를 청하며 명함을 내밀었다. 명함에는 '한빛기획 부장 장동수'라고 인쇄되어 있었다. 현우는 그가 자기보다 서너 살은 위일 거라고 추측했다.

"강현우입니다. 아직 명함을 준비하지 못했습니다."

"현수 씨, 바둑 두세요? 몇 급 정도예요?"

"잘 못 둡니다. 한 7, 8급 될지 모르겠네요."

"그러세요? 저희와 비슷하네요. 동인아, 현수 씨 급수가 우리와 동급이니까 서로 겨뤄 보는 게 어때?"

정신없이 카드 체크기에 승인을 내고 있는 동인을 향해 그가 소리쳤다.

"좋지! 현수 씨, 괜찮지요?"

"아, 네, 네."

그런데 좀 전부터 동수가 현우의 이름을 현수로 잘못 부르는 바람에 동인도 따라 현수라 불렀다. 그는 자기 이름이 현우라고 다시 말하려다 그들이 겸연쩍어 할 것 같아 그냥 두었다. 또 굳이 본명을 밝힐 필요성도 느껴지지 않았다. 어쩌면 자신은 이들과 다른 부류라는 교만함을 내포하고 있었는지도 모른다. 그러나 이것이 나중에 현우의 완전범죄에 도움이 될 줄은 그도 결코 생각지 못했다.

"형, 은행에 가서 돈 좀 찾아와."

"알았어. 커피 오면 마시고 갈게."

분명 동수가 형인 거 같은데 동생에게 고분고분한 행동이 이상하게 보였다. 동수는 밀어 놓았던 바둑판을 당기며 물었다.

"현수 씨가 보기에 이 판 어때요? 제가 좀 이긴 것 같지요?"

"그렇기는 한데… 지금부터 마무리가 중요할 거 같은데요."

겉보기에 동수의 흑이 우세처럼 보였지만 빈틈이 많아 불안한 형세였다. 그는 현우의 바둑 평을 자기에게 유리한 뜻으로 해석했는지 얼굴이 밝아졌다.

그때 노크 소리와 동시에 다방 아가씨가 폴짝 들어왔다. 매서운 날씨임에도 미니스커트에 보라색 립스틱을 진하게 바른 아가씨였다. 몸에서 발산하는 싸구려 화장품 냄새가 코를 진동시켰다. 그녀는 동수에게 바짝 붙어 앙칼을 부렸다.

"동수 오빠, 나한테 배달 안 시키고 정말 최 양만 부를 거야?"

"생사람 잡지 마라. 넌 주문할 때마다 없던데."

"그런가? 하여간 나 안 부르면 가만 안 둘 거야. 알았지?"

"그래. 알았어."

아가씨는 맞은편 현우도 의식 않고 동수의 사타구니를 툭툭 쳤다. 동수는 기분이 좋은 듯 그녀의 손을 자기의 허벅지에 문지르며 느물거렸다.

"근데 동수 오빠, 어제 여기서 한판 붙었다며? 최 양 말로는 오빠들이 포커 판을 싹 쓸었다며? 그 계집애가 팁 많이 받았다고 얼마나 자랑하던지 부러워서 혼났단 말이야. 다음엔 꼭 나를 불러야 해!"

"그래그래. 동인이도 있으니까 서비스 죽여주는 아가씨와 같이 와라."

어느새 동수의 손은 그녀의 어깨를 넘어 가슴을 더듬고 있었다. 현우는 낯선 광경에 슬쩍 고개를 돌렸다.

"형, 지금 뭐 하는 거야. 현수 씨도 있는데 창피하게시리."

동인은 눈을 부릅뜨고 쏘아봤다.

"김 양, 헛소리 그만하고 일어나. 그리고 여기서 그런 거 한다고 다른 데 가서 말하면 절대 안 돼. 아니면 배달처 바꿀 거야. 명심해!"

"네…."

동인의 레이저 눈빛에 그녀는 모기 소리로 대답했다. 이어 언제 그랬냐는 듯 동인이 부드럽게 말했디.

"자, 찻값. 나머지는 사우나나 해."

만 원권 다섯 장을 손에 쥔 아가씨는 신나서 엉덩이를 찰랑거리며 나갔다.

"형, 빨리 은행 갔다 와야지. 올 때 박 사장에게 들려 결재 받는 거 잊지 말고."

동수는 억지로 등 떠밀려 가는 양 미적미적 문을 나섰다. '결재받는다'는 말로 미루어 직접 가맹점을 내고 카드깡을 하는 것이 아니라 센터링만 하고 수수료를 챙기는 것 같았다.

"현수 씨, 이거 초면인데 부끄럽네요. 자주 차를 시키고 허물없이 지내다 보니 형이 장난으로 한 거예요."

"괜찮아요. 개의치 마세요. 그런데 장 부장님이 돌아오시려면 한참 걸리나요?"

"아마도 1시간 남짓 걸릴 겁니다."

어느덧 시간은 4시를 훌쩍 넘어가고 있었다.

"형이 올 동안 바둑 한 번 두실래요?"

"그러지요."

현우는 무료함을 달래려 흔쾌히 받아들였다. 초중반에는 동인의 세력이 좋았으나 종반으로 갈수록 현우의 실리가 앞섰다. 마지막에는 패가 걸려 서로의 한 수에 승패가 엎치락뒤치락하는 상황이 되었다. 바둑은 현우가 아슬아슬하게 몇 집을 이겼다.

"잘 두었습니다. 저보다 한 수 위인 것 같네요. 다음에 다시 도전하겠습니다."

"별말씀을요. 도리어 제가 많이 배웠습니다."

동인은 근소한 차이로 진 것이 못내 아쉬웠던지 바둑판에서 눈을 떼지 못했다.

이때 동수가 들어왔다. 그가 돈을 받고 일어서려는데 이번에는 동수가 대국을 신청했다. 바둑은 동수의 대마가 잡혀 돌을 던짐으로써 현우의 불계승으로 싱겁게 끝났다.

"동인아, 저녁도 되었는데 현수 씨와 밥 먹으러 가는 거 어때? 우리

상대하느라 고생도 하셨는데."

"그렇게 하시지요?"

뜻밖의 식사 제의에 그가 머뭇거리자 동인도 곁에서 거들었다. 현우는 예의상 사양하다 한 끼를 때우자는 생각에 못 이기는 척 승낙했다.

그들은 근처 식당으로 갔다.

"현수 씨는 왠지 이쪽 계통과는 어울리지 않는 사람 같아요. 나이가 어떻게 되세요? 고향은 어디예요? 그전에 뭐 하셨어요?"

동수가 한꺼번에 여러 가지를 물어왔다.

"유통회사에서 근무했는데 얼마 전에 부도났지요. 새로운 직장을 얻을 때까지 미래부동산에서 일하려고요. 나이는 올해 서른셋입니다. 고향은 서울이고요."

"어! 동수 형하고 동갑이네."

동인이 놀라며 목소리 톤을 높였다. 현우도 반사적으로 동수에게 시선을 돌렸다. 졸지에 어색한 분위기가 되었다. 이를 깨려는 듯 동수가 양손으로 머리카락을 쓸어 넘기며 말했다.

"왜들 쳐다보고 그래? 나의 원숙미를 질투하는 거야?"

"동수 형은 나이보다 얼굴이 삭았다니까. 현수 씨가 정상이고 형은 겉늙은 거라고. 안 그래요 현수 씨?"

"보기 나름이지요."

"그게 아니라 현수 씨가 동안이라니까. 그렇지요?"

"아마도 그런 거 같아요."

"현수 씨가 그렇다고 하잖아. 고로 네 눈이 사팔뜨기인 거야. 인마."

두 사람은 옥신각신거렸다. 이 천진난만한 모습에 현우는 잠시나마 그들의 직업을 잊은 듯했다. 하긴 지금 그도 동종업체에서 일하니 딱히 할 말은 없다.

모두의 취기가 올랐을 때 갑자기 동수가 폭탄성 발언을 날렸다.

"현수 씨, 우리 나이도 같으니 친구 하기로 해요. 나는 왠지 현수 씨가 마음에 들고 오랜만에 좋은 벗을 얻은 것 같아요. 동인아, 지금부터 현수 씨에게 나를 대하듯 형이라고 불러, 알았지?"

동수는 혼자 결정하고서 일방적으로 선포했다. 순간 현우는 난처한 눈빛으로 동인의 눈치를 살폈다.

"그래. 형이 그렇다면 그럴게. 이제 저한테 말 놓고 동생처럼 대하세요. 현수 형."

그가 순순히 형이라 부르겠다는 말에 놀란 것은 오히려 현우였다. 비록 짧은 시간 지켜본 바로 아무에게나 형이라고 부를 성격이 아니었기 때문이다.

"이런 인연 흔치 않아!"

세 사람은 함께 건배사를 외쳤다. 그날 현우는 동수와 친구가 되었고 동인과는 동생으로 맺어졌다.

그날 이후 현우는 주말이나 카드 대납 건이 있을 때 동수의 사무실에서 어울리곤 했다.

두어 달쯤 지나 선배와 김 이사 사이에 언쟁이 벌어졌다. 곧 선배는 다른 사무실로 옮겼다. 이 사건으로 김 이사와 서먹해진 현우는 미래부동산을 나왔다. 어차피 임시라 여겼기에 아쉬움도 별로 없었다. 다만 다시 백수 신세가 된 것에 절로 한숨이 나왔다.

다행히 며칠 후 현우는 수산물 가공업체에 취직을 했다. 그 회사는 신생 회사로, 대형마트에 자사 제품을 납품하고 있었다. 그는 마트에 진열된 상품을 관리하며 영업에 최선을 다했다. 현우는 취직 기념으로 그들에게 한턱을 냈었지만, 그 후로는 만난 적이 없었다. 회사가 경기도 외곽에 있어 숙소 생활을 했고 거리가 먼 것도 이유였다. 사실 그보다는 일본어를 할 수 있다면 유사 제품이 출시되는 일본에 연수 갈 기회가 주어진다고 했다. 현우는 일하면서 공부할 시간이 부족할 정도였다. 그러나 1년이 지나도 매출이 오르지 않자, 사장은 투자하기를 포기했다. 그렇게 회사는 공중분해 되고 그나마 그의 손에는 마지막 월급이 쥐어졌다. 그런데 갑자기 동수에게서 연락이 온 것이다.

'무슨 일이지. 나에게 꼭 할 말이 뭘까?'

그는 이력서를 쓰다가 무언가 뇌리를 스쳤다. 그것은 아직도 두 사람이 자기의 이름을 현수로 알고 있다는 것이다.

처음에는 그들과의 관계를 일시적으로 여겼기에 현수로 부르는 것에 개의치 않았다. 만남의 횟수가 늘수록 이 문제로 적잖은 고민을 했다. 한참을 지나서 본명을 밝힌다면 그동안 속였다는 배신감을 줄 수 있다. 그래서 차일피일 미루다 보니 이날까지 왔다. 이제 와서 '사실 내 이름은 현수가 아니고 현우야'라고 말할 수도 없는 노릇이 아닌가!

내일부터 다시 가명을 사용하려니 미안하면서도 픽 웃음이 나왔다.

4
운명의 선택

12월 4일 (화)

눈을 뜬 현우는 머리가 지끈거렸다. 어제 울적한 분위기에 자기 주량을 초과해서다. 입이 마르고 갈증이 났다. 탁상시계 시침은 낮 1시를 지나고 있었다.

'그래, 일단 배부터 채우고 천천히 생각해도 늦지 않아.'

잠자리에서 몸을 퉁기고는 늦은 식사를 준비했다. 모처럼 찌개도 끓였다. 누나가 준 반찬들까지 더하니 식탁에는 진수성찬이 차려졌다. 그는 밥을 오물오물 씹으면서 중얼거렸다.

"정말 행복한 고민이 생겼어. 이걸 해야 되나 말아야 되나?"

누나 집에서 독립하고 혼자 살게 된 후부터 이런 버릇이 생겼다. 뭔가 결정해야 할 일이 생길 때마다 혼잣말을 하곤 했다.

열린 창문 사이로 스며든 햇빛이 스펙트럼이 되어 벽에 기하학적인 모양을 만들었다. 현우는 그 위에 필름들을 하나씩 재생시켜 나갔다.

상가 건물에 입점한 K은행에서 동수와 낯선 사내를 만났다. 자기앞 수표를 발행한 후 잠실 K은행에서 시디로 교환했다. 이때만 해도 비자금 세탁으로 알고 있었다. 시디를 현금으로 바꾸려 명동에 갔을 때 거래 신청서 원본이 없어 교환을 못 했을 뿐 걱정하지 않았다. 동수가 체크카드로 돈을 인출하려다 '사고 났다'고 했을 때도 '뭔가 일이 꼬이는구나' 싶은 정도였다. 그 후 자기앞수표가 사고 수표로 판명되어 시디가 지급 정지를 당했다. 그때부터 이 일은 정상이 아니라는 의심이 들었다. 마지막에 동인과 사채업자의 통화를 듣고서야 사기 범죄임을 알게 되었다.

그런데 더욱 이상한 점은 피해자인 잔고업자가 도리어 피해 사실을 감춘다는 것이다. 400만 원도 아닌, 4억. 일반인은 상상도 못할 거금을 손해 보고도 말이다.

"저번처럼 현금으로 찾자고 했지! 그랬으면 이런 일은 생기지 않았잖아."

이는 전에 작업을 성공했다는 것이 분명하다.

당장 동인의 차만 보더라도 최신형 그랜저이다.

"이 차 풀옵션 해서 5천만 원이야."

차 자랑을 하던 동수의 말에서도 알 수 있다. 룸살롱에서는 그 비싼 시바스리갈을 시키고 팁을 남발했나. 1년 전 카드깡할 때의 서민적 생활은 완전히 사라졌다.

"절대 우연이 아니다. 아니 우연일 수가 없다. 만약 우연이라면 요즘 나한테 일어나는 모든 일들이 우연이란 말인가?"

전기가 통하듯 온몸에 전율이 흘렀다.

"이건 틀림없는 팩트야. 그들은 초짜가 아니다. 살면서 한번 놓치면 다시 돌아오지 않는 3가지가 있지. 시간과 돈 그리고 기회이다. 바로 그 기회가 왔어. 마지막으로 대박을 잡는 거야."

그는 거울에 비친 자신을 노려보며 입술을 꽉 깨물었다.

"이 기회를 놓치면 평생 구차한 월급쟁이 신세를 면하지 못할 거야. 그것도 언제 잘릴지 모르는 개 같은 인생을 살아야겠지. 어쩌면 나는 선택받은 행운아일지도 몰라."

심장이 요동치기 시작했다.

"달도 차면 기운다고 했지. 하지만 내겐 통하지 않는 말이야. 내 인생에 달은 한 번도 차지 않았으니까. 그렇다면 한 번쯤은 차야 하지 않을까? 그래, 이 작업으로 내 인생의 터닝 포인트를 만드는 거야. 기회란 놈은 한 번만 노크하니까."

시간이 흐를수록 결심은 강해졌다. 그는 식탁에서 벌떡 일어나 소리쳤다.

"좋아, 눈 한 번 질끈 감고 괴물이 되는 거야!"

언제나 그렇다. 혼자서 나눈 대화의 끝은 서늘하다. 그러나 늘 결정을 한다. 그는 상기된 얼굴로 휴대폰을 집어 들었다.

"동인아, 나 현수 형. 우리 언제 만날까?"

탁상시계가 저녁 8시를 가리켰다.

5
출사표

12월 5일 (수)

현우가 지하 다방에 들어서자 깊숙한 자리에 앉은 그들의 모습이 보였다. 동수와 동인은 탁자에 고개를 파묻고는 무언가에 열중하고 있었다. 탁자 속의 사각형 화면에는 형형색색 모양이 번쩍였다. 버튼을 누를 때마다 모양은 빠르게 돌아갔고 이들이 원하는 요행은 아슬아슬하게 비켜 갔다. 일명 미니 슬롯머신이다. 두 사람의 탄식 소리와 동시에 수북이 쌓였던 동전은 바닥이 났다. 몇 장의 만 원권을 바꾸고서야 사행성 게임은 끝났다.

"형, 오늘 동수 형하고 사무실 좀 알아보세요. 한 달 내로 끝낼 거니까 보증금 없고 기본 집기가 있는 사무실로요."

드디어 본격적인 모의가 시작되었다. 설계는 동인이 맡았고, 만일 의견 차가 생길 시에는 무조건 그를 따르기로 했다. 현우도 세심한 그의 리더 역할에 불만이 없었다. 더욱 그럴 수밖에 없는 것은 이 작업에 필요한 모든 비용이 동인의 주머니에서 나오기 때문이다. 동수도 그에게 돈을 타 쓰는 처지였다.

"저녁에 만나 회의하기로 하고, 저 먼저 일어나요. 동수 형, 그거 꼭 확인하고."

동수를 향해 눈을 깜빡한 그는 부리나케 밖으로 나갔다.

"뭘 확인하라는 거야?"

"CCTV."

"CCTV?"

"감시 카메라가 없는 사무실을 얻으라는 뜻이야. 웬만한 건물은 CCTV가 설치되어 있거든. 절대 우리 흔적을 남겨서는 안 된다는 거지."

정보지에는 빈 사무실이 많이 나와 있었다. 동수는 조건이 비슷한 사무실에 전화를 걸기 시작했다.

처음 찾아간 사무실은 크기도 적당하여 마음에 들었다. 그러나 우려한 대로 관리실 정면에 CCTV가 있어 퇴짜를 놓을 수밖에 없었다. 통화할 때 CCTV의 유무까지는 묻지 않았던 것이다. 보통 임차인이라면 보안을 위해 CCTV 설치를 선호하겠지만 그들의 작업에서는 치명적이다.

"우리 사무실은 전철역에서 가깝고, 은행이 밀집한 곳이어야 해."

"왜?"

"작업상 대출 손님들이 사무실을 방문해야 하는데 교통이 나쁘면 전화만 하고 안 오거든. 또 한 사람이 여러 개의 통장을 만들어야 하니까 은행이 몰려 있는 게 좋지."

"작업상 대출 손님이라니?"

"우리가 잔고업자 돈을 슈킹한 즉시 다른 사람들의 통장으로 여러 번 이체해야 하거든. 그래야 지급 정지를 막을 수 있지. 이미 이체한 후에는 은행도 통장 명의자의 승낙이 없으면 마음대로 지급 정지를 시킬 수 없어. 저번 작업을 실패했던 가장 큰 이유가 이체할 통장이 부족했던 거야."

동수가 혀를 돌려 볼을 부풀리고는 말을 이었다.

"그러려면 최대한 통장을 많이 확보해야 되거든. 정보지에 광고를 내는 것도 그 사람들 명의로 통장을 발급받아 이체할 때 사용하려는 거지. 사무실이 필요한 것도 그 때문이고."

"손님에게 대출은 해 주는 거야?"

"그건 각본이야. 가짜란 말이지. 이체 통장을 확보하기 위한 작업일 뿐이야. 지금 다 설명하려면 길어. 시간이 지나면 알게 될 거야."

동수가 그의 등짝에 스매싱을 날리고는 앞장서 걸었다.

'저놈도 프로가 다 됐네.'

다음 사무실도 그리 탐탁지 않았다. 전철역에서 거리가 멀었다. 세 번째는 택시를 타고 간 보람이 있을 만큼 흡족했다. 환승역 부근으로 출입구마다 각기 다른 은행이 있었다. 1번 출구에서 50여 미터 떨어진 3층 상가건물이었다. 무엇보다 CCTV와 관리실이 없었다. 더욱이 1층에는 유명 가구점이 있어 그 상호만 대도 쉽게 찾아올 것 같았다. 이 건물 옥상에는 집기 등을 보관하는 허름한 창고가 있었다. 현우는 훗날 이 창고가 보조 작업 장소로 이용되리라고는 꿈에도 생각지 못했다.

건물주는 연락이 닿자마자 바로 달려왔다. 수다스런 중년 남자였다.

그들이 임차할 201호는 생각보다 넓었고 큰 창이 있어 내부가 밝았다. 책상, 탁자, 소파, 냉장고, 정수기 등도 준비되어 몸만 들어가면 될 정도였다.

"이 집기들은 저번 사람이 새로 장만한 건데 제가 얼마를 주고 구입했습니다. 아마도 젊은이들이 복이 있는 것 같습니다. 하하하."

그는 선심을 썼으니 고마움을 알아 달라는 듯 너털거렸다.

"근데 무슨 사무실로 사용하실 건데요?"

"저, 그… 그러니까….'

동수가 머뭇거리자 현우가 냉큼 말을 낚아챘다.

"컴퓨터 프로그램 만드는 일이에요."

"역시 예상대로 IT 관련 사업이군요. 처음 본 순간 엘리트라는 느낌이 확 와닿았습니다."

주인은 현우를 향해 미소를 지어 보였다.

"몇 분이 쓸 건데요?"

"일단은 저희 둘인데 상황 봐서 한 사람이 더 올 수도 있어요."

동인을 염두에 둔 대답이다.

"보증금을 안 받는 대신 임대료는 두 달 치를 선불로 주셔야 합니다."

"통화할 때 그런 말은 없었잖아요?"

"다른 사무실도 다 마찬가지예요. 어차피 몇 개월은 계실 거 아녜요?"

"잠시만요."

동수는 화장실이 어디냐고 묻고는 밖으로 나갔다. 그 사이 주인은 자수성가해서 이 건물을 샀다며 침을 튀기면서 자기 자랑을 늘어놓았다.

"지금 계약하기로 하지요."

아마도 동인에게 전화하여 승낙을 받은 듯했다. 동수가 임차계약서와 물품 확인서 서명란에 사인을 마쳤다.
"주민등록증을 좀 주시겠어요?"
전혀 예상치 못한 요구였다. 현우는 가슴이 덜컹했다. 만약 주민증을 보여 주지 않는다면 의심을 받거나 계약이 무효가 될 것이 아닌가! 그렇다고 준다면 범인임을 자백하는 거나 다름없다. 이러지도 저러지도 못하는 상황에 빠졌다. 순간 현우는 현기증이 핑 돌았다.
"여기 있습니다."
동수가 일절의 망설임도 없이 자연스럽게 주민증을 내밀었다.
'어, 이… 이게 아닌데?'
현우의 눈썹이 바르르 떨렸다. 주인은 계약서에 적힌 인적사항과 주민증이 일치하는지를 대조하기 시작했다.
"기분 나쁘게 생각하지 마세요. 가끔 불상사가 생겨서요."
임대료를 받은 주인은 사무실 열쇠를 주고 나갔다. 그가 복도에서 사라진 것을 확인한 현우가 나지막이 소리쳤다.
"아, 미쳤어? 네 주민증을 보여 주면 어떡해!"
"괜찮아."
동수는 씩 웃더니 지갑에서 다시 주민증을 꺼냈다.
"위조한 거니까 걱정 안 해도 돼. 사진만 빼고 전부 가짜야. 네 것하고 비교해 봐."
현우는 자기 주민증과 동수의 주민증을 눈앞으로 가까이 댔다. 그리고 하나하나 비교하여도 도저히 다른 점을 발견할 수 없었다.
"태극 모양도, 직인도, 홀로그램도 똑같아서 전혀 구별 못 하겠는데."

"글씨체 굵기가 차이 나지 않냐?"

의식하면서 보니 그런 것도 같았다.

"내 것이 조금 진하긴 한데 언뜻 봐서는 정말 모르겠어. 어떻게 만든 거야?"

"인터넷 들어가면 이런 업자들이 수두룩해."

"어떻게 찾는데?"

"검색창에 대출이나 카드할인, 사채 단어를 검색하면 관련된 카페가 많이 나와. 나도 동인이에게 배운 거지. 그 자식은 이 분야에서 도사야."

동수는 계약서를 주머니에 넣고는 동인과 한참을 통화했다.

"현수야, 동인이는 아직 할 일이 남았다고 우리 먼저 퇴근하라네. 둘이 저녁 겸 한잔할까?"

어느새 밖에는 본격적인 겨울의 어둠이 깔리고 있었다. 술 마시자고 조르는 동수를 물리치느라 그는 진땀이 났다.

현우는 비록 반기는 사람 없는 냉골의 자취방이지만 일찍 돌아가 할 일이 있었다. 그것은 동수가 준 정보에 대한 궁금증이다. 한편으론 다가올 위험에 대한 대비책이기도 했다. 노트북 전원을 켜고 포털사이트로 이동했다. 검색창에 'CCTV'를 입력하고 엔터를 쳤다. 왜 CCTV가 생각났는지는 모르겠다. 아마도 오늘 가장 많이 들은 용어라 그랬을 것이다. 언뜻 어느 블로그에 올라온 'CCTV에 감시당하는 현대인의 하루'란 글이 눈에 들어왔다. 독특한 제목이라 클릭하였으나 읽어 내려갈수록 현우는 표정이 점점 굳어졌다. 글의 내용은 이랬다.

강남의 직장인 모 씨는 하루에 100회 가까이 CCTV의 감시를 받는다. 거리 곳곳의 CCTV를 의식적으로 피하고 행동반경을 줄인다 해도 87회 정도는 반드시 찍힌다. 출근 시 아파트 엘리베이터 천장 구석에 설치된 돔형에 찍히는 것으로 일상을 시작한다. 이것은 4~5미터 범위에서도 얼굴 식별이 가능하다. 버스 승차 시에는 운전석 모서리에 달린 소형카메라가 교통카드를 꺼내는 그를 찍는다. 삼성역에 내린 모 씨는 강남구청이 설치한 가로등형과 지하철역 에스컬레이터 위와 개찰구 세 대가 앞, 뒤, 옆모습을 찍는다. 편의점에 들어가면 천장 네 곳의 CCTV에 또 찍힌다. 그리고 대로와 골목길 사거리의 수많은 CCTV가 찍는다. 요사이 신형은 200미터 떨어진 사람과 차량번호를 식별할 수 있고 360도 회전과 원격 조정도 가능하다. 보안 업계에서는 현재 국내에서 가동되는 CCTV 수는 약 300만 대로 추정하며 국민 15명에 한 대 꼴이라 한다. 게다가 매년 40~50만 대가 판매 설치된다. 대부분은 CCTV가 개인정보 침해와 사람들을 통제하는 감시 권력이라며 비판한다. 그런데 아이러니한 것은 막상 본인이 범죄피해자가 되어 CCTV의 혜택을 보았다면 이 설치에 열렬한 지지자로 돌변한다는 것이다. 블로그 기사는 이렇게 마무리되었다. 마지막 문장에서 현우도 긍정하는 듯 고개를 끄덕였다.

다음으로 '대출', '카드할인', '사채'를 검색했다. 카페마다 불법 정보가 수없이 올라와 있었다. 그중 '모든 증, 서류를 만들어 드립니다'란 제목에 현우의 눈이 번쩍였다. 거기에는 도저히 상상도 못할 내용이 있었다.

'주민등록증, 운전면허증 만들어 드립니다. 중국에서 제작해 오므로 4박 5일 걸립니다. 수수료는 150만 원입니다. 등본, 인감증명서, 졸업증명서, 성적증명서 등도 만듭니다. 기간은 2~3일 걸립니다. 수수료는 20만 원부터입니다. 자세한 것은 이 번호로 연락 바랍니다. 010-****-****.' 그 외에 세금계산서 자료를 사고판다는 정보 등도 무수했다.

이어 '대포 폰'과 '대포 통장'을 검색하자 이와 연관된 사이트가 쏟아졌다. 현우가 대포 폰을 떠올린 것은 며칠 전 그들을 만났을 때부터 두 사람은 여러 대 휴대폰을 가지고 다녔다. 심지어 현우에게 전화할 때와 다른 곳에 통화할 때의 휴대폰이 달랐다. 이상함을 느낀 그가 동수에게 묻자, "이건 대포 폰이야"라고 했다. 오늘만 해도 사무실을 알아볼 때 동수가 사용한 폰은 대포 폰이다. 그리고 보니 은행 과장, 명동 사채업자, 돈을 슈킹했던 잔고업자와의 통화도 각기 다른 휴대폰이었다.

판매 사이트마다 서로 자기네 대포 폰과 대포 통장이 안전하다며 선전하는 것에 헛웃음이 났다.

'대포 폰과 대포 통장 자체가 불법인데 어찌 안전하단 말인가!'

현우는 머리도 식힐 겸 메인 화면으로 돌아가 핫뉴스를 검색하였으나 집중되지 않았다.

'CCTV, 대포 폰, 대포 통장… 맞아! 모든 사건의 실마리는 여기서부터라고 볼 수 있지. 끝까지 긴장의 끈을 놔서는 안 돼!'

그의 턱이 살며시 떨렸다.

'이 일은 분명 범죄야. 완전범죄란 없지. 그러나 난 완전범죄로 만들 거야. 그런데 그들에게 사고가 생긴다면 나의 목숨도 보장할 수 없잖아. 선한 일에 우정은 있어도 악한 일에 무슨 의리 따위가 존재하겠어? 결국 나를 보호할 길은 내 자신이 조심하는 것뿐이야.'

현우는 퇴근하면서 복제한 사무실 열쇠를 만지작거렸다.

잠자리에 든 그의 귀에 동인의 속삭임이 맴돌았다.

"현수 형, 우리는 인생을 살아가면서 무수한 선택을 하지요. 어떻게 보면 삶 자체가 선택의 연속이고요. 그런데 어떤 선택을 하느냐에 따라 비단길을 가기도 하고 가시밭길을 걷기도 해요. 물론 하고 안 하고는 형의 자유지만 지름길을 선택하길 바라요."

오늘도 정리되지 않은 불규칙한 하루였다.

6
작업의 서곡

12월 6일 (목)

현우가 사무실에 도착하니 8시 40분이었다. 전철을 타고 오다 일부러 한 구역 전에 내려 버스로 갈아탔다. 사무실 부근 역에서 내리면 편하다. 하지만 어제 획득한 정보대로라면 스스로 호랑이 굴로 들어가는 거나 다름없다. 출퇴근 모습이 전철역 CCTV에 찍히지 않으려는 최선의 방법이었다.

동인과 동수가 컴퓨터와 모니터를 들고 들어왔다. 썰렁했던 실내가 비품들로 채워져 생기가 돌았다. 마지막으로 벽시계와 액자를 걸고 나니 아늑한 분위기가 연출되었다.

"동인아, 사무실 괜찮지? 이거 얻느라 엄청 고생했어."

동수가 어깨를 으쓱거렸다.

"형들, 고생했어요. 이제 사무실도 완비됐으니 회의를 시작하지요. 저는 되도록이면 손님들 앞에 나서지 않을 거예요. 현수 형은 언변과 인상이 좋으니 전화와 대출 상담을 맡아 주세요. 동수 형은 서류 관리와 외근 쪽을 하도록 해. 또 현수 형이 바쁠 때 보조해 주고."

"동인아, 여직원도 채용해야지?"

"고민 중이야."

"여직원이 있어야 커피를 타고 청소도 하지. 저번에도 있었잖아. 중간에 잘랐지만 말이야."

동수는 목에 손등을 대어 자르는 흉내를 냈다.

"현수 형 생각은요?"

"아무래도 여직원이 있으면 손님들에게 부드러운 분위기를 주어 장점도 되겠지. 하지만 우리가 말하거나 행동하는 것에 제약을 받을 것 같아. 또 일이 노출되어 위험할 수도 있고."

그의 의견에 불만인 동수가 미간을 찌푸렸다. 현우는 이런 작업에 제3자가 개입해서는 안 된다고 이미 결정을 내렸다. 창가에 서서 골몰하던 동인이 담배를 비벼 끄며 말했다.

"형들, 우리끼리 하기로 하지요."

지휘관의 지시에 복종하듯 두 사람은 동시에 고개를 끄덕였다.

"현수 형, 우선 전화부터 설치해야 작업을 진행할 수 있어요. 전화는 내가 알아서 할 테니 가방 끈이 긴 형이 광고 문구를 좀 짜 줘요."

동인이 여러 종류의 지역정보지를 책상 위에 올려놓았다. 정보지 금융 면에는 족히 100여 개의 대출 광고가 실려 있었다.

"형, 우리가 광고를 내는 이유는 이체 통장과 작업 손님 확보예요. 빨리 구하려면 광고 문구가 중요하지요. 손님들이 이 많은 대출 광고에 일일이 다 전화할 수는 없을 테니까요."

이어 펼쳐 놓은 정보지의 대출 광고 중 하나를 가리켰다.

"이 광고가 괜찮네요. 이것을 참고하시고 '신용불량자도 대출 가능'이란 문구를 첨부하세요."

"신용불량자도 대출이 돼?"

"형은 참, 우리는 진짜 대출이 아니잖아요. 이체 통장 확보가 목적이지. 그리고 이체할 은행에 연체 중이면 돈이 빠져나가거나 지급 정지가 될 수 있어요. 먼저 손님에게 물어보고 그 은행의 통장 발급은 제외해야 돼요. 휴대폰 요금 연체는 상관없어요."

동인은 답답한 듯 손바닥으로 이마를 두드렸다.

출입문 가까이 현우가, 맞은편에 동수, 뒤로 동인이 앉았다. 동인의 자리는 파티션이 세워져 일어서지 않는 한 그의 얼굴은 볼 수 없었다.

"형, 거기 있는 가방 좀 줘."

가방 안에는 무려 10개가 넘는 휴대폰이 있었다.

"현수 형, 이제부터 제가 하는 말은 중요하니까 잘 들으세요. 앞으로 작업하면서 가장 조심해야 할 것이 휴대폰과 CCTV예요. 한 곳과 통화했던 폰은 다른 곳에 사용하면 안 돼요. 필히 연결고리를 끊어야 한다는 거지요. CCTV가 있는 장소도 마찬가지고요. 이 두 가지를 잊지 않도록 하세요. 이 폰들은 형이 관리하도록 해요."

휴대폰들 뒷면에는 깨알 같은 글씨가 적혀 있었다. 그 폰의 번호, 구입한 업체 상호, 대포 폰인지, 선불 폰인지 등이다. 그중에는 어제 검색했던 상호도 있어 은근히 반갑기도 했다.

"동인아, 왜 휴대폰을 여러 곳에서 구입했어?"

"일부러 그렇게 한 거예요. 한 곳에서 전부 사면 혹시 판매업자를 통해 우리를 추적할 수도 있잖아요. 덕분에 개고생했지만요."

현우는 그의 철두철미함에 혀를 내둘렀지만 한편으론 안심이 되었다.

"거기 전화국이지요? 전화신청을 하려고요. 네 대요. 신청인 통장 계좌번호는 ***-**-*****입니다. 급해서 그러는데 내일까지 안 될까요? 두 대는 끝자리가 연결되는 번호로 부탁드릴게요."

동인이 통화를 마치고는 두 사람을 향해 윙크를 했다.

"동수 형, 문구점 가서 이 주민증사본을 전화국에 팩스 좀 보내고 와. 자, 이제 전화번호도 나왔겠다. 설치는 내일이면 되고."

"이 사람 누구야, 아는 사람이야?"

"옛날에 카드깡할 때 손님의 인적사항인데 나중을 위해 보관했던 거예요."

현우는 그의 예지력에 경탄했다.

전화 신청은 생각보다 간단하였다. 신청인 명의의 자동이체 통장 계좌번호와 주민증사본만 있으면 몇 대도 가능했다. 본인이 모를 경우 몇 개월은 너끈히 쓸 수 있다는 설명까지 동수기 덧붙였다. 현우는 이제 검색할 때 보았던 '대포 유선전화도 판다'는 말의 의미를 이제야 알 것 같았다.

'그러면 전화 요금은 어떻게 되지?'

만약 해외 전화로 사용하거나 게임 머니를 산다면 요금 폭탄을 맞을 것이다. 또한 자신도 모르는 사이에 장기요금 연체로 신용불량자가 된다. 여기까지 생각이 미치자 왠지 주민증사본의 사람에게 미안해졌다.

현우는 정보지 중 인지도가 높은 두 개를 선택했다. 제목의 칸을 넓히고 글씨를 진한 고딕체로 바꾸니 다른 광고들에 비해 눈에 확 띄었다.

"역시 현수 형은 창조적인 일에, 동수 형은 단순 노무직에 제격이야."

"난 복잡한 것은 딱 질색이야. 단순한 게 장수에 좋은 거야. 아마 우리 중에 내가 제일 오래 살걸?"

동인의 놀림에 동수가 광대를 씰룩거리며 맞장구쳤다.

"동인아, 정보지 회사에서 이 계좌로 광고비를 보내면 월요일부터 나갈 수 있다는데?"

"그래서 은행에 가려고요? CCTV에 찍히는 거 몰라요? 작업이 끝나면 광고를 추적할 거고 뻔히 이체한 사람도 의심할 텐데. 형 몽타주 전국에 깔릴 일 있어요? 사무실에 와서 받아 가라고 해요."

동인은 기가 막힌다는 표정을 지었다. 순간 거기까지 계산을 못했던 현우는 할 말이 없어 입맛만 쩍쩍 다셨다. 그리고 동인의 반사적인 조심성에 비하면 자기는 한참 멀었다고 생각했다. 동수는 주민증사본과 광고 문안을 보내려 밖으로 나갔다.

특별히 할 일 없던 현우는 컴퓨터 전원을 켰다.

"형, 인터넷 하려고요?"

"응, 바둑이나 한 판 두려고."

언제 왔는지 동인이 옆에 서 있었다. 곧이어 바둑 사이트에 접속하려는 마우스를 빼앗았다.

"이럴 줄 알고 온 거예요. 형, 아이디 누구 것으로 돼 있어요?"

"누구 거라니? 내 거지."

"불속으로 다이빙하려고요? 나중에 이 사무실 인터넷 선으로 접속한 아이피를 추적할 텐데 그러면 형의 정체가 드러날 거 아니에요. 여기 중에 골라서 새로 아이디를 만들어요."

동인은 고개를 절레절레 흔들며 용지 한 장을 내밀었다. 거기에는 여러 명의 인적사항이 적혀 있었다. 그것은 카드깡할 때 수집한 자료였다.

'맞아. 그동안 수많은 범인들이 피시방에서 검거된 이유가 아이피 주소 때문이었구나. 역시 저놈은 타고난 타짜야!'

현우는 새로운 아이디를 만들면서 자신의 무지함이 한심스러웠다.

"동인아, 전화국과 정보지 회사에 팩스는 보냈고 사무실 간판은 월요일까지 해 주기로 했어."

동수는 근처에 간판 가게가 없어 추운데 한 정거장이나 걸었다며 투덜거렸다.

"사무실 이름이 뭐가 중요해? 저번처럼 한빛기획으로 하면 되지. 골치 아프게."

"아니야. 그때와는 스케일이 다르잖아. 신뢰를 주고 세련된 금융 사무실이라는 인식을 심어 줄 필요가 있어."

동수와 동인은 사무실 상호 문제로 실랑이를 벌였다. 두 사람의 언쟁에 현우는 끼어들고 싶지 않아 잠자코 있었다. 무슨 캐피탈, 무슨 컨설팅, 무슨 금융 등이 나왔으나 동인의 주장대로 '다한컨설팅'이 결정되었다.

"형, 그 간판 가게에서 명함도 취급해?"

"그건 모르겠는데."

"알았어. 현수 형, 내가 도안한 명함 좀 봐요. 마음에 안 들면 말해 주고요."

　명함 하나에는 실장 강수현이, 다른 하나에는 부장 박성식이 적혀 있었다.

　"어때요? 괜찮지요? 지금부터 현수 형은 강 실장님으로, 동수 형은 박 부장님으로 모시겠습니다. 특히 손님이 있을 때는 깍듯이 서로의 직함으로 불러야 해요. 그래야 품위가 나고 저들도 함부로 못 대할 거예요. 알겠습니까? 강 실장님, 박 부장님?"

　동인은 허리를 굽혀 인사하는 흉내를 냈다.

　"그런데 강수현은 뭐야. 내 이름이 아니잖아?"

　아마도 현수란 철자를 잘못 썼을 거라고 짐작한 그가 물었다.

　"앞으로 작업하다 보면 명함 줄 일이 많은데 진짜 네 이름인 강현수를 쓰면 큰일 나지. 이건 기본 중 기본이야. 현수야, 이제 난 박성식 부장이니까 잊지 않도록 해."

　동수는 잘 입력하라는 듯 손가락으로 머리를 툭툭 쳤다.

　'이름은 고사하고 성마저 안 바꾼 것에 고마워해야 하나? 자식, 그래도 양심은 있나 보네.'

　그런데 박성식이란 이름이 어디선가 본 듯했다. 바로 동수의 위조주민증 이름이었다. 그는 현우에서 현수로 다시 수현으로 탈바꿈하는 자신의 팔자가 기구하다는 생각이 들었다.

　"현수 형, 작업하다 보면 불시에 신분증을 요구하는 경우가 있어요. 업자끼리도 그럴 수 있고 손님도 자기의 중요한 서류를 맡겨야 하니까요. 그때는 지갑을 두고 왔다면서 액션을 취하세요. 아예 오늘부터 집에 놓고 다니시는 게 어때요?"

"그럴게."

현우는 실장의 직함이 왠지 주제넘은 것 같아 어색했다. 실장이란 기업의 젊은 후계자나 전략부서 책임자 등으로 어느 정도 레벨을 갖춘 사람으로 인식하고 있었다. 그래서 자신에게는 어울리지 않을뿐더러 상대방이 비웃을 것 같았다.

"동인아, 나는 실장이란 직함이 좀 부담되네. 대리 정도면 어떨까?"

"대리란 대리 운전 경력이 있어야 다는 거야. 너는 없으니까 무조건 실장으로 해."

동수가 조크를 날렸다.

"현수 형은 참. 전에 형도 이 계통에 있어서 알겠지만 여기서는 만만한 게 부장, 실장이란 감투잖아요. 그러니 신경 쓸 것 없어요."

그러고 보니 선배도 두 살 위인데 부장이었고, 다른 사채 사무실의 젊은 사람들도 실장이나 부장으로 본인을 소개했었다.

"명함도 만들이야 하니 먼저 퇴근힐게요. 내일부터 넥타이 매고 정장 차림으로 출근하세요. 이제는 이미지 관리도 중요하거든요."

가방에 노트북을 넣은 동인이 손을 흔들며 사무실을 나갔다.

"돈 얼마 있어?"

"거의 그대로."

"오늘 우리 진하게 한잔하는 거 어때? 너랑 마셨다고 하면 동인이도 괜찮다고 할 거야. 나보다 널 더 인정하니까."

"미안하지만 이건 공금이라 안 돼. 이해해 줘. 대신 저녁 겸 반주나 하자."

동수는 아쉬운 듯 입술에 침을 발랐다. 어제 동인이 사무실 경리를 맡기며 그에게 얼마의 돈을 주었다. 오늘만 하더라도 간판비, 점심값 등으로 지출된 비용을 금전출납부에 꼼꼼히 기재했다.

두 사람은 소주 한 병씩을 마시고 헤어졌다.

'동인이의 작업 밑그림은 어디까지 그려진 걸까?'

후우, 현우는 담배 연기를 깊게 빨아 한번에 토했다. 꽉 막힌 숨통이 트이는 것 같았다. 뚜벅뚜벅 걷는 축 늘어진 그림자로 겨울 달이 가만히 따라왔다.

7
첫 아군과의 만남

12월 7일 (금)

"이리 와서 명함 봐요."

"아니, 어떻게 하루 만에 나왔어? 며칠 걸리지 않냐?"

"동네에 맡기면 그렇지. 우린 월요일부터 써야 하니까 을지로 가서 즉석으로 만들었어."

상호는 '다한컨설팅'으로, 원형 안의 금색 DC 로고가 고급스러워 보였다. 실장 강수현 아래로 사무실 주소와 전화번호, 휴대폰 번호가 인쇄되었다. 물론 그 번호는 대포 폰 번호이다.

'이 번호는 외울 필요가 없어. 길어야 한 달만 쓸 거니까.'

현우는 왠지 그 번호에 거리감이 느껴졌다.

"현수 형, 상대방에게 명함을 줄 때 조심할 게 있어요. 잘못하면 형의 지문이 남을 수 있거든요. 무슨 뜻인지 알지요? 지금부터는 이런 식으로 주는 습관을 들이세요."

동인은 명함을 검지와 중지 사이에 끼워 건네는 포즈를 취했다. 그는 따라하면서 속으로 되뇌었다.

'나 자신을 보호하는 길은 내 스스로가 조심하는 것뿐이야.'

동인이 서랍에서 각기 다른 은행의 통장들을 꺼냈다. 첫 번째 것은 1억 원이 입금되었다가 다음 날 인출되어 잔액이 0원이다. 두 번째는 2억이, 세 번째는 3억 5천만 원이, 네 번째는 4억이, 다섯 번째는 5억이. 모두 첫 번째 통장과 마찬가지로 다음 날 인출되어 잔액은 0원이었고, 입출금이 한 번씩만 기재되어 있었다. 현우는 눈이 휘둥그레졌다.

"이게 무슨 통장인데 거액이 입금되었다가 다음 날 전부 빠져나간 거야?"

"저번에 작업할 때 슈킹 정보를 빼내려고 잔고증명을 의뢰한 통장들이야. 진짜 작업 통장은 따로 있어."

"진짜 작업 통장은 또 뭐야?"

동인이 다른 서랍에서 몇 개의 통장을 꺼내 현우에게 보여주었다. 보름에서 한 달 사이에 하루마다 수억의 입출금이 적힌 통장들이다. 마지막 면에는 대출금액이 표시되어 있었다.

"어떻게 된 거야? 잔고증명 통장하고 다르잖아?"

"당연하지요. 잔고증명 통장은 입출금이 한 번밖에 없는데 그걸 쓰면 큰일 나지요. 앞으로 손님들에게 설명할 대출 방법과 모순이 생기거든요. 그래서 우리가 작업한 실적 통장을 사용해야 돼요."

"실적 통장이라니? 뭔 말이야?"

현우는 알 듯 모를 듯 해서 재차 물었다.

동인이 눈짓을 하자 동수가 구석에 있는 박스를 풀어 탁자 위에 올려놓았다. 생소한 프린터였다.

"복합기가 있는데 웬 프린터야?"

"성능이 완전 달라요. 복합기 프린터는 잉크젯이지만 이건 도트 프린터예요. 실적 통장을 만들려면 이게 필요해요."

동인은 노트북과 그 프린터에 케이블 선을 연결하고는 잔고증명 통장을 펼쳐 용지가 들어가는 입구에 꽂았다. 이어 날짜마다 입출금을 임의로 입력하더니 잔액은 10여만 원을 남겼다. 끝으로 대출금을 적고 엔터를 쳤다. 순간 실로 놀라운 광경이 벌어졌다. 도트 프린터가 '지익' 하는 소리를 내며 바늘 모양의 핀이 빠른 속도로 잉크 리본에 점을 찍었다. 그리고 왕복으로 움직이면서 통장 면에 글자와 숫자를 인쇄하기 시작했다. 순식간에 입출금 내역이 빼곡한 속임수 통장이 완벽하게 탄생했다.

"와우! 이건 작품이네. 너희들 진짜 대단하다."

현우는 감탄한 나머지 그들을 향해 엄지 척을 날렸다. 동인이 실적 통장을 만지작거리며 차분한 어조로 말했다.

"대출 광고가 나가면 형이 전적으로 상담해야 할 거예요. 제가 설명하는 거 잘 들으세요. 보통 손님들의 질문은 어떤 식으로 대출해 주느냐, 지격 조건은 이떠냐, 일마나 걸리느냐 등으로 한정돼 있어요. 그중에 그들이 가장 궁금해하는 것은 대출 방법이에요. 일반적으로 대출 사무실의 신용대출은 저축은행이나 대부업체와 연결시켜 주면서 수수료를 챙기는 거지요. 이때 손님에게 받는 수수료는 사실 불법이에요. 우리 광고에 무담보, 무보증이라고 적혀 있지요? 그리고 대출 금액이 개인은 천만 원에서 5천만 원, 사업자 및 법인은 1억까지로 돼 있잖아요. 이게 현실적으로 등본, 인감 몇 통으로 가능하다고 봐요? 웃기는 이야기지요. 아마 은행에서도 이 정도를 받으려면 신용 1등급이 아니고서는 불가능해요. 한마디로 우리나라 인구 비율 0.3% 안에 들어야 한다는 거지요. 그래서….”

"그런데 정보지 대출 광고를 보면 다 그렇던데?"

동수가 말허리를 잘랐다.

"일단 무조건 된다고 해서 자기네가 취급하는 대출 상품의 조건에 맞으면 좋고 아니면 말고 식이야!"

동인은 왜 말을 끊냐며 짜증을 내고는 말을 이었다.

"우리 광고에 '본인의 실적에 따라 은행에서 대출해 드림'이라고 돼 있지요. 이런 문구를 넣은 건 우리밖에 없어서 무슨 뜻이냐고 묻는 손님이 많을 거예요. 그때는 저희가 손님 명의로 예금 실적을 쌓고 그 실적으로 은행에서 대출해 주는 거라고 하는 거지요. 꼼꼼히 파고들면 자세한 내용은 사무실로 방문하라고 하세요. 수수료는 처음에 대출금의 10%를 부르다 융통성 있게 하면 돼요. 또 최고 대출 가능 금액을 알아야 하므로 손님의 이름과 주민번호를 알려 달라고 해요. 그러면 명의 도용을 의심해 항의하는 사람도 있지만 돈이 급한 처지라 힘들지 않을 거예요. 그들의 조급함을 이용하는 거지요. 그런 후 30분 정도 지나 원하는 대출액과 비슷하게 A은행에서 얼마, B은행에서 얼마가 대출이 된다고 하면 거의 사무실을 방문해요. 이게 가장 중요한 포인트예요. 꼭 기억하세요."

동인은 입이 마른지 목을 축이고는 열강을 이어 갔다.

"언제 대출이 나오느냐는 물음에도 신경을 써야 해요. 우리 작업 기간에 맞추어 한 달이라고 하면 두말없이 전화를 끊을 거예요. 그래서 일부러 광고에 대출 기간은 뺀 거지요. 대출은 빠르면 2주, 늦어도 3주 내에 손님의 통장으로 입금된다고 하세요."

"대출 날짜를 더 넉넉히 잡아야 하지 않나?"

"괜찮아요. 은행 사정이나 감사 등으로 핑계 대면 이미 서류를 접수한 사람들이라 기다리게 되어 있어요."

"그런데 이 통장들은 어디에 쓸 거지?"

통장의 용도를 대략 눈치챈 현우가 짐짓 물었다.

"손님에게 이 실적 통장을 보여 주면서 이런 식으로 입출금하여 대출이 나간다고 하는 거지요. 여기 오는 사람들은 모두 서민들이라 이 통장을 보는 것 자체만으로도 뻑 가요. 평생 억 단위 통장을 구경한 적이 없을 테니 무조건 속게 되어 있어요. 또한 수수료는 은행 직원 접대비와 커미션으로 들어간다는 뉘앙스를 풍기세요. 그래서 대출이 100% 된다는 것도 강조하시고요."

동인이 흘러내린 머리카락을 쓸어 올리며 이맛살을 찌푸렸다.

"만일 손님이 의심하거나 말꼬리를 잡아도 절대 형이 끌려 다니면 안 돼요. 그럴 땐 '우리는 선수수료를 요구하지 않는다. 또 대출금은 본인 통장으로 나간다. 입금 후에 수수료를 안 주면 도리어 우리 돈으로 메꿔야 한다'라며 대출을 못 하겠다고 세게 나가세요. 그러면 아쉬운 게 자기니까 꽁지를 내릴 거예요."

"그다음은?"

"실적을 쌓을 통장이 필요하니 발급받아 오라고 하세요. 대출금이 크면 한 은행으로는 부족하니 몇 개의 통장을 만들라고 하는 거지요. 은행 종류와 개수는 손님이 방문하기 전에 알려 줄게요. 이 부근에 은행이 많아 통장을 만드는 데는 어렵지 않을 거예요. 다른 곳보다 임차료가 비싼 이곳을 선택한 것도 그 때문이지요."

동인은 A4 용지 한 장을 현우에게 주었다.

"이 내용을 손님에게 정확히 고지해야 두 번 걸음하지 않고 우리도 시간을 아낄 수 있어요."

그 종이에는 시중 은행의 종류와 1일 최대 이체 한도 금액이 적혀 있었다. 그 금액은 1억에서 5억까지로 은행마다 달랐다. 유독 K은행에는 '동의함'이란 글자가 별도로 표시되었다.

"현수 형, 통장 개설 신청서를 작성할 때 꼭 1일 이체 금액을 최대로 기재하라고 하세요. 그 이유는, 이체 금액이 작으면 그만큼 실적을 많이 못 쌓기에 대출금이 적게 나갈 수밖에 없다고 하면 될 거예요. 또 인터넷 뱅킹 신청도 필수예요. 매번 큰돈을 갖고 은행에 갈 수 없어 컴퓨터로 입출금하므로 인터넷 뱅킹이 필요하다고 해요. 이 정도면 대충 끝난 것 같은데… 형, 더 궁금한 것 있어요?"

동인은 피곤한지 손으로 뒷목을 문질렀다.

"이체 통장으로 대포 통장을 사용하는 게 간단하지 않아?"

현우는 인터넷에서 검색했던 대포 통장이 떠올라서였다. 그 통장을 구입하여 이체하는 것이 시간도 절약되고 간편할 것 같았다.

"뭘 모르시는 말씀! 대포 통장은 판매업자가 통장과 체크카드만 주는 거라 인터넷 뱅킹이 안 돼 있어서 우리에게는 무용지물이에요. 그리고 인터넷 뱅킹은 통장 개설 후 3일 안에 등록해야 하는데 대포 통장은 그게 안 되지요. 설령 인터넷 뱅킹이 된 걸 사면 뭐 해요? 통장 명의인이 아이디, 비밀번호를 바꾸면 끝인데요. 고스란히 돈만 뜯기고 하소연할 데도 없잖아요. 대포 통장을 구입한 사람도 불법이니까요. 고양이에게 생선을 세트로 맡기는 거나 다름없지요."

그의 명쾌한 결론에서 현우는 '그래서 대포 통장을 이용하는 보이스피싱이 CCTV의 위험을 무릅쓰고라도 현금인출기를 이용할 수밖에 없구나'라는 생각을 했다.

"동인아, K은행에 적힌 '동의함'은 무슨 의미야?"

"아! 그걸 깜빡했네요. 손님이 한 은행에 여러 개의 통장을 소지할 수가 있지요. 대부분 은행은 인터넷 뱅킹 된 통장 하나만 있으면 다른 통장 계좌를 컴퓨터에서 다 확인할 수 있어요. 그런데 K은행만은 통장 개설 신청서를 작성할 때 동의 여부를 묻거든요. 손님에게 필히 '동의'에 체크하라고 하세요. 그래야 다른 통장의 입출금을 볼 수 있어요. 그 은행은 이체 한도가 커서 타깃 넘버원이지요."

현우가 상담 내용을 정리하고 있을 때 노크 소리가 들렸다. 내출 광고 정보지의 젊은 영업사원이었다. 그는 명함을 돌리면서 광고 샘플에 수정사항이 있으면 말해 달라고 했다. 현우가 보기에는 무난한 것 같았다. 동인도 마음에 들었는지 입꼬리가 늘어졌다.

"강 실장님, 문안이 어때요?"

일부러 동수가 직함을 꾹 눌러 물었다.

"괘, 괜찮은 거 같은데요."

현우는 낯선 호칭에 더듬거렸다. 동수의 장난이다. 눈치 빠른 영업 사원은 그때부터 현우에게 꼬박꼬박 강 실장님이라고 불렀다. 처음에 어색하던 직함도 서서히 사라졌다.

현우는 광고 계약서에 지문을 묻히지 않으려 애를 썼다. 나중에 이것도 물증의 하나가 될 수 있기에.

"대부업 등록은 하셨지요? 등록번호 좀 알려 주실래요? 요즘 등록번호를 넣지 않으면 저희가 제재를 받아서요."

순간 당황한 현우가 반사적으로 동인에게 구원의 눈길을 보냈다.

"보다시피 어제 사무실을 오픈해서 아직 등록할 겨를이 없었어요. 일단 월요일부터 내 주면 번호 나오자마자 알려 드릴게요. 우리가 한 달만 낼 게 아니잖아요? 이럴 때 편의를 못 봐 주면 어떻게 광고를 맡기겠어요. 안 그래요?"

동인은 은근히 겁박적으로 나왔다. 하기야 부탁보다는 협박이 잘 통하는 세상이 아닌가!

"회사에다 그렇게 말해 놓을 테니 등록번호가 나오면 연락 주세요."

한발 물러선 공손한 말투다.

"우리 광고를 앞면으로 실어 주셔야 해요. 아니면 앞으로 저희와 거래하기가 힘들어질 겁니다."

"당근이지요."

광고 위치는 일주일마다 돌아가는 것이 원칙이다. 앞에서부터 훑어보다 기껏 몇 군데 전화하고는 결정하는 것이 손님의 심리이다. 현우가 이 점을 말하려던 참에 동인이 먼저 꺼냈으니 마치 텔레파시라도 통한 듯싶었다.

"여직원이 없네요. 괜찮은 아가씨가 있는데 소개해 드릴까요?"

"정말요? 그러면 고맙지요. 종종 들러 차나 한잔…."

"아니에요. 아직은 필요 없어요. 그리고 우리는 외근을 자주 하니 방문할 때는 미리 연락을 꼭 주세요."

동수의 말을 가로챈 동인의 날카로운 쇳소리에 영업사원은 멋쩍은지 광고비를 챙기고는 나갔다. 곧이어 불같은 고음이 터졌다.

"동수 형! 여직원은 뭐고 사무실에 놀러 오라는 게 말이나 돼? 우리 일을 뻔히 알면서 말이야!"

"난 그냥 아무 뜻 없이 한 거야. 네가 앞면으로 광고 부탁한 것도 있고 해서 인사치레로 한 건데. 듣고 보니 그러네…."

동수는 풀 죽은 낯빛으로 입을 오물거렸다.

"제발 생각 좀 하고 일을 저질러. 저지르고 나서 생각하지 말고."

"야, 그렇다고 이렇게까지 화낼 필요가 있냐?"

"형은 한두 번이 아니잖아!"

동인이 째리며 쏘아붙였다. 잠시 실내에 냉기가 돌았다. 현우는 썰렁한 분위기를 깨려 동수에게 바둑 제의를 했다. 동인은 머리를 세차게 흔들며 자리로 돌아갔다.

두 번째 바둑이 시작될 무렵 전화국 직원이 왔다. 정년퇴직을 앞둔 사람처럼 나이가 들어 보였다. 그는 빠른 손놀림으로 연신 흘러내리는 땀을 닦아 냈다. 이 모습에 현우는 왠지 모를 부끄러움을 느꼈다. 냉장고에서 음료수를 꺼내 건네자 그는 눈인사를 하고는 단숨에 들이켰다.

"가입자 김성수 씨가 어느 분이에요? 전화 설치를 완료했다는 확인을 받아야 하거든요."

"저희 직원인데 지금 외근 중이니 제가 대신 할게요."

현우가 자연스럽게 둘러대며 사인을 했다. 직원은 가방에 작업 도구를 챙기고 나갔다.

"현수 형, 센스가 대단한데요?"

동인이 일어나 엄지손가락을 치켜세웠다. 끝자리가 연이은 두 대의 대출 광고 전화기는 현우와 동수의 책상이 맞닿은 가운데에 놓여졌다. 다른 한 대는 동인의 자리에, 나머지는 팩스에 연결되었다.

"전화와 광고도 끝났고 이제 월요일에 작업 오픈만 남았네. 형들, 충전을 위해 내일과 모레 이틀은 쉬기로 하지요. 동수 형, 저녁에 한잔 어때?"

동인은 조금 전 화냈던 것이 미안한지 부드러운 음성으로 말했다.

"물론 나야 콜이지. 현수야, 너도 무조건 가는 거야."

"그래."

동수는 언제 핀잔을 받았냐는 듯 들떠 있었다. 현우도 술이 고파 흔쾌히 대답했다.

"지금 뱃가죽과 등가죽이 키스 직전이야."

너스레를 떠는 동수에 떠밀려 사무실을 나왔다.

그들은 근처 식당으로 갔다. 동인은 작업 진행에 흡족하여 술을 마시는 속도가 빨랐다.

"아무리 내가 잘못했어도 형한테 소리를 지르면 되냐? 나 섭섭했다."

"미안, 미안. 모두 작업의 성공을 위해서 그런 거야. 형이 좀 이해해 줘."

동인이 손바닥으로 싹싹 비는 시늉을 했다. 화기애애한 분위기에 음담패설도 나왔다.

"동인아, 단합대회 기념으로 2차 가는 게 어때?"

"좋지!"

동인은 혀가 반쯤 꼬부라진 소리로 맞장구를 쳤다. 얼굴에 화색을 띤 동수가 어디론가 전화를 걸었다.

이들은 택시를 타고 반짝이는 네온사인 간판의 룸살롱에 도착했다. 인테리어가 화려하여 한눈에 봐도 고급스러운 술집이다. 웨이터가 허리를 굽혀 인사하고는 큼직한 룸으로 안내했다. 동인에게 사장님, 동수에게는 부장님이라 부르는 것으로 보아 처음은 아닌 것 같았다. 화장 범벅인 마담은 두 사람을 보자 반가워 어쩔 줄 몰라 했다.

노크 소리에 문이 열리며 아가씨 셋이 들어왔다. 두 아가씨는 동수와 동인의 자리로 가서 냉큼 앉았다. 자연스러운 스킨십으로 미루어 전에 파트너였음을 알 수 있었다. 혼지 남은 아가씨는 현우의 피트너가 되었다. 물론 선택의 여지가 없었지만. 그녀의 짧은 스커트 밑으로 드러난 허연 다리가 곧아 보였다. 웨이터가 술과 안주를 세팅했다. 술은 발렌타인 21년산이었다. 빈 쟁반에는 10만 원의 팁이 얹혀졌다. 입이 귀에 걸린 웨이터는 머리가 바닥에 닿도록 인사했다.

어쩌다 보니 현우 양옆으로 파트너와 마담이 앉았다. 아니, 마담의 상술일 것이다. 두 사람은 이미 단골이고, 초면인 현우의 신분을 파악해야 하니까. 한편으론 젠틀한 스타일이 한몫했는지도 모른다. 그래서인지 마담은 현우의 입에 안주를 넣어 주며 대화를 독점했다. 자기의 역할을 뺏긴 파트너는 과일만 깎는 처량한 신세가 되었다. 마담이 점점 밀착하며 현우를 터치하기 시작했다. 이 모습에 동수가 시샘 어린 투정을 부렸다.

"역시 남자는 멋있고 봐야 해."

"동수 오빠는 밤일이 멋지잖아요."

파트너 맞장구에 모두 한바탕 웃었다.

이때 동인의 파트너가 그의 팔짱을 끼며 말했다.

"오빠, 나 사랑해?"

"야, 너 사랑이 뭔 줄 알아? 사랑이란 누군가를 90% 이상 믿는다는 거야. 까놓고 나, 너 그렇게 못 믿어."

"그럼 몇 %나 믿는데?"

"51%."

"겨우?"

"그래도 절반은 넘잖아. 나는 어떤 놈이건 49% 이상은 안 믿어."

이날 현우는 술기운에 그의 말을 무심코 흘려버렸다. 그러나 알았어야 했다. 자신도 그 '어떤 놈'에 속한다는 것을.

"동수 오빠, 요즘 사업이 잘나가나 봐요. 얼굴에 기름기가 철철 흐르는데?"

"야, 너 백조 알지? 이 백조가 물 위에서는 폼 나고 우아하게 떠 있지만 물속에선 어떤지 아냐? 졸라리 헤엄치고 있어. 산다는 게 그런 거다. 장난 아냐 인마."

"따봉! 우리 오빠 감동적이네."

"아니, 세상에 나를 감동시키는 건 딱 세 가지뿐이야. 캐시와 크레디트카드 그리고 섹스. 그런 의미에서 오늘 우리 붕가붕가 한 번 할까?"

동수는 손바닥을 겹쳐 비비며 요상한 소리를 냈다.

"콜!"

이때 웨이터가 마담을 밖으로 불러냈다. 현우의 파트너가 그에게로 바짝 당겨 앉았다.

"마담 언니가 진짜 오빠를 좋아해서 사실은 저 질투했어요."

입술을 살짝 내민 뽀로통한 표정이 귀여웠다.

"오빠, 여기 자주 오세요?"

"처음이에요."

현우는 비로소 파트너의 얼굴을 가까이 보았다. 쌍꺼풀 없는 오목조목한 이목구비의 생머리 아가씨였다. 그는 속으로 엉뚱한 질문을 던졌다.

'이 아가씨는 왜 쌍꺼풀 수술을 안 했지?'

두 아가씨는 쌍꺼풀 한 티가 났고 애교스러운 반면 그녀는 얌전했다.

"저는 희현이예요. 성희현. 본명이에요. 비록 이런 데서 일하지만 가명을 쓰고 싶지는 않아요. 부모님께서 지어 주신 이름이잖아요."

현우는 자기의 주관이 뚜렷한 그녀가 마음에 들었다.

"오빠 이름은요?"

"난, 난…."

순간 어떻게 해야 할지 난감했다. 이 자리에서 본명을 말할 수는 없지 않은가!

"강현수예요."

잠깐 명함의 이름이 스쳤지만 지금 동수와 동인이 부르는 현수가 좋을 것 같았다. 어차피 둘 다 본명은 아니니까.

"어! 오빠와 전 공통점이 있네요."

"네?"

"오빠와 저의 이름에 '현'자가 똑같이 들어가잖아요. 이건 분명 인연이에요. 안 그래요?"

"듣고 보니 그러네요."

그녀는 현우와의 첫 만남에 인연이란 끈을 억지로 엮으며 다가왔다.

"오빠는 왠지 저 오빠들과 어울리지 않는 것 같아요."

"무슨 뜻이에요?"

"오빠는 말끝마다 존댓말을 쓰고 굿 매너잖아요. 게다가 인상도 좋고 마음씨도 굉장히 넓을 거 같아요."

"제가 좀 중독성 있는 마스크이긴 하지요. 또 제 닉네임이 강태평양입니다."

"분위기와 다르게 오빠는 유머도 있네요. 너무 매력이 넘쳐요."

그녀는 환하게 웃으며 현우의 가슴을 토닥거렸다.

술집 아가씨라도 말을 놓지 않는 것이 그의 습관 중 하나였다. 그것은 약자를 무시해서는 안 된다는 나름의 개똥철학이다.

언제부턴지 동수는 파트너 상의에 손을 넣고 가슴을 주무르고 있었다. 동인도 파트너 허리를 감고는 키스하느라 바빴다.

노래방 기계에서 신나는 음악이 흘러나왔다. 동인은 파트너를 껴안고 노래를 불렀다. 동수와 파트너는 열심히 몸을 흔들었다. 노래책만 넘기는 현우를 대신해 희현이 잔잔한 블루스 곡을 선정했다. 사이키 조명 아래 서로의 몸이 하나가 되어 흐느적거렸다. 후렴 부분에 접어들었을 때 그녀는 가만히 현우의 허리를 당겼다. 입술이 다가와 달콤하게 속삭였다.

"희현이는 이제 현수 오빠가 좋아질 것 같아요."

"나도 그래."

현우는 살포시 그녀의 좁은 어깨를 감싸며 촉촉한 눈망울에 입을 맞추었다. 물론 아무도 눈치채지 못했다.

"현수야, 뜨거운 밤 보내고 월요일에 보자!"

동수의 목소리가 귓가에 가물가물 들렸다.

12월 8일 (토)

눈을 뜬 현우는 주량 초과로 정신이 몽롱하고 머리가 어질어질했다. 방 안이 낯설었다. 한참 시간이 지난 것 같은데 사방 어디에도 시계는 보이지 않았다. 숙박업소의 공통점은 벽시계가 없다는 것이다. 시간을 모르면 투숙을 연장할 거라고 확신하는 주인들의 근거는 도대체 알 수가 없다. 휴대폰 시계는 오전 10시를 가리키고 있었다. 그 옆에 작은 메모지가 눈에 띄었다.

'현수 오빠를 알게 되어 정말 기뻐요. 우연이란 없잖아요. 오빠와의 만남을 저는 필연이라 믿고 싶어요. 오늘 엄마 생신이라서 동생이랑 준

비하기로 했거든요. 그래서 먼저 가니 이해해 주세요. 제 전화번호예요. 희현이가.'

어제 현우는 이야기가 길어질수록 그녀의 순수한 매력에 마음이 이끌렸다. 이 계통에서 쉽게 느끼기 힘든 감정이었다.

'오늘 할 일은 뭐지?'

그는 거울 속에 비친 흐리멍덩한 눈빛의 자신에게 되물었다. 메모지를 지갑에 넣고는 서둘러 샤워를 했다. 작업 이후로는 뚜렷한 이유 없이 혼자라도 뭔가 해야 된다는 강박관념에 쫓기는 것 같았다.

모텔을 나와서 피시방으로 갔다. 토요일 오전이라 한적했다. 현우는 구석진 자리에 앉았다. 이 작업을 하면서 변한 것이 있다면 늘 음침한 곳을 찾는다는 것이다. 커피숍도 식당도 술집도 마찬가지다. 포털 사이트 검색창에 '대포 폰'을 치려다 '선불 폰'으로 바꾸었다. 대포 폰 판매업자들이 최소 두 달 이상은 통화를 보장한다고 하나 믿을 수 없다. 언제 만든 것인지 확인도 불가능할뿐더러 개통된 지 오래된 폰이면 바로 정지될 수 있다. 전에 동인이 했던 말이 떠올랐다.

'대포 폰을 구입했는데 열흘 만에 통화 정지가 됐지 뭐야. 그런데 판매업자가 전화번호를 없애고 잠수 타서 돈만 날렸어.'

또한 선불 폰을 선택한 까닭은 희현과의 통화가 그리 많지 않고 요금이 남아 있는 동안 끊길 염려가 없다는 것이다. 선불 폰 판매업자는 셀 수 없을 정도로 많았다. 그중에 동인이 준 대포 폰으로 전화를 걸었다. 신분증 사본을 팩스로 요구했다. 순간 당황했으나 이 문제는 쉽게 해결되었다.

그는 잽싸게 피시방을 나와 사무실로 갔다. 동인의 서랍에 카드깡할 때 모아 둔 손님들의 인적사항이이 있어서다. 주민증 사본을 한 장 꺼냈다. 그러다 잠시 생각하곤 여러 장을 복사했다. 혹시 나중에라도 필요할 것 같은 예감이 들었기 때문이다. 주변 문구점에서 팩스를 보냈다. 동인에게 선불 폰 구입을 부탁하면 간단하겠지만 왠지 그러고 싶지 않았다. 사실은 그 이유를 둘러댈 적당한 구실이 없다. 그렇다고 희현이를 향한 자신의 마음을 밝힐 수는 없지 않은가! 그것은 자존심 문제였다.

그런데 이 선불 폰 개통이 앞으로 현우의 정체를 숨기는 데 일조할 줄은 그도 전혀 몰랐다.

희현이 연락처를 물었을 때, 그는 망설이다 다음에 알려 주겠다고 얼버무렸다. 그 어느 누구도 작업이 끝나기 전까지 자기의 전화번호를 알아서는 안 된다. 지금 구입하는 선불 폰은 그녀와 통화할 때 사용할 예정이다.

"휴대폰을 받은 후 퀵 기사에게 물건 값을 줄게요."

"편한 대로 하세요."

판매업자는 개의치 않았다. 계좌이체도 가능했지만 추적의 고리를 끊기 위한 방법이었다.

8
디데이 16일 전

12월 10일 (월)

동인은 출근하자마자 회의를 소집했다. 이어 비장한 목소리로 말문을 열었다.

"디데이는 26일 수요일로 잡았어요. 이제 16일 남았지요. 작업할 업체 수와 작업 금액은 아직 미정이에요. 이체 통장은 수십 개가 필요할 거예요. 정신 바짝 차려야 돼요. 빈틈이 있어서는 절대 안 된다는 거지요."

순간 싸한 긴장감이 맴돌았다. 마치 전쟁터로 나가는 출정식 같았다. 동인은 신문 금융 광고를 보고는 휴대폰을 집어 들었다.

"거기 대양금융이지요? 저희는 주로 부동산 담보대출을 하는데요. 이 일을 오래 하다 보니 잔고증명 의뢰가 많이 들어와서요. 조건이 맞으면 대양금융과 거래를 하려고 전화 드렸습니다. 수수료는 억당 얼마까지 주실 수 있나요? 조금 더 싸게는 안 될까요? 그럼 생각해 보고 연락드리겠습니다. 어느 분을 찾아야 하지요? 저는 김 실장이라고 합니다. 수고하십쇼."

통화를 마친 그는 현우에게 신문을 주고 자리로 돌아갔다.

'잔고증명, 예금조성, CD, 평잔, 자금대납'이란 용어로 보아 잔고증명 등을 취급하는 사채 사무실 광고 같았다. 그중 '시디'에서 며칠 전 갔던 명동 사채 사무실이 떠올랐다. 아마도 그들은 이런 사채업자에게 잔고증명을 의뢰해서 작업했을 것이다. 일간지와 경제지에 실린 잔고증명 광고는 수십여 개였다. 대부분 명동 쪽에 몰렸고, 강남에도 있었다. 무심히 훑던 현우의 동공이 순간 번쩍이며 다리가 부르르 떨렸다.

'수일금융!'

하마터면 소리를 지를 뻔했다. 숨이 턱 밑까지 차올라 숨 쉬기가 힘들었다. 작년에 미행했던 사무실 소재지와도 같았다.

'그래! 잘하면 이 연놈들에게 복수를 할 수 있어.'

그는 회심의 미소를 띠며 속으로 쾌재를 불렀다.

"현수 형, 팩스 오면 좀 갖다줘요."

이 희열을 동인이 깨는 바람에 생각을 뒤로 미뤘다.

"조금 전에 전화 드렸던 김 실장입니다. 억당 30만 원까지 해 주시면 서류를 넣겠습니다. 가능하다고요? 그러면 그쪽 잔고증명 양식을 저희 사무실 팩스로 보내 주셨으면 합니다."

동인은 방금 통화한 업체명과 담당자, 전화번호 등을 휴대폰 뒷면에 깨알같이 적었다. 작업하면서 휴대폰이 바뀌는 것을 방지하기 위함이다. 이런 철두철미한 모습에 현우는 감탄하면서도 한편으론 질렸다.

잠시 후 '뚜' 소리와 동시에 팩스기에서 10여 장의 용지가 쏟아져 나왔다. 대양금융에서 보낸 잔고증명에 필요한 서류이다. 동인이 문의 잠금장치를 누르고는 소파에서 현우를 불렀다.

"이 서류와 수수료를 대양금융에 보내서 잔고증명 작업을 할 거예요."

"몇 번이나?"

"원하는 정보를 빼낼 때까지요."

"그런데 수수료는 뭐야?"

"일반인이 잔고증명을 의뢰하면 보통 수수료가 1억당 40만 원에서 50만 원이에요. 물론 더 받는 데도 있어요. 공시 가격이 정해진 것도 아니니 부르는 게 값이지요. 그런데 내가 동종업체라고 하니까 30만 원, 즉 도매가로 주었다고 생각하면 돼요. 센터링하는 우리도 떨어지는 게 있어야 고객을 보내지 않겠어요?"

"그렇게나 많이?"

"빈 바늘로 물고기를 잡을 순 없잖아요. 미끼를 줘야지요."

그는 동인의 말을 들으면서 한편으로 엉뚱한 계산을 하기 시작했다. 잔고증명의 돈은 당일 입금하고 다음 날 일찍 인출한다. 만약 1억을 투자한다면 주말을 제외하고 이틀에 한 번 꼴로 10번의 자금 회전이 된다. 수수료를 최하 40만 원으로 잡아도 월수입이 400만 원이다. 요즘 은행에 1억을 맡겨도 한 달 30만 원의 이자를 받기 힘든 것과 비교하면 엄청난 이익이다. 더구나 지하 자금이라 노출이 안 되니 이자소득의 세금도 없어 전부 순수익이다. '역시 돈이 돈을 벌고 위험한 장사가 많이 남는구나'란 생각에 씁쓸했다.

"작업에 드는 수수료가 상당할 텐데?"

"어쩔 수 없지요. 그래서 최대한 빨리 정보를 빼내는 만큼 돈을 아끼는 거죠."

"그게 어렵지 않을까?"

"물론 쉽지 않죠. 잔고업체마다 방법이 달라 그걸 푸는 게 관건이에요. 이제 형도 있으니 함께 머리를 싸매 봐야죠. 동수 형은 이런 쪽으로 도움은커녕 민폐만 끼치거든요."

동인이 혀를 날름거리자 동수가 흰자위를 희번덕거렸다.

'삐리릭 삐리릭.'

처음으로 광고 전화의 벨이 울렸다. 순간 세 사람의 눈길이 전화기로 쏠렸다.

"다한컨설팅입니다."

현우의 목소리가 살짝 떨렸다.

"거기 대출 사무실인가요?"

"예, 맞습니다."

"광고에 실적으로 대출해 준다는데 이게 무슨 말인가요? 저는 주부라서 사업자도 아닌데 정말 5천만 원까지 가능한가요? 신짜 은행 대출은 맞나요?"

여자는 한꺼번에 질문을 쏟아냈다.

"전화 거신 분의 명의로 통장을 개설하여 저희가 거액의 돈을 입출금 시킵니다. 그러면 은행에서 그 실적을 근거로 대출해 드리는 겁니다."

"대출 이자는요?"

"은행 대출이므로 연 8~10%대라 보면 될 거예요."

"수수료는 얼마예요? 대출은 즉시 되나요?"

"수수료는 대출금의 10%입니다. 대출은 예금 실적을 쌓는 기간이 필요하기에 서류 접수 후 2주에서 3주 정도 걸립니다. 자세한 내용은 사무실을 방문하여 상담하시는 게 좋을 듯싶네요. 그리고 먼저 대출 최고 금액을 저희와 거래하는 은행에 알아봐야 합니다. 신용불량이면 대출이 안 되는 손님도 간혹 있거든요. 바쁘신데 사무실까지 와서 헛걸음하면 서로 미안하지 않습니까. 대출 받을 의향이 있으시면 손님의 성함과 주민번호, 연락처를 알려 주시겠어요?"

여자는 한 치의 의심도 없이 자기의 인적사항을 말했다. 수화기를 내려놓자마자 기립 박수가 터졌다.

"거 봐. 이번 작업에 현수가 꼭 있어야 한다고 내가 했잖아."

"형, 처음인데 대단하네요."

동인은 만족했는지 입꼬리를 올렸다. 현우도 뿌듯한 양 가슴을 쭉 내밀었다.

"현수 형, 이 광고를 지역정보지에 내 줘요."

그것은 부동산 담보대출과 잔고증명의 광고 문안이었다.

"정말로 이걸 하려고?"

"아녜요. 이 광고를 내는 이유는 두 가지예요. 첫째는, 작업하려는 업체에서 불시에 우리의 정체를 확인할 수가 있잖아요. 예를 들면 이 지역에 와서 정보지를 회수해 갈 수도 있고요. 또 영업하는 내용을 팩스로 보내 달라고 할 수도 있지요. 우리가 부동산 담보대출과 잔고증명을 한다고 했는데 그 증거가 없잖아요. 지금 나가는 광고는 신용 대출이라 파트가 다르기에 큰일 나죠. 바로 우리 사무실을 의심할 거예요. 저들은 잔고증명의 돈이 언제든 사고 날 수 있다는 것에 늘 불안해할 테니까요. 둘째는, 진짜 잔고증명 손님이 오면 의뢰하는 거예요. 어차피 정보 파악을 위해 수수료를 줘야 하는데 우리 의뢰인이 있으면 일석이조죠. 수수료를 아끼면서 정보도 빼내고요. 이 광고로 오는 상담 전화는 내가 담당할 테니 그리 아세요."

혹시 모를 위급 상황에 대비하고 이익까지 고려한 그의 용의주도함에 현우는 넋을 잃었다.

두 번째 전화가 울린 것은 점심을 먹고 난 직후였다. 현우는 한결 여유롭게 전화를 받으며 속으로 중얼거렸다.

"무슨 일이든 처음이 어렵지 다음부터는 수월하기에 상습범이 되는구나."

상대방은 카센터를 운영한다는 개인 사업자였다. 상담 내용은 전과 크게 다르지 않았다. 그는 동인의 족집게 강의가 적중한 것에 탄복하지 않을 수 없었다.

임의로 5천만 원까지 대출이 가능하다고 하자 그는 내일 사무실로 방문하겠다고 했다. 현우는 일일 캘린디 메모지에 '오진 10시 카센터'라고 적었다.

"여기가 다한컨설팅인가요?"

문이 열리며 중년 여자가 얼굴을 빼꼼히 내밀었다. 매서운 날씨에 한참을 걸어왔는지 두 볼에 실핏줄이 돋았다. 현우는 정수기의 뜨거운 물로 커피믹스를 타서 내놓았다. 그녀는 경계의 눈빛으로 사방을 두리번거렸다. 두 손등에서 그동안 험난한 세월을 살아온 인고의 흔적이 드러났다.

"손님이 오시기 전에 거래하는 은행에 알아보니 세 곳에서 천만 원씩 3천만 원까지 가능합니다. 원하시는 대출금이 얼마인가요?"

"사실은 더 필요하지만 그만큼이라도 된다면 다 받고 싶어요."

현우는 탁자에 있는 실적 통장들을 보여주며 말했다.

"저희가 손님 명의의 통장으로 하루에 몇 억을 입출금해서 실적을 쌓은 겁니다."

여자는 거액에 놀라 벌린 입을 다물지 못했다. 그는 손가락으로 대출금을 콕 찍으며 강조했다.

"은행에서 이 실적을 근거로 대출된 돈입니다."

"정말이네요!"

다시 한번 동인의 예측이 100% 맞아떨어졌다. 경험이 이론보다 중요하다는 사실이 증명된 것이다.

"대출이 더 빨리는 안 될까요?"

"죄송하지만 그건 힘듭니다. 실적 대출이라 기간이 필요하거든요. 넉넉히 3주 정도는 걸립니다."

가능한 시간을 길게 잡았다. 이제 디데이는 16일 남았다. 만일 2주로 말한다면 그 이후에 독촉을 받을 것은 불 보듯 뻔하다. 동인은 핑계로 대출을 미루면 된다고 했으나 그의 생각은 달랐다. 또 그럴 마음은 추호도 없었다. 손님들을 직접 상담한 사람은 자신이다. 그러므로 나에게 불평하며 책임을 추궁할 것이 아닌가! 그들은 약속한 날에 대출금이 나올 거라 믿고는 나름대로 계획을 세우기 때문이다. 여자에게 1일 이체 한도 금액, 인터넷 뱅킹 신청 방법과 은행의 위치 등을 일러 주었다. 그녀는 환한 얼굴로 사무실을 나섰다.

"형, 저 여자 것은 이체 통장만 쓸 거예요."

동인이 말하는 의미를 알 것 같았다. 잔고 사무실로 보낼 서류를 만들 필요가 없다는 뜻이다. 그녀의 등본에는 본인과 아들만 등재되어 있었다. 손님이 방문하면 현우가 등본과 인감증명서, 주민증을 받는다. 준비 서류는 대출 광고에 이미 나와 있다. 동인에게 등본을 슬쩍 건넨다. 그가 고개를 끄덕이면 작업용이고 흔들면 이체 통장용으로 그들만의 사인이다. 등본에 가족이 전부 등재되었고 정상적인 사람의 서류를 보내야 한다고 동인은 말했다. 세대주가 혼자거나 주민등록 말소 등이 있으면 사고를 염려해 잔고업체에서 기피한다는 것이다. 그리고 여자보다는 남자가 좋다고 했다. 혹시 그쪽에서 의뢰인에게 물어볼 일이 있어 연락이 와도 무난히 처리할 수 있다는 것이다. 그의 사무실은 모두 남자만 있어서다. 잔고업체에 보내는 서류 연락처에 선불 폰 번호를 기재한다. 그들과 통화했던 동인은 빼고 두 사람이 잔고증명 의뢰자의 역할을 대신하면 문제는 없다.

사무실에 서류 맡기는 것을 불안해하는 손님에게는 이렇게 이유를 댄다. 본인 통장으로 잔고증명의 돈이 입금되는데 만에 하나 흑심을 품어 인출한다면 우리로서는 속수무책이다. 물론 사기죄로 고소하겠지만 당장 자금 회전이 안 되어 피해가 엄청 난다며 은근히 겁을 준다. 받은 서류와 각서는 대출이 나가고 수수료를 지급하면 즉시 돌려주니 안심해도 된다고 말한다. 각서는 잔고업체에서 요구하는 서류의 하나로 의뢰인이 고의로 잔고증명의 돈을 빼 갈 경우 민·형사상 책임을 묻겠다는 내용이다. 사실 이체 통장만을 확보하려는 손님에게 이 각서는 무의미하다. 다만 그들이 하는 대출이 가짜가 아니라는 것을 심어 주려는 의도이다. 그러나 실제 잔고증명을 의뢰하는 사람이라면 이 서류들을 잔고업체에 보내야 하므로 필히 받아야 한다.

은행에 다녀온 여자는 통장 세 개와 신청서, 보안카드 등을 건넸다.
"대출금은 어디에 쓰실 건데요?"
동인이 서류를 검토할 동안에 단지 어색한 분위기를 깨려는 물음이었다. 그녀는 고통스런 표정으로 어렵게 입을 뗐다.
"최근 아들이 심한 통증을 호소하여 병원에 갔는데 간암 말기라는 판정을 받았어요. 앞으로 살날이 길어야 6개월 정도랍니다. 불과 두어 달 전만 해도 별다른 이상이 없어 몰랐지요. 20여 년 전 남편을 잃고 생계를 꾸리기 위해 새벽에 우유 배달, 아파트 청소, 파출부 등을 했어요. 그래도 아들과 서로 의지하였기에 지하 셋방에 살면서도 이렇게 무너진 적은 없었답니다."
어느새 그녀의 눈물이 그렁그렁 맺혀 곧 흘러내릴 것만 같았다.
"저는 배운 게 없어서 몸으로 열심히 살아왔어요. 이제 얼마 남지 않은 시간을 아들 곁에서 보내야겠다는 생각에 일을 그만두었어요. 그런데 최근 어느 병원의 간이식 권위자가 아직 젊으니 수술을 해 보자고 권유해서 희망이 생겼어요. 수술비가 우리 형편에서는 엄청나지만 꼭 수술을 받고 싶어서 은행에 알아보았어요. 하지만 제가 자격 미달이라 모두 퇴짜를 놓더군요. 고민하던 중 정보지의 광고를 보고 오게 되었지요."

여자는 감정이 복받치는지 훌쩍거렸다. 현우가 등본을 보니 그녀의 아들은 자기와 비슷한 또래였다.

"젊은데 어떡하다가 간암에 걸렸어요?"

살면서 고생만 시켰던 남편은 노상에서 술병과 함께 숨진 채 발견됐다고 한다. 그런데 장례 비용이 없어 시신을 집으로 운구하는 과정에서 당시 초등학생 아들이 B형 간염에 감염되어 그해 심하게 열병을 앓았다고. 그것이 지금의 간암으로 번졌다는 의사의 진단을 받았다고 했다.

"암이 폐까지 전이되어 더 이상 손을 쓸 수 없는 상황이지만 아무것도 해 줄 수 없어 마음이 너무 아파요. 이게 마지막 희망일지도 모르는데 돈이 없어서 자식을 죽게 만드는 엄마의 심정을 헤아려 주세요."

그녀는 얼굴을 감싼 채 흐느꼈다. 현우는 어떤 말로 위로해야 할지 난감했다. 한편으론 물어본 것이 후회되었다.

'최선을 다해 대출이 나오도록 노력해 볼게요.'

이 말을 해 주고 싶었지만 목구멍에서 맴돌 뿐이다.

"수술만 하면 분명히 완쾌될 거예요. 힘내세요."

현우는 휘청거리며 계단을 내려가는 여자의 손에 3만 원을 쥐여 주었다. 그 돈은 그녀가 통장 세 개를 개설하면서 각 통장마다 만 원씩 입금시킨 금액이다.

그는 왠지 가슴이 아려왔다.

그러나 곧 자신을 합리화시켰다.

'저 사람에게 금전적으로 피해를 주는 것도 아니잖아. 다만 실망을 줄 뿐이지. 살다 보면 실망이 어디 한두 번인가?'

여자의 신청서로 인터넷 뱅킹 등록과 공인인증서를 만들던 동인이 말했다.

"현수 형, 다행히 이 아주머니는 공인인증서가 없어 내가 만들었는데 꼭 인증서 여부를 물어봐야 돼요. 이미 인증서가 있으면 그 암호를 알려 달라고 하세요. 만약 암호를 모른다고 하면 최초로 만든 은행에다 해지를 한 후 연락하라고 해요. 인증서가 없으면 이체를 못 하거든요."

현우는 포스트잇에 '공인인증서 확인'이라 적고는 책꽂이에 붙였다.

세 번째 상담 전화는 어이가 없었다.

"거기 사무실 위치가 어디요?"

중년 사내의 격양된 음성이 다짜고짜 물어왔다. 현우는 불쾌하여 퉁명스럽게 되물었다.

"왜요?"

내용인즉 이랬다. 아내가 지역 정보지를 보고 대출사무실에 갔다. 그쪽에서 은행에 350만 원을 예치하면 한 달 내에 2천만 원을 대출해 준다하여 시킨 대로 했다. 그런 후 입금한 돈은 인출되었고 연락도 안 된다. 그런데 이 광고에 '실적 대출'이라 적혀 있어 전화를 했다는 것이다.

"이 사기꾼들아! 내가 가만있을 줄 알아? 경찰에 신고할 거야!"

사내의 엄포에 현우는 심장이 덜컹 내려앉았다. 어쨌든 빨리 수습을 해야 한다.

"잠깐만요? 실적 대출이라면 통장만 주면 될 텐데 왜 도장을 맡기고 비밀번호까지 알려 주셨나요?"

"듣고 보니 그, 그건 또 그러네…?"

사내는 현우의 날카로운 지적에 좀 수그러졌다. 일단 흥분을 가라앉혔다면 이제 쐐기를 박아야 한다.

"저희는 오늘 처음으로 대출 광고가 나갔어요. 정보지 회사에 확인해 보세요. 그리고 부인과 함께 사무실로 오세요."

사무실 위치까지 말하자 한풀 꺾인 사내는 다시 연락하겠다며 전화를 끊었다.

'우리는 절대 수수료를 먼저 받지 않는다.'

동인의 이 말을 그제야 확실히 알 것 같았다. 만약 선수수료를 받았다면 질질 끌려 다녔거나 잠수 준비를 했을지도 모른다. 어느새 그의 이마에 식은땀이 맺혔다. 현우는 손바닥으로 쓱 문지르며 긴장된 가슴을 쓸어내렸다.

"동인아, 혹시 사무실에 단속이 나오면 어떡하지?"

"신경 쓸 거 없어요. 손님에게 수수료를 받고 돌려주지 않으면 사기가 되겠지만 우린 한 푼도 받은 게 없잖아요. 또 손님 통장을 대포 통장으로 팔면 금융거래법 위반으로 저촉되겠지만 그것도 아니잖아요. 굳이 걸린다면 대부업 등록을 안 한 건데 엊그제 영업해서 준비 중이라고 하면 돼요. 대부업 미등록은 경고나 과태료 부과 정도예요."

동인은 의기양양하게 말했다.

"우리가 은행 직원과 짜고 대출한다는 소문이 나면 경찰에서 내사할 수도 있지 않을까? 일명 '금융브로커 사건'이라고나 할까?"

"형 말대로 그럴 수는 있어요. 광고를 보고 대출 손님인 척 위장 수사를 할 수도 있지요. 또 손님들의 입을 통해 퍼질 수도 있고요. 만일 조사가 나오면 '우리는 직접 대출을 하는 것이 아니다. 원라인에게 약간의 수수료를 받고 서류만 대행한다'라고 하는 거예요."

"원라인을 추궁하지 않겠어?"

"당연히 원라인을 파고들겠지요. 그러면 그 사무실을 가 본 적이 없고 휴대폰으로만 연락한다고 하는 거예요. 단 그 번호는 알려줘야겠죠."

"그 번호라니, 원라인 번호?"

현우는 마른침을 꼴깍 삼켰다. 야릇한 미소로 동인은 서랍에서 같은 모양의 스티커가 붙은 휴대폰 두 개를 꺼냈다.

"이것은 원라인 폰이고 저것은 연락하는 폰이에요. 작업하기 전부터 동수 형하고 이 두 개 폰으로 원라인과 통화를 주고받은 것처럼 했어요. 물론 지금도 하고 있지만요. 경찰에서 나왔을 때 원라인 번호를 알려 주고 그 폰을 무음 상태로 숨기는 거지요. 그리고 연락하는 폰을 보여 주며 원라인과 통화한 폰이라고 하는 거예요. '그런데 얼마 전부터 원라인과 연락이 안 된다. 이제 우리도 이 일을 접을 것이다'라고 선수를 치는 거지요. 경찰이 원라인 폰에 전화를 해도 신호는 가니까 우리 말이 맞고요. 통화 내역을 조회한다 해도 비슷한 내용이 있으니 완벽하죠."

"원라인과의 관계를 추궁하지 않을까?"

"전에 사채를 할 때 잠깐 알았는데 한 달 전쯤 우연히 만나 '이런 식으로 서류를 받아 접수하면 수수료를 준다' 하여 시작하게 되었다고 둘러대는 거예요. 그때부터 통화내역은 있으니까요."

현우는 그의 완벽한 시나리오에 말문이 막혔다. 이어 안도하는 표정으로 바뀌었다.

다음 전화는 덤프트럭을 운전한다는 아저씨였다. 5천만 원까지 대출이 가능하다고 하자 당장 방문하겠다는 것을 내일 오후로 미뤘다. 오전에 카센터 사장과의 선약 때문이다. 퇴근 무렵에 온 전화의 목소리는 앳된 아가씨였다.

"오늘은 피곤해서 못 가고요, 내일 오후에 친구와 함께 갈게요."

그녀는 맹랑하게 일방적으로 선포했다. 그때만 해도 현우는 이 아가씨의 친구가 두 번째 아군이 될 줄은 전혀 생각지 못했다. 어느덧 벽시계는 6시를 가리켰다. 누구랄 것도 없이 서로가 옷을 주섬주섬 챙겨 입었다.

'우리가 공무원인가? 회사원인가? 그나마 야근과 출장이 없는 것이 천만다행이네!'

내일 상담 스케줄이 꽉 찼다. 현우는 로또 당첨 여섯 자리 번호 중 벌써 세 자리는 적중된 듯싶었다. 그는 힘찬 걸음으로 문을 박차고 나섰다.

9
두 번째 아군과의 만남

12월 11일 (화)

　동인은 출근하자마자 화이트보드 일정표에 'C은행 김 차장 저녁 7시 미팅', 'S은행 박 과장 12시 점심 약속', 'K은행 최 부장 모친 회갑연' 등을 적어 나갔다. 그 내용은 한 주간마다 2~3일 간격으로 반복되었다.
　"형, 손님 상담할 때 참고하세요."
　현우는 그 말이 무슨 뜻인지 안다. 손님들에게 우리가 은행 직원과 한통속임을 암시하라는 것이다.
　'저놈은 자면서도 작업의 꿈을 꿀 거야. 아마 나도 그 꿈속에 몇 번은 나타나지 않았을까!'
　10시쯤 카센터 사장 부부가 왔다. 남편은 50대로 목소리가 우렁차고 순박해 보였다. 그는 자기 카센터 옆에 대기업에서 운영하는 주유소가 새로 생겼는데 카센터 영업도 겸한다고 했다.
　"저는 부품을 도매상에서 갖고 오는데 그쪽은 본사에서 공급받기에 도저히 가격 경쟁이 안 돼요. 또 거기는 무료로 자동 세차를 해 주어 고객을 다 빼앗겨 월세도 못 내는 형편입니다."

카센터 사장은 까칠한 턱수염을 만지며 울상이다.

"아내와 상의한 끝에 가게와 맞붙은 자투리땅을 빌려 손 세차장을 하려고요. 그런데 그동안 애들 키우며 먹고사느라 지금의 돈으로는 부족하여 여기까지 왔네요."

"비록 근처에 자동 세차기가 있어도 손 세차 손님은 따로 있기에 성의껏 하면 고정 손님을 확보할 수 있어요. 물론 저도 할 거예요."

곁에서 얌전히 있던 아내가 거들었다.

"서류는 갖고 오셨지요?"

현우는 등본과 인감을 세 통씩 받고 세 개 은행을 지정해 주었다. 그리고 각 은행에서 2천만 원씩 대출이 가능할 거라고 말했다. 등본과 인감을 세 통이나 받은 이유는 이 사람은 신분이 양호하여 세 군데 작업용으로 쓸 거라는 동인의 귀띔이 있어서다. 잔고업체에 보낼 서류를 작성하고 부부는 다정하게 사무실을 나섰다.

그들이 나간 후, 동인은 지역정보지에 게재하라며 그에게 문구 하나를 내밀었다. 그것은 색다른 광고였다.

'명의대여자 구함. 고수익 보장. 40세 이상 남·여.'

기존 광고와 특히 다른 점이 연락처에 일반전화가 아닌 휴대폰 번호만 기재되어 있었다.

"명의대여자? 이건 뭔데?"

"돈을 인출하려면 사람이 필요하잖아요. 우리가 할 수는 없지요. 여자는 돈을 찾을 거고 남자는 바지 작업을 할 거예요."

"바지 작업?"

이때 노크 소리가 나는 바람에 현우는 얼른 입을 막았다. 오후에 방문 예정이던 덤프트럭을 운전한다는 아저씨였다. 손에는 음료 박스가 들려 있었다.

"왜 이렇게 일찍 오셨어요?"

"강 실장님께서 대출이 된다고 해서 어제 한숨도 못 잤습니다. 너무 기쁜 마음에 부리나케 달려왔습니다."

꼬박꼬박 존댓말로 이미 그는 대출이 된 양 들떠 있었다. 음료 뚜껑을 손수 따서 일일이 주고는 나머지를 냉장고에 넣기까지 했다. 주객이 전도되어 미안하면서도 친근한 정이 갔다. 등본상으로 50대 중반이었지만 새치가 많아 나이가 더 들어 보였다.

그는 깊은 한숨을 내쉬고는 자신의 처지를 하소연하기 시작했다. 자기는 평생 운전만 해서 가족을 부양했는데 몇 년 전에 대형 교통사고가 났다는 것이다. 그래서 트럭까지 팔아 합의를 보고 지금은 회사에 월급쟁이로 일한다고 했다.

"얼마 전부터 눈이 아프고 점점 사물이 흐릿하게 보이는 겁니다."

"왜요?"

"당뇨합병증이 원인이라고 합니다. 실명된 오른쪽 눈을 빼서 인공눈을 삽입해야 통증이 멈춘다고 하네요. 그런데 회사에서 어떻게 알았는지 사고가 날 수 있으니 퇴직하라고 합니다. 할 줄 아는 거라곤 운전밖에 없는데 정말 큰일입니다."

그는 망연자실한 표정으로 고개를 떨구었다.

"결혼을 늦게 해서 자식들이 중·고등학생과 늦둥이 초등학생인데 뒷바라지할 일이 까마득합니다. 처도 오래 전부터 관절염을 앓아 매일 약으로 버티고 있습니다. 제가 아니면 생계를 책임질 사람이 없습니다."

그는 얘기가 길어질수록 이마의 주름도 깊어졌다. 다행히 살면서 인심을 안 잃어 주위에서 도와주겠다는 사람이 많다고 했다. 자기 주변 사람들은 거의 운전하는 자들인데 만약 기름을 공급할 수 있으면 자신에게 받겠다고 했단다. 먼저 기름을 주고 월말에 결제하므로 이윤이 남는다는 것이다. 그러려면 보관 탱크가 필요하다고 했다.

"탱크를 설치할 장소는 저의 형편을 잘 아는 친척이 빌려주기로 했습니다. 그런데 기름 탱크는 위험물이라 땅을 파서 지하에 설치해야 합니다. 이 공사에 5천만 원 정도가 들어갑니다. 그래서 대출을 받으러 왔습니다."

"가능할 겁니다."

현우는 두꺼운 낯짝으로 공수표를 날렸다.

"대출이 나오면 제가 꼭 거하게 대접하겠습니다."

그의 얼굴에 한 줄기 서광이 비추었다. 그리고 현우의 손을 간절히 잡았다. 등본, 인감을 받고 은행을 지정해 주었다. 그는 숨 쉴 틈도 없이 은행으로 내달렸다.

'뚜~'

팩스 음이 울리며 용지가 출력됐다. 잔고업체인 '고려금융'에서 보낸 서류였다. 처음 대양금융에 이어 두 번째 양식이 도착했다. 아쉽게도 현우의 복수 대상인 '수일금융'은 아니었다. 그러나 아직 실망하기에는 이르다. 본격적인 작업은 시작도 하지 않았다. 여기서 시작이란 잔고업체에 서류를 접수하는 시점이다. 그때까지는 탐색전에 불과하다. 또 '수일금융'의 잔고 방법을 아직 파악하지 못한 상태이므로 섣불리 감정을 드러내서는 안 된다. 그래도 '수일금융'이 잔고업체라는 사실만으로도 성과는 충분하다. 현우는 티를 내지 않으려 입술을 깨물었다.

서류들은 공통적인 양식도 있었지만 업체마다 내용과 인쇄체가 조금씩 차이가 났다. 동인은 이것도 예민하게 반응했다. 각 업체의 서류가 섞이지 않도록 분류하라며 동수에게 신신당부했다. 그의 이유인즉 이랬다.

"그쪽은 자기와만 거래하는 줄 아는데 다른 업체의 양식을 보내면 의심받을 수가 있어. 굳이 여러 곳과 거래할 필요가 없는데 말이야!"

백번 일리가 있다. 동수가 서류의 정리와 보관을 맡았다. 동인의 구석진 자리는 파티션이 세워져 숨죽여 말한다면 알아듣기 힘들다. 그는 되도록 손님이 없을 때에 잔고업체들과 통화하고 '명의대여자 구함' 광고의 전화는 나가서 은밀히 받았다.

"아까 말한 바지 작업이란 게 뭐야?"
"바지 할 남자를 직접 잔고업체로 보내서 작업하려고요. 그러니까…."
그때 카센터 부부가 들어와 다시 대화가 중단되었다.
"사장님. 통장 개설 신청서에 저희가 일러 준 전화번호를 적으셨지요?"
"네. 그런데 원래 제 번호를 적어야 하는 게 아닌가요?"
의심이라기보다는 의아한 표정이다.
"실적 대출이다 보니 실적 금액 등을 상의하려고 은행에서 연락이 오는 경우가 있거든요. 이때 사장님보다는 우리가 잘 아니까 대처하는 거예요. 한마디로 빨리 대출을 나오게 하려는 거라고 보시면 돼요. 그래야 사장님도 좋고요."

"아~ 그렇군요. 정말 고맙습니다."

현우는 천연덕스럽게 둘러대는 자신의 철면피에 스스로 놀랐다. 순간 '좋은 사람과 가까이 하면 좋게 변하고, 나쁜 사람과 가까이 하면 나쁘게 변한다'는 '근주자적 근묵자흑(近朱者赤 近墨者黑)'이란 고사성어가 떠올랐다. 그런데 자신과 동인 중 이제 누가 '주(朱)'인지 누가 '묵(墨)'인지 헷갈렸다.

손님들에게 통장 개설 신청서 작성 시에 사무실의 선불 폰 번호를 적으라고 한다. 이를 위해 동인은 선불 폰을 30여 대나 더 샀다. 현우는 그가 대포 폰 대신 선불 폰을 구입한 까닭이 자기와 똑같을 거라고 단정했다. 또 동인은 이렇게 말했다.

"디데이에 잔고증명의 돈이 있던 은행에서 사고를 알았을 때는 이미 타 은행으로 이체된 다음일 거예요. 사고 은행에서 이체 은행으로 연락해 지급 정지를 요청하겠지요. 그러나 이체 은행은 통장 명의자의 허락을 받아야만 비로소 지급 정지를 할 수 있어요. 일단 입금된 돈은 어떤 사유를 불문하고 그의 소유로 추정하는 거지요. 우리는 10번 이상을 이체한다 해도 불과 30여 분이 안 걸려요. 그동안 은행마다 비상이 걸리겠지요."

그는 자신만만하며 말을 이었다.

"은행에서 통장 명의자와 연락을 취할 수 있는 방법은 신청서에 기재된 전화번호 외에는 없잖아요. 그런데 그 번호가 각기 달라 은행들이 공조를 한다 해도 처음에는 의심을 벗어날 수 있지요. 또 그 폰들은 우리 수중에 있으므로 은행에서 전화가 왔을 때 자연스럽게 받는 거예요. 그런 후 휴대폰 주인이 잠시 자리를 비웠다는 구실 등으로 시간을 끌면 되지요. 그 핑계는 무궁무진하니 걱정할 필요가 없어요. 한 개 작업 업체의 이체가 30분 내에 끝나거든요. 은행에서 지급 정지까지 조치는 아마 반나절이 걸릴지도 몰라요. 우리는 그 시간의 반에 반이면 벌써 작업은 끝났지요."

동인은 이렇게 진행될 거라며 100% 확신했다. 카센터 부부는 부푼 가슴으로 사무실을 나갔다.

"현수 형도 이제 베테랑이 다 됐네."

동인이 그를 향해 엄지손가락을 치켜세웠다. 그리고 카센터 사장의 서류를 수수료 30만 원과 함께 고려금융 주소가 적힌 봉투에 담았다. 마찬가지로 트럭 아저씨 것은 대양금융 봉투에 넣었다. 잔고증명 의뢰 금액은 같은 1억이다.

"동수 형, 퀵서비스 두 곳에 연락해서 오라고 해. 도착지는 명동이야."

동인이 이 사무실을 얻은 것은 교통이 편하고 은행이 밀집한 이유도 있었지만, 사실 더 큰 속셈이 있었다. 그것은 사무실 위치가 서울 외곽에 있어 명동까지 인편으로 전하기는 먼 거리이다. 그래서 퀵을 이용하는 것이 자연스럽다. 만약 가까우면 불시에 방문할 수도 있어서라고 했다.

10여 분 만에 퀵이 고려금융 봉투를 갖고 나가자마자 다른 퀵이 왔다. 동인은 두 잔고업체에다 퀵이 출발했다고 전화했다. 모두 명동으로 가므로 한 퀵으로 돌면 비용을 아낄 수 있다. 그런데 각각의 퀵을 부른 것은 행여 봉투가 바뀌거나 한 사무실의 서류임이 발각되는 것을 방지하기 위한 묘책이다. 그는 여기서도 동인에게 다시 한번 탄복했다.

"동인아, 대양금융 봉투에서 이 통장을 빠트린 것 아냐?"

실수로 빠진 것으로 안 현우가 책상 위의 통장을 집어 들었다.

"아니에요. 고려금융은 우리가 통장을 만들어서 보내지만 대양금융은 직접 통장을 개설하니 서류만 보내면 돼요. 업체마다 잔고 방법에 차이가 있어요. 전장에서 군대들도 각기 전략과 전술이 다르잖아요. 내일 오전에 통장과 잔고확인서가 올 거예요. 그때부터 정보 파악에 들어가야지요. 어찌 보면 서로의 패가 가려진 갬블이라고 볼 수도 있어요. 결코 만만한 게임이 아니지요."

'똑똑똑.'

노크 소리에 대화가 끊겼다. 누군가 문 사이로 머리를 살짝 들이밀고는 두리번거렸다. 어제 퇴근 무렵 전화한 앳된 목소리의 아가씨와 친구였다. 그녀들은 사우나에서 방금 나왔는지 화장기 없는 얼굴에 머리 결이 촉촉했다. 둘 다 추리닝 차림에 괜찮은 미모였다. 등본을 보니 전화한 아가씨는 23살에 이름은 박신영이다. 친구는 한시영으로, 선영보다 한 살 많았으나 서로 허물없이 대했다. 선영은 본인이 세대주로 혼자이고 시영의 가족 사항에는 엄마와 동생이 기재돼 있었다. 선영은 활발한 반면 시영은 수줍음을 곧잘 탔다. 선영은 업소 티가 났으나 시영은 함께 어울리지 않는다면 여대생처럼 보였다.

"시영이는 가게에서 가장 친한 친구예요. 애도 대출을 받고 싶어서 같이 왔어요."

선영이 조잘거렸다. 현우는 두 사람의 이름에서 '영'자를 발견하고는 불현듯 희현이 스쳤다.

"오빠와 저의 이름에 '현'자가 들어가잖아요."

그녀는 이 공통점을 부각시키며 필연이라 했다. 순간 희현이 그리웠다.

그녀들의 직업을 눈치챈 동수가 농담을 걸었다.

"아직도 입에서 한약 냄새가 나는 걸 보니 늦게까지 보약을 드셨나 봅니다."

"어떻게 아셨어요? 표시가 많이 나요?"

선영이 손으로 입을 터느라 바빴다. 시영은 부끄러운 듯 살며시 얼굴을 돌렸다. 현우가 대출 방법을 일러 주었다. 그녀들은 나이가 어려선지, 대출 경험이 없어선지 연신 고개를 끄덕였다. 자신들도 은행 대출이 가능하다는 것에 놀라는 기색이다. 시영은 작업용으로, 선영은 이체용으로 사용하려는 것이 동인의 계획이었다. 시영을 대학생으로 위장하여 유학비자 발급 용도로 잔고증명을 의뢰하면 된다고 했다. 그의 설명이 끝나자 동수가 선영에게 물었다.

"2천만 원씩을 대출 받아서 어디에 쓰려고요?"

"사실은…."

그녀들은 말하기 곤란한 듯 머뭇거렸다.

"이자를 연체하거나 못 갚으면 대출해 준 저희도 책임이 있어요. 우리가 어떻게 하느냐에 따라 대출 여부가 결정될 수 있거든요."

동수의 은근한 압력에 겁을 먹은 선영이 현실의 형편을 드러냈다.

"시영이와 저는 업소에 나가는데 가게에서 당긴 선불금이 2천만 원 정도 있어요. 그래서 대출받아 갚고, 다른 일을 하려고요. 일하면서 빚을 갚기가 너무 힘들어요."

"무슨 일을 하려고요?"

"편의점 알바를 하면서 미용 학원에 다니기로 했어요."

"대출만 나오면 일을 그만둘 수가 있거든요. 부탁드려요."

시영은 물기 어린 눈동자로 사정했다. 동수가 분위기와 생뚱맞게 너스레를 떨었다.

"일하는 데가 어디예요? 한번 놀러…."

"대출이 되도록 최선을 다해야지요."

그의 입방정을 막으려 현우가 말을 가로챘다. 사무실을 나가려던 시영이 현우에게 명함을 달라 했다. 그는 명함을 검지와 중지 사이에 끼워 조심스럽게 건넸다. 이때만 해도 시영이 자신의 두 번째 아군으로 선택될지는 상상도 못했다.

내일 네 건의 상담이 있다. 상담은 30분 이내로, 한 은행에서 통장 발급까지 30분으로 잡는다. 평균 세 개를 만든다면 족히 2시간은 걸린다. 간격을 1시간으로 하면 오전에 두 번, 오후에 세 번이 가능하다. 그런데 여유를 두지 않으면 손님들이 겹칠 수 있다. 동병상련인 그들이 서로 대화를 할 경우 득보다 실이 많을 것이다. 변수는 어디서 발생할지 모른다. 현우는 확실히 차단해야 한다고 생각했다. 그래서 하루 네 건으로 시간 안배를 했다. 동인도 일리가 있다며 동의하였다.

"현수 형, 이제 올 손님은 없지요?"

"응."

"모두 모여 봐요. 오늘은 처음으로 보내는 서류라서 내가 다 작성했어요. 원칙은 의뢰인의 자필로 해야 되지요. 앞으론 글씨체도 다르게 써야 해요. 괜한 빌미로 의심을 받아서는 안 돼요. 내일부터는 퇴근 시간 후에 잔고업체로 보낼 서류를 만들 거예요. 동수 형은 퀵에 신경 써 줘."

"그러면 야근 수당은 주는 거야?"

"동수 형은 민폐니까 조기 퇴근하는 게 도와주는 거야."

형제의 개그로 모처럼 사무실에 웃음소리가 울려 퍼졌다.

10
작업 금액은 40억으로

12월 12일 (수)

오전에 고려금융에서 보낸 카센터 사장의 서류 봉투가 도착하였다. 어제 날짜로 1억이 입금되었다가 오늘자로 출금되어 잔액 0원이 찍힌 통장과 잔고확인서, 주민증, 인감도장이 들어 있었다. 입금 은행은 현우의 사무실에서 통장을 만들어 보냈으므로 문제될 게 없었다. 동인이 잠깐 생각하더니 수화기를 집어 들었다.

"다한의 김 실장입니다. 보내신 서류는 잘 받았습니다. 의뢰인께서 오셨는데 이 잔고 통장을 계속 사용하겠다고 하시네요. 바뀐 아이디와 비밀 번호가 어떻게 되지요? 아이디는 C423045, 비번은 1211이라고요. 통장은 가능한 H, S, K은행으로 하라고요. 알겠습니다."

통화를 마친 동인은 노트북으로 명동 일대의 지도를 검색하기 시작했다. 고려금융과 가까운 거리에 H, S, K은행이 있었다.

"직접 가 봐야 하나? 별 의미는 아닌 것 같은데… 아침 일찍 돈을 찾으려면 아무래도 사무실 근방 은행이 편하겠지."

그는 혼잣말로 중얼거렸다.

"동수 형, 카센터 사장 서류를 오후에 대양으로 다시 보낼 거니까 준비해 줘. 빠진 것 없나 꼼꼼히 확인하고."

동인은 작업용으로 적합한 손님은 동시에 의뢰해서 정보를 빼낼 심산이다. 그래야 시간도 절약되고 의뢰인 부족을 방지할 수 있다는 그의 판단에 현우도 전적으로 공감했다.

30분 후에 대양금융 봉투가 도착했다. 그런데 통장을 본 동인의 눈이 휘둥그레졌다.

"어, 이 은행에다 입금했네…?"

"왜? 뭐가 잘못됐어?"

현우가 불안한 목소리로 물었다.

"대양에서 현재 의뢰인이 거래하는 은행의 이름을 알려 달라고 했어요. 대양금융 근방에 네 개 은행이 있어요. 그중에 세 개를 임의로 적어 보냈거든요. 그 의미가 의뢰인이 거래하는 은행으로 입금시키면 인터넷 뱅킹으로 빼낼 수 있기에 미리 차단하려는 것으로 알았지요. 그래서 당연히 거래가 없는 은행으로 입금시킬 줄 알았는데. 그게 아니어서요. 왜 적어 달라고 했을까요? 입금된 H은행이 대양과 거리가 가까워선지 특별한 관계인지는 지켜봐야겠죠. 앞으로 대양 작업이 장난 아니겠는데요."

동인은 고개를 절레절레 흔들고는 대양에 전화를 걸었다.

"보내 주신 서류는 잘 받았습니다. 의뢰인께서 잔고 통장을 썼으면 해서요. 비밀번호가 0511이라고요? 다음부터는 통장에 적어 주신다고요? 네, 감사합니다."

대양에서는 비밀번호만 내려온다. 그것은 잔고증명 방법이 다르기 때문이다. 고려금융은 현우의 사무실에서 의뢰인의 통장을 만들면서 인터넷 뱅킹 신청을 하고 그 아이디와 비번을 보낸다. 그러면 고려는 혹시 의뢰인이 잔고증명의 돈을 빼 가는 사고를 막기 위해 입금 전에 아이디와 비번을 인터넷에서 바꾼다. 의뢰인의 모든 정보가 있기에 가능하다. 이 정보는 대양의 요구로 퀵으로 보낸 서류들이다.

돈은 밤 10~11시 사이에 인터넷 뱅킹이나 모바일 뱅킹으로 입금시킨다. 그 후에 의뢰인이 흑심을 품어도 벌써 아이디와 비번이 변했기에 이체는 불가능하다. 물론 본인이므로 다시 아이디와 비번을 바꿀 수 있다. 단 보안카드가 필히 있어야 하는데, 보안카드는 이미 주민증과 함께 고려금융에 있다. 결국 신분증을 갖고 은행에 가야 하는데 문을 닫은 지 오래다.

이와 다르게 대양은 직접 통장을 만들면서 입금시킨다. 의뢰인의 주민증과 인감증명서, 위임장이 있어 대리가 가능하다. 만약의 사고를 대비해 은행 마감 시간쯤에 통장을 개설한다. 본인이 아니기에 인터넷 뱅킹 신청은 안 된다. 행여 의뢰인이 통장을 재발급받아 인출하려는 시도를 한다 해도 실패할 수밖에 없다. 주민증이 없고 시간도 촉박하다. 그보다 인터넷 뱅킹이 안 되어 있어 대양금융에서 만든 통장 계좌번호를 알 수 없기 때문이다. 그래서 동인이 비번만 물은 것이다.

오전에 예약한 손님이 왔다. 남루한 차림이지만 눈망울이 맑은 중년 남자였다. 그는 준비해 온 서류를 내밀었다. 남자의 손과 신발에 묻은 검은 기름때가 유난히 눈에 띄었다. 그는 대출 방법을 듣고는 은행을 다녀오겠다며 나갔다.

"형, 저 사람에게 신용불량인지 물어보세요. 작업용은 고사하고 이체 통장도 불안하네요. 잔고업체에서 입금 전에 은행에다 연체 조회를 할 거예요. 연체 중이면 자기 돈이 묶이고 신용불량자가 비싼 수수료를 주면서 잔고증명을 하는 것도 이상하잖아요. 문제는 여기서 끝나는 것이 아니지요. 처음에는 우리도 몰랐다고 하면 넘어가겠지요. 그러나 반복되면 분명히 의심할 거예요. 연체 중이거나 신용불량이면 대출자 신상정보서에 표시해 주세요."

'대출자 신상정보서'란 손님의 인적사항을 기재한 것으로 현우가 만든 서류이다. 동수가 대양에 보낼 서류 준비를 마쳤다고 했다. 동인은 수화기를 집어 들었다.

"잔고증명 1억 5천만 원짜리인데요. 관공서 식자재 납품 입찰 건이에요. 퀵 오면 바로 보낼게요."

동인의 책상에는 일반 전화기가 네 대나 있다. 저번과 같은 방식으로 세 대를 더 설치했다. 두 대는 부동산 담보대출과 잔고증명 광고용이고, 나머지는 잔고업체들과 통화하는 전화기다. 휴대폰보다 유선전화가 더욱 신뢰를 준다는 것이 이유였다. 현우는 그의 주장에 대체로 수긍이 갔다. 이 전화기 벨이 울린 것은 개통 후 딱 한 번씩이다. 그것은 잔고업체에서 그의 사무실이 유령업체인가를 확인하려는 의도였다. 다시 한번 동인의 예측이 적중되는 순간이었다.

남자는 빠르게 통장 두 개를 만들어 왔다.

"혹시 신용불량이거나 이 은행에 연체가 있나요?"

"아니, 없어요. 전에 휴대폰 요금은 연체된 적이 있어요."

동인은 괜찮다는 눈 사인을 주었다. 손에 찌든 기름때가 궁금했던 현우가 물었다.

"무슨 일 하세요?"

"얼마 전까지 저는 노숙자였어요. 어쩌면 지금도 노숙자일지 모르겠네요."

알 듯 모를 듯 한 대답이었다. 얼룩진 운동화 같은 남자의 과거사가 펼쳐졌다.

"저는 보육원에서 자랐지만 억척같이 일한 덕에 구둣방을 하며 남부럽지 않게 살았어요. 그런데 믿었던 친구에게 사기를 당해 전 재산을 잃었지요. 제가 일자무식이라 당한 건데 누구를 탓하겠어요. 그 후로 술독에 빠져 가정을 돌보지 않아 아내와 이혼하고 노숙인 신세가 되었네요."

그의 얼굴은 친구에 대한 원망을 초월해 달관에 이른 것처럼 보였다.

어느 날 지나가던 할머니가 건넨 명함을 보고 노숙인 자활센터에 갔다는 것이다. 그곳에서는 거리에 버려진 자전거들을 모아다 쓸 만한 부품을 떼어낸 뒤 새 자전거를 만든다고 했다.

"이렇게 탄생한 재생 자전거는 아동시설이나 저소득층 자녀들에게 무료로 나눠 줘요."

다음 달 '사랑의 자전거 나누기 행사'에 기증할 자전거를 만드느라 밤새 작업하는 일도 잦다며 엷은 미소를 띠었다.

"이제 자전거 수리 기술이 있으니 자전거 점을 운영하고 싶어서 대출을 받으러 왔어요. 물론 재활용 활동도 계속할 거예요. 때 묻고 찌그러진 자전거를 닦고 조립해서 새 걸로 만들어 놓으면 꼭 제 모습을 보는 것 같아요. 그리고 생활능력이 된다면 헤어진 아내와 자식들에게 용서를 구하고 함께 사는 게 소원입니다."

어느새 남자의 눈에 눈물이 고였다. 현우는 그의 따뜻한 마음이 몰아치는 이 한파를 녹일 거라 확신했다.

"명의대여자 광고 보고 전화하셨다고요? R전철역 1번 출구로 나오면 바로 커피숍이 있는데 거기서 뵙기로 하지요. 준비 서류는 갖고 나오셔야 합니다."

동인은 두 대 전화기를 자신의 휴대폰에 착신을 걸었다. 자기가 없는 동안 잔고업체 연락에 대한 대비였다. 현우와 동수는 잔고업체와 길게 통화한 적이 없다. 동인이 부재중이면 전화는 받되 담당이 잠깐 자리를 비웠다고 말한다. 그리고 곧 그에게 연락한다. 잔고증명에 관해 섣불리 아는 체를 하다가는 치명타가 된다는 것이다.

"광고 전화를 받아 주고 급한 일이면 이 휴대폰으로 전화해요."

이 휴대폰이란 대포 폰이다. 동인은 작업을 시작하면서 그들만 통화하는 폰을 주었다. 그래서 지금 현우의 주머니에는 폰이 두 개다. 그중 하나는 실명 폰이다.

"누굴 만나러 가는 거야?"

"아마 명의대여자일 거야."

"명의대여자?"

"잔고증명 돈이 입금되는 순간부터 대출 손님들과는 쫑인데 그들에게 돈을 찾으라고 할 수는 없잖아. 미리 명의대여자 통장을 만들어서 슈킹한 돈을 이체하고 인출하게 하는 거지."

"쉽게 명의를 빌려주고 돈을 찾지는 않을 텐데… 수상하게 생각하지 않을까?"

"그 사람들에게 비자금을 세탁한다고 둘러대면 돼. 아줌마들이라 그 분야에 대해 거의 몰라. 그리고 생활이 궁핍해서 수고비를 많이 준다고 하면 줄을 설 정도야."

"얼마 주는데?"

"딱 정해진 건 아닌데 1억당 100만 원 정도 줘. 이건 동인이가 정한 거야. 적으면 안 할 수도 있고 너무 많으면 의심한다나? 하루 일당치고는 거액의 돈이지."

"그 아줌마들 나중에 처벌받지 않을까?"

"아마도 조사야 받겠지만 큰 피해는 없을 거야. 자기들은 통장을 빌려주고 돈을 찾는 심부름만 하면 수고비를 준다기에 했다는 거지. 사실이 그렇기도 하고."

그때 복도에서 구두 힐 소리가 들리더니 노크 소리가 났다. 어제 온 아가씨들이다. 웬일로 동수가 손수 커피를 타더니 선영에게 내밀며 능글거렸다.

"오전부터 눈 빠지게 기다렸는데 공사가 다망하셨나 봐요."

"일찍 오려고 했는데 일이 생겨서요."

"오후에 서류를 받으면 다음 날 접수되어 그만큼 대출이 늦어지니까 걱정이 돼서 그렇지요."

역시나 천연덕스러웠다.

"얼마나 늦어져요? 이번 달에는 되지요? 가게 언니에게 말일까지만 일할 거라고 했거든요."

선영은 불안한지 입술을 잘근거렸다.

"실장님, 말일까지는 꼭 안 될까요?"

시영이 울상으로 매달렸다.

"될 거예요. 저만 믿어요."

우물쭈물하는 그를 대신해 동수가 큰소리를 쳤다. 금세 표정이 밝아진 선영이 뜻밖의 제의를 했다.

"가게에 한번 놀러 오실래요?"

"그쪽에서 산다면 콜이지요."

"대출도 해 주시는데 당연히 그래야 하지만… 저희 형편이… 정말 미안해요."

시영은 시선을 바닥으로 떨구었다.

"그냥 한 말이에요. 설마 우리가 아가씨들에게 술 얻어먹겠어요? 벼룩의 간을 빼먹지. 안 그래, 강 실장?"

"아니, 이렇게 예쁜 벼룩들을 본 적이 있어요?"

선영이 깜찍한 포즈를 취하자 모두 웃었다.

"시영이가 실장님이 마음에 든대요. 실장님은요?"

"네?"

"얘는, 내가 언제…."

시영은 부끄러운 듯 두 볼에 홍조를 띠었다.

"잘 됐네! 나는 선영 씨, 강 실장은 시영 씨로 파트너가 결정되었으니 조만간에 갈게요. 또 한 사람 갈 거니까 괜찮은 아가씨로 책임져야 해요."

"그 걱정은 붙들어 매세요. 실장님도 오실 거죠? 빨리 약속해요. 네? 네?"

선영은 애원 반 강요 반으로 졸랐다.

"글쎄요."

"시영아, 실장님도 오신대."

그녀는 기정사실인 양 시영의 손을 잡고 깡총깡총 뛰었다. 현우는 두 사람의 우정이 보기 좋았다. 이때 상담 전화 벨소리가 울렸다. 시영은 나가자며 선영의 옷자락을 잡아당겼다. 그녀의 센스에 현우는 왠지 모르게 호감이 갔다. 동수가 친절하게도 그녀들을 밖까지 배웅했다.

명의대여자를 만나러 갔던 동인이 싱글벙글한 얼굴로 들어왔다.

"일이 잘된 것 같은데?"

"응."

"나이는 몇 살이야? 수수료는 얼마 준다고 했어? 이제 세 사람만 더 구하면 되는 거야?"

동수의 질문이 이어졌다.

"40대 후반의 아줌마야. 큰돈을 찾아도 의심을 안 받을 딱 좋은 나이지. 수고비는 억당 100민 원을 준다고 했어. 노 머리나 손질하라며 30만 원을 줬지. 그래야 부담을 갖고 펑크를 안 낼 테니까. 이번 주에 통장을 만들라고 했어."

동인은 여자에게서 받은 각서, 등본, 인감 등을 동수에게 보관하라며 주었다. 각서는 잔고증명의 돈을 인출하여 도망가거나 잠적할 경우 민·형사상 책임을 진다는 내용이다. 사실 이 각서도 형식일 뿐, 명의대여자가 돈의 출처를 눈치채고 자기 돈이라 생짜를 부린다면 어쩔 수 없다. 수사기관에 고소할 수도, 재판을 걸 수도 없지 않은가! 잔고증명이 불법이어서 신고를 못 하는 것처럼 현우 쪽도 벙어리 냉가슴 앓는 것은 매한가지다. 그나마 잔고업체는 본인 돈이지만 이들에게는 범죄 수익금이니 절대 비교할 수 없는 아킬레스건이다.

"그래서 여자로, 그중에서도 가족 관계와 주거지가 확실한 사람이어야 해."

이것이 명의대여자 조건의 1순위라며 동인은 선택에 신중을 기했다.

"현수 형, 내일 고려와 대양에 한시영을 작업용으로 보낼 거니까 미리 작성 부탁해요. 그리고 되도록 글씨를 여자체로 써 주세요."

동인은 자리로 가더니 수화기를 들었다.

"고려금융이지요? 8천만 원짜리 잔고인데요. 호주 유학 비자용이에요. 내일 오전에 보낼게요."

그는 대양에도 같은 말을 되풀이했다. 이어 천천히 전화기 버튼을 눌렀다.

"서울금융이지요? 저번에 전화드린 김 실장입니다. 저희 사무실로 큰 금액의 잔고증명이 자주 들어오는데 수수료를 좀 낮춰 주시면 안 되겠습니까? 그렇게 해 주시면 내일이라도 의뢰할 수가 있거든요. 억당 28만 원까지 가능하다고요? 정말 고맙습니다."

"서울금융은 뭐야?"

동수는 처음 듣는 업체인지 고개를 갸웃거렸다.

"얼마 전에 한 번 통화한 잔고업체인데 날 기억하네. 이번에 몰아서 끝낼 생각이야."

이때 전화기가 울렸다.

"잔고 금액을 무제한으로 받겠다고요? 물론 그러면 저희도 좋지요."

동인은 손가락으로 책상 바닥을 톡톡 두드리며 중얼거렸다.

"이상하네. 그럴 리가 없는데…."

"어디서 온 전화야?"

"금방 통화한 서울금융."

"거기서 잔고증명을 무제한으로 해 준단 말이야? 야호! 잘 됐네. 10억 아니, 100억을 넣는 거야. 현수야, 강남에 있는 빌딩 얼마 하냐? 이번 기회에 조물주보다 높은 건물주가 돼 보자."

동수는 호들갑에 난리가 났다.

"형, 그렇게 좋아할 필요 없어."

"무슨 말이야?"

"그쪽에서 100억을 해줘도 우리가 작업할 수 있는 금액은 고작 5억뿐이야."

"왜지?"

"대부분 은행의 1일 이체 한도가 최고 5억이거든."

"아, 그렇구나. 괜히 헛물만 켰네그려."

동인이 아랫입술을 지그시 깨물고는 소파로 갔다. 동수가 따라 앉으며 조심스럽게 운을 뗐다.

"요번에 몇 개 작업할 건데?"

"마지막이니 최대로 해야지. 네 개까지는 무난할 것 같아."

"네 개 업체나!"

전혀 뜻밖이라는 듯 동수의 동공이 마구 흔들렸다.

"형도 아는 고려, 대양과 지금 서울금융. 그리고 바지를 직접 보내야 하는 한양금융이야. 한양을 작업하려면 남자 바지가 있어야 해. 광고가 나갔으니 곧 연락이 오겠지."

"동인아, 바지를 구하기 힘들면 서류만 보내는 업체를 더 알아보는 게 어때?"

"모르는 소리 마. 그나마 고려, 대양, 서울이 잔고증명을 많이 해 주는 곳이야. 업체가 많아질수록 정보 파악이 힘들어진다는 생각은 안 해?"

"듣고 보니 그러네."

두 사람의 대화에서 현우는 지옥과 천당을 오가는 롤러코스터를 타는 심정이었다. 만약 동수의 제의를 동인이 받아들였다면 그의 뼛속까지 사무친 수일금융의 복수는 한순간 날아간다. 수일은 서류 접수가 아닌 의뢰인이 사무실을 방문해야만 잔고증명을 해주기 때문이다.

"슈킹 금액은 얼마나?"

"40억."

"40억? 그게 가능해?"

동수는 흥분하여 몸을 떨었다. 현우도 그의 스케일에 놀라 심장이 쿵 꽝 뛰었다. 한편으론 간담이 서늘했다. 동인이 능글스럽게 말했다.

"푼돈으로 장난치는 놈들을 사기꾼이라 부르지. 그런데 50억, 100억이 됐을 때는 경제사범이라며 높이 불러 줘. 마지막인데 우리도 그 정도 반열에는 올라야 하지 않겠어?"

"당연하지."

"하긴 재벌들은 수백억을 횡령, 배임해도 사회 공헌도 등의 이유로 풀려나는 세상이니까."

동수의 맞장구에 현우도 가세했다.

"어떻게 하려고?"

"고려, 대양은 서류로 5억까지만 잔고증명을 해 주지. 그 이상은 본인이 사무실을 방문해야 해. 한양은 무조건 의뢰인이 사무실로 가야만 하고. 그것도 첫 거래는 10억까지야."

"업체마다 잔고 방법도 다르고 뭐가 그렇게 복잡해?"

동수가 짜증 섞인 투로 언성을 높였다.

"각자 나름대로 위험을 대비하기 위한 최선의 방어책이라 할 수 있지. 컴퓨터의 백신이라고나 할까?"

"인마, 그러면 우리가 바이러스란 말이야?"

"그럴 수도 있지. 그것도 고성능 바이러스."

"뭐야? 다행히 악성 바이러스는 아니네."

"크크…."

"키키…."

두 사람은 서로의 말장난이 재밌는지 피식거렸다.

"그러면 슈킹 금액이 25억이지 왜 40억이야?"

동수는 그의 계산이 잘못됐다고 확신한 듯 따져 물었다. 좀처럼 감이 잡히지 않던 현우도 거들었다.

"고려, 대양, 서울금융에 서류를 두 개씩 넣으려고?"

"그건 안 돼요. 하루에 한 건만 보내다가 갑자기 두 건을 의뢰하면 금액이 커져 의심받을 수 있어요."

"그런데 어떻게 40억이 되냐고? 빨리 좀 말해 봐."

"고려, 대양, 서울에다 고객이 직접 잔고증명을 의뢰하는 것처럼 해서 또 보내는 거지. 어쩌면 이 작업이 지금보다 정보를 파악하기가 더 쉬울지도 몰라."

동인이 음흉한 미소를 띠었다.

"그러니까 우리 사무실에서 세 건, 손님이 잔고업체 광고를 보고 의뢰하는 것처럼 해서 세 건. 5억 곱하기 6건으로 30억에, 한양 10억을 더하면… 아! 그래서 40억이구나!"

동수는 이제야 이해가 되었는지 고개를 끄덕였다. 그의 교묘한 계략에 현우는 내색하지 않았지만 입이 딱 벌어질 뿐이었다.

"지금부터 양쪽으로 두 개씩 의뢰하면 어떨까?"

한순간 더 많은 배당금에 욕심난 현우가 제시했다.

"와~! 그러면 70억, 70억이네! 야호!"

동수가 신나서 책상을 두드렸다.

"마지막이라 저도 같은 생각을 했었어요. 그래서 내린 결론은 불가능하다는 거예요."

"왜?"

"물론 서류를 보내는 것은 어렵지 않아요. 문제는 돈을 인출하는 거지요. 오전 내로 40억을 찾는 시간도 촉박할 수 있어요. 하물며 그 이상은 무리수예요."

"오전 중으로?"

"네. 이체를 10회 이상 하겠지만 필히 오전 안에 끝내야 돼요. 길어질수록 사고가 발생할 수 있거든요. 어쩌면 돈 가방을 든 아줌마와 경찰이 함께 돌아올 수도 있어요. 상상만 해도 아찔하지요. 여기까지가 우리 몫이라고 봐요."

현우는 그의 절제력과 냉철함에 존경심마저 들었다. 그리고 엄청 아쉬웠지만 눈앞에 어른거리는 돈다발로 위안을 삼았다.

그는 한시영의 서류를 작성하기 시작했다. 평소 자기 글씨체를 다르게 바꾼다는 것이 생각보다 쉽지 않았다. 쓰고 지우고를 반복하며 땀을 뻘뻘 흘렸다. 표준도 없는 느낌만으로 여자체를 나타낸다는 것이 창작만큼이나 힘들었다.

현우는 내일부터 오전에는 상담을 한 건만 해야겠다고 동인에게 말했다. 오전에 잔고업체의 서류가 오고 발송도 해야 하므로 어수선했다. 무엇보다 도착한 서류의 내용에 따라 긴급회의가 열려서다. 동인도 그의 건의를 받아들였다. 대출 손님들이 밀려들어 작업 서류와 이체 통장은 충분하여 이런 결정을 내릴 수 있었다.

현우는 개인적으로 복수할 시간이 점점 다가오고 있음을 느꼈다. 동인의 작업 목표를 구체적으로 알았기에 어느 정도 윤곽이 잡혔다. 기회를 보아 자신의 심경을 고백할 찬스만 노리면 된다. 동인은 반대할 이유가 전혀 없다. 슈킹 금액과 방법에는 변동이 없어서다. 또 지금 나는 그들에게 필수불가결한 존재가 아닌가!

'복수에 자비란 죄악이지. 복수는 강한 자들만의 몫이 아니다.'

질끈 깨문 현우의 입술에서 조금씩 피가 흘러내렸다.

11
복수의 기회가 오다

12월 12일 (수)

"동인아, 나 할 말이 있는데…."

"뭔데요?"

"바지로 작업할 업체가 어디라고 했지?"

"한양금융인데, 왜요?"

"수일금융으로 바꾸면 안 될까?"

"네?"

현우의 갑작스런 제안에 동인은 어리둥절했다.

"사실은…."

"뭔데 그래? 빨리 말해 봐. 또 수일금융은 뭐야?"

동수가 답답한지 가슴을 쳤다.

사건의 전말은 15년 전으로 거슬러 올라간다. 어느 날 아버지가 교통사고로 숨졌다. 무단횡단으로 보상금도 전혀 받지 못했다. 그때 현우는 고등학생이었다. 아버지가 돌아가신 후 집의 가세는 급격히 기울었다. 엄마는 호구지책으로 구멍가게를 열었으나 세 식구 입에 풀칠하기도 벅

찼다. 그래서 무리해서라도 큼직한 마트로 확장했다. 이때 '돼지 엄마'라는 계주의 소개로 사채업자인 복 사장의 돈을 썼다. 마트는 엄마의 친절과 부지런함으로 점차 자리를 잡아 갔다. 엄마는 복 사장의 빚을 갚으려 돼지 엄마에게 거액의 계를 들었다. 학수고대하던 엄마의 순번이 되자 계주가 잠적을 했다. 복 사장은 차용증을 근거로 마트를 경매에 넘기고는 본인이 낙찰을 받아 꿀꺽하였다. 그리고는 다른 사람에게 몇 배의 권리금을 받고 넘겼다. 그 후 복 사장과 돼지 엄마가 마트를 빼앗으려 작당을 꾸몄다는 소문이 나돌았다. 엄마는 그 충격으로 조기 치매가 왔고, 현재 요양병원에 있다.

그런데 작년에 우연히 그 복 사장이란 놈을 강남역 부근에서 본 것이다. 쭉 찢어진 눈매에 얄팍한 입술, 콧잔등의 검은 점. 한눈에 봐도 복 사장이었다. 뽈록한 똥배를 건들거리며 성큼성큼 걸어오고 있었다. 마치 멧돼지 한 마리가 돌진해 오는 것 같았다. 그놈과 현우의 눈이 마주쳤다. 최대한 티를 내지 않으려 이를 악물었다. 양 다리가 땅속으로 빨려 들어가는 기분이었다. 머리가 어질어렸시만 옛날의 기억만은 더욱 또렷했다. 어찌 잊을 수 있단 말인가! 순간 그의 눈에 살기가 돌았다.

"찢어 죽일 놈!"

현우는 시뻘게진 얼굴로 이를 바드득 갈았다.

어느 빌딩으로 들어가는 복 사장을 뒤따랐다. 그는 '수일금융'이란 간판이 붙은 사무실로 들어갔다. 그때 귀중품으로 치장한 중년 여자가 뱃살을 출렁거리며 현우 앞을 지나쳤다. 불쾌한 향수 냄새가 코를 찔렀다. 그녀는 수일금융의 문을 노크도 없이 열어젖혔다. 현우가 문틈으로 대화를 엿들었다.

"어, 왔어?"

"역시 잔고증명이 돈이 되네."

"내가 그랬잖아. 자금 회전이 빠른 게 최고라고."

"우리 자기가 최고야!"

두 사람은 스킨십에 정신이 없어 살짝 문이 열린 것도 몰랐다. 아마도 그들은 동업자이면서 애인 관계로 보였다. 복 사장의 몸이 움직일 때마다 팔뚝의 용문신이 꿈틀거렸다.

"인간쓰레기들!"

현우가 할 수 있는 행동은 고작 이 말이 다였다. 복수는커녕 당장 생활고로 발등에 불이 떨어진 처지가 아닌가! 그래서 분을 삭이며 차마 떨어지지 않는 발걸음을 옮길 수밖에 없었다. 무능력한 자신을 한없이 탓하면서. 그런데 동인과 작업하면서 이제야 원수를 갚을 기회가 온 것이다.

현우가 조사한 바로는 복 사장의 잔고증명 방법은 한양금융과 같았다.

"그런 나쁜 새끼들이 있나! 이번에 복수도 하면서 돈도 챙기고 일거양득이네그려!"

동수가 씩씩거리며 현우에게 힘을 실어 주었다. 그는 사건의 개요만 말하고 개인사는 창피하여 밝히지 않았다. 어느새 수일금융과 통화한 동인이 무덤덤하게 말했다.

"현수 형, 수일의 잔고 방법이 한양과 똑같네요. 바지도 필요하고 첫 거래는 10억까지만 해 주고요."

"그래서 부탁하는 거야. 다르면 이런 일에 사적인 감정을 내세울 수는 없잖아."

의뢰인이 사무실에 방문하는 것이 잔고업체의 입장으로서는 가장 안전하다. 잔고업체는 거의 서울에 있어 지방이나 바쁜 의뢰인들을 위해 서류 접수를 병행하기도 한다. 물론 위험을 감수한 만큼 수익은 비례할 것이다. 대신 이중 삼중의 잠금장치를 설치했다. 이런 면에서 '수일금융'은 비록 수입은 적어도 최고의 방어벽으로 무장했다고 볼 수 있다. 본인이 직접 가서 의뢰를 했는데 투명인간이 아니고서야 오리발을 내미는 사람이 설마 있겠는가!

"동인아, 수일금융 작업을 내가 하면 안 될까?"

"네?"

"내 손으로 복수하고 싶어서."

"처음이라서 쉽지가 않을 텐데…."

"일단 해 보고 힘들면 네가 하면 되지. 내가 해 볼게. 응? 응?"

불안한 표정의 동인에게 그는 시정 조로 매달렸다.

"그래, 현수를 한번 믿어 봐. 지금까지 완벽하게 일을 처리했잖아. 나는 그 마음 백번 이해하고도 남는다, 남아."

"정말 할 수 있겠어요?"

"너, 현수를 너무 과소평가하는구나. 충분히 할 수 있다니까."

동수의 펌프질에 그는 잠시 고민에 빠졌다. 동인이 결정할 동안 현우는 숨이 막혀 등줄기로 식은땀이 흘러내렸다.

"그러면… 그렇게 하세요."

동인은 탐탁지 않은 음성으로 승낙했다. 현우는 '수일금융' 작업을 진작 말하고 싶었지만 꾹 참고 있었다. 그 이유는 개인적인 간청을 하면 그것을 빌미로 동인에게 끌려갈 수도 있어서다. 그러나 이제는 작업 성공을 100% 믿기에 그 명분은 중요하지 않았다.

며칠 전 심부름센터에서 일하는 친구에게 연락이 왔다.
"현우야. 알아봤는데 수일금융 복 사장의 이름은 복칠구인데 바지 사장이야. 실질적인 전주는 돼지 엄마인 박후자이고."
"또?"
"복 사장은 세 번 이혼해서 전처들에게 위자료로 전 재산을 빼앗기고 개털이야. 박 후자의 기둥서방으로 겨우 기생하고 있어."
"고마워. 다음에 한잔 살게."
현우는 그들에게 물질로 보상받는 것이 그나마 원수를 갚는 유일한 길이라는 결론을 내렸다. 자본주의에서 돈이 곧 목숨이 아닌가! 한편으론 찾아가 과거의 사건을 드러내어 진실을 밝힐까도 생각했지만 그만두었다.
세월이 흘러 증거도 없지만 무엇보다 공소시효와 소멸시효가 지났다. 괜한 감정싸움으로 얼굴만 팔려 작업 후 원한에 의한 범인으로 지목될 뿐이다. 그래서 무익한 다툼보다 엄마가 당한 피해액의 10여 배를 슈킹하는 것이 더 현실적이라는 판단에 이르렀다.
'엄마, 드디어 복수할 기회가 왔어.'
현우는 돈 가방을 품고 요양병원으로 달리는 자신의 모습을 상상하자 가슴이 벅차 눈물이 날 것만 같았다.

12
첫 암호를 풀다

12월 13일 (목)

　오전 10시를 지나자 퀵이 동시에 들이닥쳤다. 봉투를 확인하려는데 노크 소리가 들렸다. 현우는 마무리를 동수에게 맡기고 손님을 맞았다.
　중년의 남자였다. 그는 자리에 앉자마자 명함을 내밀었다. 명함에는 '다한 조명 대표'라고 새겨져 있었다. 남자는 자기 회사 상호와 똑같아 친밀감을 느꼈다며 히죽 웃었다. 필요한 돈은 5천만 원으로 대출만 된다면 이번에 재기할 수 있다고 했다. 그의 자신감에 현우가 반사적으로 물었다.
　"대출 용도는요?"
　"저는 몇 년 전에 조명사업 실패로 신용불량자가 되었습니다. 그래도 어려서부터 배운 기술이라 보증금 100만 원에 월세 30만 원짜리 허름한 공장에서 이 일을 하고 있습니다."
　이윽고 남자는 가방에서 몇 장의 사진을 꺼내 현우에게 보여 주었다. 나뭇잎 모양 장식 안에 알록달록한 전구들이 박혀서 화려한 불빛을 뿜어내고 있었다. 조명에 문외한인 현우의 눈에도 너무 아름다웠다.

"이것이 낙엽 무늬 조명인데 특허청에서 실용신안등록까지 받은 제품입니다. 시장 반응은 좋은 편인데 기계 설비를 갖추지 못해 온종일 손으로 작업하고 있습니다. 열심히 만들어 봐야 20개 남짓입니다. 기계만 구입하면 하루에 100여 개는 너끈하게 나올 겁니다. 그래서 은행마다 문을 두드렸지만 신용불량자라 모두 거절을 당했습니다. 담보 잡힐 재산도 없고 똑같이 힘든 지인들에게 보증을 서 달라 하기도 어려운 상황입니다. 5천만 원만 있으면 2천만 원짜리 철사를 구부릴 수 있는 기계와 3천만 원짜리 땜질 기계를 주문 제작할 수 있거든요. 실장님, 제가 신용불량인데 가능할까요?"

"저희는 본인 앞으로 실적을 쌓아 대출이 나가므로 전에 신용불량 된 은행만 제외하면 상관없습니다."

거짓말도 할수록 늘듯이 몇 번의 상담으로 현우의 대답은 자연스러웠다. 들뜬 남자는 은행에 다녀오겠다며 뛰다시피 나갔다.

동수가 고려금융 봉투를 뜯고는 통장 겉면을 넘겼다. H1432620와 1212가 적혀 있었다. 대양금융 통장에는 0512라는 숫자가 보였다. 동인이 화이트보드에 '고려 C423045-H143262, 1211-1212'과 '대양 0511-0512'라고 썼다.

"형들, 이 아이디와 비번이 무슨 뜻인 것 같아요? 그저께 고려로 보낸 아이디가 ABC1234인데 C423045로, 어제 보낸 아이디 ZXC3672가 H143262로 바뀌어서 왔어요. 비번도 6422에서 1211로, 1718은 1212로 변경되었지요. 우리가 보낸 아이디와 비번은 제가 임의로 만든 거라 신경 쓸 거 없어요. 앞으로 바뀔 아이디와 비번의 비밀을 푸는 것이 과제예요. 그 아이디와 비번을 디데이에 넣어야 하니까요. 아이디는 틀려도 되기에 안전장치일 테고. 문제는 비번이 세 번 오류 나면 출금을 못 하니 의뢰인이 직접 은행에 가야 되지요. 그런데 의뢰인이 안 가거나 미적거리면 돈이 묶일뿐더러 잔고증명이 불법이라 심각한 사태가 발생하는 거예요. 아이디와 비번을 매번 무작정 생성하다가는 자기네도 헷갈릴 수 있어요. 그래서 분명 어떤 근거와 규칙에 의해 아이디와 비번을 만들겠지요. 이걸 알아내는 게 우리의 최대 관건이며 난제예요."

"고려에 보낸 게 이제 달랑 두 번이잖아. 그만하고 밥이나 먹자고."

동수가 피곤하다는 투로 인상을 찡그렸다.

"형은 바로 그게 문제야. 사람이 중요할 때는 함께 고심하는 자세가 필요한데 동수 형은 그게 없단 말이야. 맨날 놀 생각만 하고. 아예 형은 없는 게 더 나아!"

동인이 작정한 듯 그를 몰아붙였다. 그러자 동수가 무섭게 자리를 박차고 일어났다.

"야, 말이면 다냐! 내가 항상 놀기만 했냐? 나도 최선을 다하고 있어. 네가 시키는 거 내가 안 한 적 있어? 네가 작업비를 대고, 이쪽에 대해 좀 더 안다고 뽐내지 마. 네가 아무리 똑똑해도 나하고 현수 없이 혼자서는 할 수 없다는 것을 알아야 해."

동수는 관자놀이를 씰룩거리며 금세라도 사달 낼 기세였다. 한순간 분위기가 살벌해졌다. 졸지에 관망자가 된 현우는 언제 은행 갔던 손님이 돌아올지 몰라 얼른 문을 잠갔다. 동수의 반항은 곧 부메랑이 되어 날아왔다.

"그래, 형 말 잘했네. 이제부터 난 빠질 테니 현수 형하고 둘이서 잘해 보라고."

"걱정하지 마, 인마."

"풋, 꽤나 잘하겠다."

한 치의 양보도 없는 치열한 공방전이었다. 동인은 노트북과 몇 개의 휴대폰을 가방에 넣고는 문을 쾅 닫고 나갔다. 현우가 붙잡으려 계단을 뛰어 내려갔으나 이미 그의 모습은 사라진 뒤였다.

동인은 사무실 부근에 절대 차를 주차시키지 않는다. 전에 그는 이렇게 말했다.

"가구점에서 내 차를 자주 볼 경우 무의식적으로 번호판을 기억할 수 있어요. 또 주변에 설치된 CCTV와 다른 차의 블랙박스에 찍힐 수도 있지요. 내 차는 대포차가 아니거든요."

그래서 동인은 300여 미터나 떨어진 복개천 주차장에 차를 두고 걸어 다녔다. 이후로 현우도 사무실에서 가까운 편의점의 CCTV를 의식해 거리가 멀더라도 CCTV가 없는 구멍가게를 이용했다.

현우는 주차장을 향해 죽어라 뛰었다. 가쁜 숨을 헐떡이며 도착했으나 동인의 차는 보이지 않았다.

"어, 어…? 이러면 나가리인데…."

눈앞이 캄캄했다. 배당금이고 복수고 이젠 물거품이 되었기에 머릿속이 노래졌다. 한순간 희망이 사라지자 다리가 후들거려 걷기조차 힘들었다.

사무실로 돌아오니 자기 분에 못 이겨 연신 담배만 뿜어 댔다. 금방 화가 풀릴 성정이 아니다. 그의 안색을 살피며 현우가 말을 걸었다.

"네가 좀 참지 그랬어."

"현수야, 내 말이 틀렸냐? 자식이 말끝마다 명령하면서 사람을 무시한단 말이야. 혼자 실컷 하라고 해. 싸가지 없는 자식."

동수가 다시 게거품을 물었다. 현우는 그의 기분이 풀릴 때까지 경청해 주기로 했다. 이 방법이 지금으로서는 최선이다. 만약 그의 험담에 동조라도 한다면 언젠가 동인의 귀에 들어갈 것이다. 그들은 친형제니까.

현우는 그의 넋두리를 흘러들으면서 화이트보드에 적힌 'C423045-H143262'와 '1211-1212' 암호 퍼즐 맞추기에 여념이 없었다. 그때 상담 전화가 울려 집중하던 신경이 끊어졌다. 당장 방문하겠다는 것을 내일로 미루었다. 일일 캘린더 메모지에 전화한 손님의 인적사항을 기재했다. 무심코 메모지를 넘기던 그의 눈에 1212가 띄었다. 그것은 바로 어제 날짜였다. 순간 화이트보드에 쓰인 1212란 숫자가 스쳤다. 운 좋게도 비번의 실마리가 엉뚱한 것에서 풀렸다.

"동수야! 비번인 1211, 1212의 의미를 밝혀냈어! 오늘 며칠이지?"

"12월 13일이지."

"어제는?"

"12월 12일."

"그저께는?"

"12월 11일. 너 지금 장난하냐?"

"고려에서 우리가 서류 접수한 날에 비밀번호를 맞춘 거야. 이러면 그쪽에서도 비번을 잊어버릴 낭패는 없는 거지. 동인이가 말한 어떤 규칙에 의해 만들었다는 것이 증명된 거야."

"야, 너 대단한데? 어떻게 알았어?"

"우연히 일일 캘린더에 메모하다가."

"그러면 내일 비번은 1213으로 내려오겠네."

"아마도 서류 접수일이 맞는다면. 정말 동인이 추리력에 놀랄 뿐이야. 넌 그렇게 생각 안 해?"

"뭘? 그 정도 가지고…."

동인이를 치켜세운 것은 그의 의도였다. 어쩌면 두 사람은 형제라서 라이벌 의식이 더 내재되어 있을 수도 있다. 그런데 감히 넘보지 못할 상대라면 자연히 고개를 숙이는 것이 인간사다. 아직도 감정을 삭이지 못한 동수가 퉁명스럽게 무시했다.

"동수야, 만일 비번이 날짜순이라면 동인이의 예상이 적중한 거잖아. 역시 동인이는 브레인이야. 인정할 건 인정해 줘야지. 이제 그만 화 풀고 전화해. 동인이가 문을 박차고 나가서 자기가 먼저 연락하기는 어색할 거야. 너흰 친형제잖아. 형만 한 아우 없다고 네가 넓은 마음으로 포용해. 사실 동인이가 속으로는 형을 많이 위하고 챙기는 거 알잖아. 나도 너처럼 동인이 같은 동생만 있으면 소원이 없겠다."

현우는 어떡해서라도 두 사람을 화해시키려고 형제애까지 부각시켰다. 솔직히 그보다는 자신의 꿈을 성취하려면 이 방법밖에 없었다. 이것도 통하지 않으면 다리 가랑이를 잡고서 읍소라도 해야 할 판이다.

입술을 오므렸다 폈다를 반복하던 동수가 슬며시 휴대폰을 들었다.

"지금 어디야? 아까 내가 한 말에 화 많이 났지? 네가 제일 고생하는 건 아는데… 나도 모르게 순간 열을 냈던 것 같아. 원래 내 성격이 다혈질이잖아. 네가 이 단순한 형을 이해해 줘라. 우린 친형제잖아. 그래, 알았어."

"지금 온대?"

"아니, 밖에서 일보고 내일 나오겠대. 전화를 자기 휴대폰으로 착신시켜 놓으라 하네."

"휴우."

현우는 숨죽여 심호흡을 토해 냈다. 꽉 막힌 숨통이 트이며 마치 한바탕 악몽을 꾼 것 같았다.

오후에 약속한 손님이 왔다. 중년 여자로 겉옷이 초췌한 데다 어딘지 피곤해 보였다. 언뜻 볼 때는 몰랐는데 동남아 사람이었다. 현우는 음료수를 여자 앞에 내놓았다. 건네받은 등본에 적힌 이름은 김수잔이다.

"저는 아무것도 없는데 저 같은 사람도 대출이 되나요?"

역시나 어눌한 발음이었다.

"어느 나라에서 오셨어요? 한국말 잘하시네요."

"베트남에서요. 아직도 한국말이 많이 서툴러요."

그녀는 입가에 잔잔한 미소가 흘렀지만 왠지 슬퍼 보였다. 현우는 동정심에 몇 가지를 물었다.

"얼마나 대출받으시려고요?"

"1차 수술을 받으려면 우선 3천만 원이 들어간대요."

"어디 아프세요?"

낯빛이 어두운 것이 중병에 걸린 것 같았다. 여자는 머뭇거리다 고통스럽게 입을 열었다.

"지금 저는 뇌종양을 앓고 있어요."

"그러면 빨리 병원에 가야 되는 거 아니에요?"

그녀는 수술이 시급함을 알지만 돈이 없어 병원에 갈 엄두를 내지 못한다고 했다. 현우가 관심을 보이자 그녀는 고향사람이라도 만난 듯 자신의 안타까운 사연을 늘어놓았다.

"저는 베트남에서 남편을 만나 결혼하여 핑크빛 미래를 꿈꾸며 한국에 왔어요. 그러나 다문화 가정으로서 한국 사회의 혹독한 현실을 맛보아야만 했지요. 하나뿐인 아들은 혼혈이라는 이유로 배정받은 학교에서 입학을 거부당했어요."

시댁은 갈 곳 없는 그들을 내쫓았고, 지하 월세방에서 초등학생인 자식과 힘겨운 살림을 꾸려 간다고 했다.

"뇌 속 깊이 자리 잡은 암세포가 급속도로 악화돼 5센티미터로 커져 이미 후각을 잃었어요. 시력도 몇 미터 앞을 분간하지 못할 정도로 나빠졌지요."

믿었던 남편은 사기를 당하고 변변치 못한 직장을 전전하다가 최근에는 그 일자리마저 잃었다고 했다.

"아이는요?"

여자는 흐느끼더니 이윽고 울음을 터트렸다. 그동안 참았던 설움을 한꺼번에 토해 내는 듯했다. 현우는 무심코 내뱉은 말을 후회했다.

"아이가 한국 생활에 적응을 잘 못하고 있어요. 저도 한국말이 서툴고 아이도 마찬가지지요. 아들에게 아무것도 해 줄 수 없는 제 자신이 너무 원망스럽기만 해요. 하지만 지금으로는 아이의 급식비와 월세 20만 원 내기도 버거운 형편이에요."

그녀는 죽음이 두렵고 살아갈 길이 막막할 때면 성당에 가서 하나님을 찾는다고 한다. 고향에 있는 가족과 한때 단란했던 가정의 행복을 다시 달라며 기도한다고 했다.

"그래도 설마 주님이 저희를 완전히 버리시기야 하겠어요. 바쁘신데 끝까지 제 이야기를 들어주셔서 정말 고맙습니다."

여자는 쓸쓸히 문을 나섰다. 현우는 지독한 가난과 시댁과의 갈등, 언어 문제, 문화 차이로 인한 불행이 머릿속 암세포의 원인이라 단정했다. 이 삭막한 겨울 거리를 외로운 이방인으로 은행을 향하는 그녀를 떠올리곤 마음이 아팠다.

동수는 모니터에 머리를 박고 마우스를 클릭하기에 바빴다. 언제부턴지 그는 인터넷 포커 게임에 열중했다. 동인이 없는 동안에는 온 정신이 거기에 쏠려 있었다. 어떤 날은 몇천 억을 땄다며 어린아이처럼 좋아하다가 또 몇 조를 잃었다고 시무룩해졌다. 며칠 전, 현우는 그와 다툰 적이 있었다. 게임할 때 울리는 스피커 소리 때문이다. 전화 상담을 하거나 손님과의 대화 중에도 동수는 소리를 고음으로 켜 놓았다.

"동수야, 손님이 있을 때 게임을 하면 사무실 이미지가 좀 그렇잖아. 정 하려면 스피커를 끄든지 볼륨을 줄이는 게 좋겠어."

"야, 소리가 커야 생생한 라이브를 즐길 수가 있어. 그리고 손님들은 대출에 관심이 있지, 이 소리에는 신경 안 써. 네가 너무 예민한 거야."

동수는 늘 이런 식으로 둘러대며 그의 요청을 무시하곤 했다.

결국 두 사람은 이 문제로 얼굴을 붉혔다. 현우는 동인과 상의할까도 고민했으나 고자질을 하는 것 같아 그냥 넘어갔다. 또 동인이 형이라면 모를까 동생에게 잔소리를 들으면 그의 자존심이 상할 수도 있기에 참았다.

웬일로 그날 동수는 그렇게 하겠다고 약속했다. 그래서 이 사건은 조용히 마무리되었다. 동인은 밖에서 곧장 퇴근하여 아직까지 이 일을 모르고 있다.

"옥상에서 담배 한 대 피우고 올게."

현우는 계단을 올라가 처음으로 옥상 문을 열었다. 겨울 찬바람이 목덜미에 와닿아 정신이 번쩍 들었다. 담배 한 모금을 깊게 빨아 허공에다 내뱉었다. 흩어지는 연기 속에 거리를 방황할 베트남 여인의 모습과 아이디 C423045-H143262 기호가 뒤섞여 혼란스러웠다.

'첫눈이 올 때가 됐는데….'

그는 회색빛 하늘을 바라보며 계단을 터벅터벅 내려왔다.

"현수야, 오늘 방문하기로 한 손님이 내일 오후 2시에 온다고 연락 왔어."

동수가 모니터에서 눈을 떼지 않은 채 말했다. 스피커 사건 이후로 소리를 낮추었기에 더 이상 관여하지 않았다. 현우는 연기된 미팅 시간을 일일 캘린더 메모지에 적었다. 그리고 한 장 한 장 넘기며 살펴봤다. 거기에는 여러 내용이 휘갈겨 쓰여 있었지만 손님의 이름, 주민번호, 전화번호 이 세 가지만은 공통적으로 있었다.

"손님의 예상 대출금을 알기 위해 은행에 조회해야 되거든요."

이 말을 구실로 이름과 주민번호를, 또 그 결과를 연락 주겠다며 전화번호를 물어보아서다.

아이디를 만들 때 필요한 것은 영어 알파벳과 숫자이다. 이것을 특정 지으려면 본인의 인적사항만 한 것이 없다. 그래야 혹시 잊어버려도 쉽게 찾을 수 있다. 비번을 날짜로 만들듯이 말이다. 의뢰인의 서류에서 고유성으로는 이름과 주민번호와 전화번호이다. 그중 영어는 이름의 성에서 차용했을 가능성이 높다. 흔히 그렇게 하지 않는가! 김을 K, 이를 L, 박을 P로 표시하듯이. 이제 숫자로 된 것은 주민번호와 전화번호이다. 이 셋을 조합으로 만들어야 간편하다. 여기까지 정리한 현우는 11일과 13일에 고려금융으로 접수된 카센터 사장과 트럭 아저씨의 서류를 뺐다. 이것은 잔고업체에 원본을 보내기 전에 한 부씩 복사하여 보관한 서류철이다. 물론 연락처는 사무실에 있는 선불 폰 번호이다. 다행히 잔고업체에서 집과 직장 전화번호까지는 요구하지 않았다. 비직장인도 잔고증명 의뢰인이 될 수 있고 요즘 집 전화는 큰 의미가 없다.

카센터 사장의 이름은 최영성이고 트럭 아저씨의 이름은 현정복이다. C423045의 C는 최의 알파벳 CHOI 앞 영자를 딴 것이다. 또 H143262의 H도 마찬가지다.

이제야 윤곽이 잡혔다. 다음은 주민번호와 전화번호에서 여섯 자리 숫자의 비밀을 찾으면 된다. 최영성의 주민번호는 540324-1002431이다. 그런데 423045는 주민번호 앞자리 540324를 뒤에서부터 나열한 것에 불과했다. 너무 간단하여 헛웃음이 나왔다. 현정복의 주민번호는 521210-1432620이다. 당연히 카센터 사장처럼 521210을 뒤에서부터 나열한 012125이어야 하는데 일치하지 않는다.

　하지만 이것도 문제는 없었다. 143262은 뒷자리를 앞에서부터 6번째까지 숫자이다. 두 아이디 숫자가 다른 것은 아마도 서류 접수일의 차이라고 짐작했다. 그는 마치 자신이 정보요원으로 중요 암호를 해독한 것 같아 뿌듯했다. 역시나 동인의 주장대로 규칙성에 근거하여 만들었다는 것이 판명되었다. 그러면 내일은 'H705028'이나 'H217321'의 아이디와 1213인 비번이 내려올 것이다. 유학비자 용도로 보낸 한시영의 주민번호가 820507-2173214이기 때문이다. 이 쾌거를 게임에 빠져 있는 동수에게 말하려다 멈추었다. 아직은 100% 단정 짓기에 이르다. 현우는 이 정도까지 파악한 것에 만족하며 어깨에 힘을 주었다.

　"현수야, 그만 퇴근하자. 오늘 한잔 어때?"

　동수의 제의에 대신 주문해서 먹자고 했다. 동인은 먼저 퇴근했다. 야식집 스티커를 보고 술과 안주를 시켰다. 이야기 장소로는 식당이나 술집보다 사무실이 훨씬 편했다.

　1년 전 부동산 사무실에서 일할 때는 그들과의 대화가 일상적으로 장소에 구애받지 않았다. 그러나 지금은 대부분 작업에 관한 내용이기에 주위의 시선을 의식하지 않을 수 없었다. 도둑이 제 발 저리듯 스스로 경계하는지도 모른다.

동수는 취기가 돌자 동인과 다투었던 일을 다시 꺼냈다.

"나도 나름대로 열심히 하는데, 자식이 이런 마음을 몰라줘. 현수야, 나 많이 섭섭하다."

"모르긴, 다 알 거야. 마지막 작업이라 신경이 곤두서서 그럴 거야."

"옛날에 안 그랬는데 내가 경마로 돈을 다 날린 후로는 노골적으로 무시한다니까."

"경마라니 무슨 말이야?"

"아, 그 말 안 했나?"

동수는 혀가 반쯤 고부라졌다.

"얼마 전에 작업했었잖아."

"잔고증명?"

"그렇지."

"둘이서 한 거야?"

"아니야. 한 명 더 있었는데 넌 모르는 친구야. 그런데 그놈은 작업이 끝나자마자 잠수 타서 연락이 안 돼. 사실 그래서 네가 필요했던 기고."

"몇 번 했는데?"

"두 번."

"작업 금액은 얼마야?"

"3억과 5억."

"어떤 식으로 했는데?"

"3억은 서류로, 5억은 바지 세워서."

"바지라니?"

"동인이가 명의대여자 광고 냈잖아. 그 광고로 바지 할 남자를 구해서 직접 잔고업체에 보낸 거야."

"설마 그런 위험한 일을 하는 사람이 있겠어?"

"그 사람과 거래를 하는 거지. 알면서 하는 인간도 많아. 오히려 우리 말을 잘 듣고 고분고분한 사람으로 선택할 정도야. 그건 동인이에게 맡겨."

순간 현우는 열흘 전쯤 K은행 앞에서 만났던 사내가 떠올랐다. 그는 동인이가 건네준 돈을 가슴에 품고 일이 있으면 꼭 연락을 달라며 커피숍을 나갔었다.

"저번에 K은행에서 돈을 인출한 남자가 바지야?"

"아니, 그 사람은 돈만 찾은 명의대여자야."

"그러면 그 사람을 바지로 내세우면 되잖아?"

"안 돼."

"왜?"

"그 남자는 10억 정도의 잔고증명을 의뢰하기에는 외모와 능력에서 의심받을 확률이 높아."

"경마해서 얼마 잃었는데?"

"작업 끝나고 바지 수당과 경비 제하고 셋이서 나누었는데 그중 내 몫을 경마에다 모두 날렸거든. 그래서 이번 작업의 비용을 동인이가 다 대고 난 질질 끌려가는 처지가 된 거지."

그는 자기의 행동을 자책하듯 가슴을 쳤다. 현우는 머릿속으로 계산기를 두드렸다.

'슈킹 금액이 40억이니까 투자금을 빼더라도 얼추 내 배당은 10억 이

상이 아닌가!'

심장이 쿵쾅쿵쾅 뛰었다. 변변한 기술 하나 없는 자기 꼴로는 평생, 아니 환생해서 벌어도 못 만질 노다지이다.

동수는 마지막 잔을 입에 털어 넣고는 입맛을 쩍쩍 다셨다. 술이 부족한지 빈 병을 거꾸로 세워 연신 흔들어 댔다. 현우는 그 모습이 안쓰러워 소주를 사 왔다.

"동인이와 난 형제지만 너무나 다른 것 같아."

현우는 그 독백의 의미를 이해한다. 외모도 기질도 친형제라기에는 차이점이 한둘이 아니었다. 단 공통점이 있다면 도박을 좋아한다는 것이다. 그러나 동인은 오락 수준으로 즐기지만 동수는 거의 중독이다. 길가에 오락실을 먼저 들어가는 건 동인이지만, 나올 때는 동수를 구슬리느라 진땀을 뺐다. 같은 시간 하는데도 돈을 서너 배 더 잃는 쪽은 늘 동수였다.

한 번은 '바다 이야기'라는 성인 오락실에 간 적이 있었다. 그들은 자리에 앉아 버튼 누르기에 정신이 없었다. 담배 연기가 자욱한 공간에 수십 대의 기계와 손님들로 꽉 찼다. 뽀글뽀글 물방울이 올라오는 화려한 모니터에는 이름 모를 물고기들이 떠다니고 있었다. 어떤 사람은 버튼을 누르기도 귀찮은지 아예 자동 누름으로 고정한 채 졸았다. 현우는 무슨 재미로 하는지 따분했다. 두 사람의 돈은 줄어들었으나 감소의 속도는 동수가 빨랐다. 갑자기 동인이 여종업원을 부르더니 커피를 주문하였다. 그리고 얼른 주위 사람들 몰래 만 원짜리 대여섯 장을 그녀의 손에 쥐여 주며 눈을 깜빡거렸다. 조금 후 그의 모니터에 고래가 나타나면서 요란한 팡파르가 울렸다. 또 당첨을 축하한다는 시끌벅적한 멘트가 흘러나왔다. 곧이어 사람들의 부러움과 시샘 속에 기계에서 상품권이 쏟아졌다. 상품권을 돈으로 교환한 결과 원금보다 더 수익이 났다. 하지만 동수가 엄청 잃었기에 전체적으로 손해였다. 동인이 딴 돈을 그에게 전부 주고 달래서야 겨우 오락실을 나올 수 있었다.

13
사채업자와의 두뇌 싸움

12월 14일 (금)

현우가 사무실에 도착하니 동인은 잔고업체로 보낼 서류를 검토하고 있었다.

"동수 형은 술이 덜 깨서 늦을 거예요."

왜 형에게 술을 많이 먹였냐는 원망의 말투다.

"형, 고려금융 비번의 의미를 생각해 봤어요?"

"1211, 1212은 접수한 월과 날짜 같던데."

"어? 어떻게 알았어요?"

동인은 당황했지만 이미 자신은 알고 있는 눈치다.

"그럼 아이디 C423045와 H143262은 어떻게 만든 것 같아요?"

"글쎄, 아직 잘 모르겠더라고. 너는?"

현우는 시침을 뗐다. 그것은 동인의 능력이 궁금해서다. 그의 얼굴에 실망의 빛이 스치더니 의기양양하게 말했다.

"저도 어제 자정이 되어서야 풀었어요. 아이디는 의뢰인의 성 알파벳과 주민번호에서 따온 거예요. 그런데 한 가지 의문점이 남아요. 보세요."

그는 화이트보드에 'C423045, 최영성 540324-1002431', 'H1432620, 현정복 521210-1432620'이라고 썼다.

"영문자는 의뢰인 이름의 성을 표시한 것으로 웬만해서는 알 수 있지요. 문제는 아이디 숫자예요. 최영성의 아이디를 봐요. 주민번호 앞자리를 순서대로 하면 될 텐데 굳이 뒤에서부터 썼냐는 거예요. 또 현정복은 최영성처럼 하지 않고 왜 뒷자리에서 시작했냐는 거지요. 결국 두 아이디의 규칙성은 영어 외에는 없어요. 만약 주민번호 13자리를 이용하여 불규칙적으로 만든다면 그 변화가 무궁무진하다는 거예요. 최악은 앞자리와 뒷자리를 붙인다면 생각만 해도 아찔하죠. 이런 식이면 디데이에 어떤 방법으로 만든 아이디를 쓸지 전혀 예측할 수가 없어요. 게다가 전화번호까지 섞는다면 아인슈타인이 와도 항복할걸요?"

그는 답답하여 목이 타는지 연신 물을 들이켰다. 잠자코 있던 현우가 입을 열었다.

"나는 비번처럼 정형성이 있을 거라고 봐. 왜냐면 그런 방식으로 아이디를 만든다면 수십, 수백 개가 넘을 거야. 그러면 시간이 지날수록 자기들도 헷갈리지 않을까? 내가 보기에는 나름 규칙적으로 만들어서 돌려야 그쪽도 분실 위험을 대비할 수 있잖아."

현우는 말하면서도 그의 예리한 사고력에 놀랐다. 다만, 동인이 자정쯤에 아이디 비밀을 풀어 자신보다 늦었다는 것에 위안 아닌 위안을 삼았다.

"오늘 내려오는 아이디를 한번 보기로 하지요."

동인이 화이트보드에 0511, 0512를 썼다.

"0511, 0512는 대양에서 온 비번인데 이제 형도 감이 잡히지요? 05만 알면 되니까요."

"올해 2005년?"

"빙고! 만일 오늘 고려에서 1213이, 대양에서 0513이 내려온다면 비번은 해결됐다고 단정해도 될 것 같아요. 그런데 대양의 입금 은행을 확정하기가 어렵네요. 처음에는 의뢰인의 거래 은행 중 하나인 W은행으로 입금을 시켜 혼란하게 했잖아요. 어제는 거래 은행이 아닌 다른 은행으로 입금시켰고요. 대양금융 가까이에 W, K, S, J 네 개 은행이 있어요. 그저께 의뢰인이 거래하는 은행으로 W, K, S 이 세 개 은행을 임의로 적어 보냈지요. 또 W은행으로 입금시키면 작업하기가 수월해요. 이유는 W은행이 주거래 은행으로 디데이에 입금될 확률이 높다는 거지요. 그런데 이번에는 의뢰인이 거래하는 W, K, S를 제외한 J은행으로 입금시킨 거예요. 마치 숨바꼭질을 하는 기분이 들어요. 조금 후에 봉투가 오면 어느 은행으로 입금했는지 알 수 있을 텐데, 기대 반 걱정 반이네요."

그는 짜증난 듯 미간을 찡그렸다.

"동인아, 대양의 입금 은행을 안다고 해도 인터넷 뱅킹이 안 되어 이체를 할 수 없잖아?"

"아니에요. 지금부터 제가 하는 말을 잘 들으세요. 여기서 의뢰인은 작업 손님을 뜻해요. 의뢰인의 인터넷 뱅킹이 된 통장을 그전에 발급받는 거예요. 그런 후 디데이에 대양에서 만든 통장 계좌번호를 그 은행에 접속하면 볼 수 있어요. 형, 기억나요? 첫날 줬던 1일 이체 한도 용지에 은행마다 '상호계좌 연계 동의함' 체크가 있었던 거요. 그게 바로 이 내용이에요."

"좀 더 자세히 말해 봐?"

"디데이 오전에 의뢰인에게 같은 은행 통장을 하나 더 개설하라고 하는 거예요. 그리고 오후에 다시 전화하여 미리 은행에 대기시키는 거지요. 대양의 잔고증명 돈이 입금되는 것을 인터넷으로 확인하는 순간 의뢰인에게 다시 연락해요. 이어 오전에 만들었던 통장 분실신고를 하라면서 대양에서 만든 통장 계좌번호와 비번을 알려 주지요. 다시 새로 이 통장을 발급받으면서 인터넷 뱅킹 신청을 하는 거예요. 한방에 게임 아웃이지요."

"의뢰인이 통장을 재발급하려면 주민증이 있어야 하는데 이미 대양으로 갔잖아?"

현우는 이것이 전부터 의문이었다.

"그 문제도 신경 쓸 것 없어요. 주민증과 운전면허증을 동시에 가진 사람으로 작업하면 되지요. 운전면허증도 통장 발급이 되거든요. 은행에 확인을 했고 손님도 보내서 검증을 거쳤어요."

현우의 의구심이 꼬리를 물었다.

"대양에서 몇 시에 입금하는데?"

"4시에서 4시 20분 사이에 통장을 만들면서 입금시켰더라고요."

"시간이 촉박하지 않을까?"

"빠듯하지만 가능해요."

"의뢰인에게는 뭐라면서 통장 재발급을 시켜? 명분이 있어야 하는데 의심하지 않을까?"

"처음 통장만으로는 실적이 부족하다, 실수로 통장을 분실했다 등의 이유를 붙이면 돼요. 돈이 급한 처지라 시키는 대로 할 거예요. 그래서 단순하고 순종적인 사람으로 선택하면 좋지요. 이건 제가 담당할 테니 걱정하지 마세요."

동인은 시험지 답안을 외운 것처럼 술술 대답했다. 마치 예상된 질문을 기다리기라도 한 듯이.

'정말 대단한 놈이다. 저 자식의 진면목을 안다면 아마 사기꾼들이 서로 스카우트하려고 난리가 날 거야.'

고려금융 봉투를 갖고 온 퀵과 함께 눈이 충혈된 동수가 들어왔다. 동인이 꺼낸 통장을 향해 시선이 쏠렸다. 한시영의 통장에는 H412371, 1213이 적혀 있었다. 비번은 적중했으나 아이디는 현우가 예상했던 H705028이나 H217321이 아니다. 그러나 H412371의 비밀은 너무나 간단했다. 그것은 한시영의 주민번호 820507-2173214의 뒷자리 끝에서부터 6자리 숫자를 나열한 것에 불과했다. 전날 내려온 현정복의 아이디 H143262이 뒷자리 앞에서부터라면 한시영의 아이디는 그 반대인 것이다.

"으, 으… 이러면 안 되는데…."

동인이 앓는 소리를 냈다. 이 신음의 의미를 현우는 안다. 어느새 적중률이 50%에서 33%로 줄었기 때문이다. 이런 식이면 25%, 20%, 16.6%… 확률이 반비례가 된다. 그렇다면 고려금융 작업은 불가능에 가깝다. 디데이에 이체는 늦어도 은행 영업 시작 전에 끝내야 한다. 그 이후로는 40억을 인출하는 데 모든 역량을 쏟아야 한다. 그런데 이대로라면 새로운 아이디를 무한 반복해야 하는 것이다. 하물며 꼭 들어맞는다는 보장도 없지 않은가!

두 번째 퀵에게 받은 대양금융 봉투를 뜯은 동인의 표정이 일그러졌다.

"대양의 입금 은행이 또 예상을 빗나갔어요."

"어떻게?"

"이번에는 W, K, J은행을 의뢰인이 거래하는 은행으로 보냈지요. 그러면 저번처럼 거래가 없는 S은행으로 입금시킬 줄 알았는데… 이것은 거래하는 은행 중 하나인 K은행 통장이잖아요. 처음은 W은행, 다음은 J은행, 요번에는 K은행이에요."

"동인아, 대양에서 은행을 자주 바꾼다는 것은 벌써 우리를 의심하는 거 아니야? 혹시 전에 당한 경험이 있다거나."

동수가 흐리멍덩한 눈을 비비며 말했다.

"그럴 수도 있어. 잔고업체가 그리 많지 않고 거의 명동에 있으니 소문은 금세 퍼질 거야. 또 유유상종이라 서로 정보를 교류할지도 모르지. 특히 이 계통의 업자들을 더 조심하라는 게 불문율이야. 오늘 고려와 대양에 서류를 접수해서 월요일에 내려오는 것을 보고 다시 파악해야겠어."

동인은 열 받은 듯 얼굴이 벌겋게 달아올랐다.

조금 후 세 번째 잔고업체인 서울금융 봉투가 도착했다. 서울도 대양과 마찬가지로 현우 쪽에서 의뢰인의 서류를 보내면 그쪽에서 통장을 만든다. 동수가 내용물을 책상 위에 쏟아 냈다. 통장에는 비번 0248이 적혀 있었다.

"수, 수표로 입금됐어!"

동인이 비명을 질렀다. 통장에는 어제 날짜로 1억의 자기앞수표가 입금되었다가 오늘 출금되어 잔액 0원이 찍혔다. 순간 세 사람은 불시에 뒤통수를 맞은 것처럼 멍하니 서로를 쳐다보았다. 여느 때면 비번의 비밀을 분석하느라 바빴겠지만 지금은 할 일이 없다. 아니 정확하게 표현하자면 할 필요가 없다.

"무제한으로 잔고증명을 해 준다는 자신감이 여기에 있었네."

동인은 허탈한 표정으로 머리카락을 흩뜨렸다.

고려와 대양은 서류 접수 시 잔고증명을 5억까지만 해주며 현금으로 입금한다. 혹시 모를 사고에 대비하기 위해 나름대로 안전장치를 마련한 것이다. 이런 면에서 수표로 입금하는 서울금융은 완벽한 보호망을 구축했다고 볼 수 있다. 그들의 입장에서 의뢰인은 돈을 벌어 주는 고객이면서 언제 터질지 모르는 시한폭탄이기도 하다. 게다가 동종 업지는 그 내막과 허점을 잘 알기에 더욱 믿을 수가 없다. 잔고증명 자체가 불법이라는 한계에서 출발한 이상 어쩔 수 없는 것이다.

"그런데 수표로 입금시키면 다음 날 오후 2~3시에 돈을 찾는 것으로 아는데 어떻게 오전에 통장이 왔어?"

"원래는 안 되지만 서울금융과 은행 간의 관계가 돈독하다면 그전에라도 인출이 가능하지요. 현수 형이 그 은행의 VVIP 고객이라면 그 정도 편의는 봐 주지 않겠어요? 그러나 수표로 입금된 이상 아무 의미가 없는 이야기지요."

"동인아, 이제 슈킹 금액이 30억으로 줄어든 거야? 아~ 이거 정말 미치겠네."

동수는 울상이 되었다. 현우도 자신의 배당이 줄어든 것에 속으로 울컥했다. 동인은 창가에 서서 골몰히 생각에 잠겼다. 굳게 다문 입술이 고심하고 있음을 역력히 나타냈다. 이윽고 결심한 듯 차가운 음성이 떨어졌다.

"형들, 서울금융 작업은 여기서 포기하기로 하죠."

잠시 침묵이 흘렀다. 순간 현우는 머릿속에 무언가가 섬광처럼 스쳤다. 전혀 불가능한 작업만은 아닌 것 같았다.

"동인아, 몇 시에 수표를 현금으로 바꾸어 인출했을까?"

"은행 문 열자마자 바로겠지요. 돈놀이하는 입장에서는 일찍 돈을 찾아 돌려야 유리하니까요."

"은행에서 알려 줄까?"

"그럴 거예요. 잠깐만요."

동인은 은행 직원과 통화를 했다. 그의 추측대로 영업 시작과 동시에 인출되었다.

"그런데 인출한 시간은 알아서 뭐 하게요?"

"이것은 가상인데 수표를 현금으로 대체한 후 돈을 내주기까지 몇 초 동안은 현금 상태로 있을 거야. 이 찰나를 이용하면 어떨까?"

"형의 이론이 전혀 불가능한 건 아니에요. 현금으로 1초만 있어도 이체할 시간은 충분해요. 은행에서 돈을 찾을 때 직원의 조작 시간이 몇 초는 걸리잖아요. 미리 타행 자동이체로 등록해 놓고 현금으로 대체되는 순간 엔터를 치면 되지요. 문제는 타이밍인데, 예상 시간 전부터 모두 모니터 앞에서 실시간으로 확인하는 거예요. 포인트만 정확히 맞춘다면 성공할 수 있어요."

"와~ 이건 완전히 SF 영화감이네!"

동수가 박수를 치며 감탄사를 연발했다. 동인도 숨은 그림을 찾은 듯 생기가 돌았다.

'역시 이 자식은 하나를 가르치면 세 개를 아는 놈이야.'

현우는 그의 천재성에 말문이 막혔다.

"이제 서울금융의 비번만 안다면 포기할 이유가 없어요. 월요일에 서류를 접수해서 비번이 0248로 똑같이 올지 바뀔지 보기로 하지요."

동인은 잃어버린 돈을 도로 찾은 양 흥분했다. 하루도 아닌 시간당 롤러코스터를 타는 이런 작업이 또 있을까! 현우는 디데이까지 자기 체중이 절대 늘지 않을 거라 확신했다.

14
우정에 금이 가다

12월 14일 (금)

오후에 상담을 약속한 손님이 방문했다. 한 중년 남자를 뒤따라 사내가 들어왔다. 남자는 서글서글한 인상이나 사내는 험상궂었다. 두 사람은 일행이었다.

"어제 전화드린 조석기입니다. 이 친구는 저와 함께 일할 사람입니다."

"김두성입니다. 잘 부탁드립니다."

사내는 생김새와 다르게 두 손을 모으고 공손히 목례를 했다. 그의 포개진 손등에 파란 십자가 문신이 선명하게 드러났다. 현우는 이 사내의 몸에 도배되었을 온갖 짐승을 상상하고는 움찔했다.

"3천만 원이 필요하다고 말씀드렸는데 저 혼자로 안 되면 이 친구도 대출을 받았으면 해서 같이 왔습니다."

현우는 대출 방법을 설명하였다. 두 사람은 연신 "예"라는 대답을 하고는 은행을 다녀오겠다며 활기차게 나갔다.

"이 친구의 통장까지 만드느라 조금 늦었습니다."

"대출을 받아서 뭐 하시게요?"

동수가 경계의 눈빛으로 물었다. 사내 손의 문신을 보고서 아마 도박 자금 등의 용도로 짐작한 것 같았다. 아니면 동지애를 느꼈는지도 모른다. 사실 동수도 어깻죽지에 하트 모양의 문신이 있다. 쭈뼛쭈뼛하던 조석기가 말문을 열었다.

"우리는 얼마 전 교도소에서 8.15 특사 가석방으로 나온 전과자입니다. 저는 10여 년을 그곳에 있었고 이 친구도 비슷한 시간을 보냈습니다."

그는 자신의 흑역사를 회상하는 것이 괴로운지 깊은 한숨을 토했다.

"저는 인테리어 사업을 했었는데 큰 부도를 맞았습니다. 돈을 받지 못한 인부들이 집으로 몰려와 행패를 부렸고 가정은 풍비박산이 났습니다. 그 와중에 씻지 못할 죄를 범해 12년을 선고받았습니다. 처음 교도소에서 자살을 시도하며 죽으려 했습니다. 지금 돌이켜보면 하나님의 도움인지 두어 번 실패했다가 신앙을 접하게 되었습니다. 그리고 이 못난 아빠를 기다리는 딸들로 다시 마음을 잡을 수 있었습니다."

담배꽁초를 재떨이에 비벼 끈 그의 눈가엔 어느새 이슬이 맺혔다. 그런 후 성실히게 재소 생활을 하며 긴축 설계 공부에 매달려 8개 자격증을 땄다고 했다.

"그 결과 모범수로 인정받아 가석방 혜택을 받았어요. 이 친구도 마찬가지고요. 그런데 돈 한 푼 없이 어떻게 시작할지 막막하더군요."

그래서 출소 전 취업 전담반에서 소개받은 일자리센터를 찾아갔다고 한다. 그곳에서 인테리어 사무실을 준비하면 센터에 가입한 기업의 일감을 주겠다는 것이다.

"우리는 대출을 받아서 사무실과 설계에 필요한 컴퓨터와 장비를 갖추려고 합니다. 이것만 해결되면 센터의 일거리로 자립할 수 있습니다. 이 친구와 저는 고생이 되더라도 경비를 아끼기 위해 사무실에서 숙식을 하며 생활하기로 했습니다. 그렇게 부지런히 뛰다 보면 분명 희망이 생길 거라고 자신합니다."

그는 앞으로 일할 생각을 하니 암울한 먼 길을 돌아 긴 꿈에서 깬 것 같다고 했다. 무엇보다 자기를 일으켜 세운 가장 큰 힘은 그새 훌쩍 커 버린 큰딸과 중학생인 막내딸의 응원이라고 덧붙였다. 그리고 곧 함께 살자며 손가락을 굳게 걸었다고 했다.

"한번은 어릴 때 헤어진 막내가 '사실 나는 아빠가 무서운 사람이라고 생각했어. 근데 이제는 정말 좋아'라고 말했을 때 가슴이 무너졌습니다. 지금은 딸을 만나는 주말이 기다려지고 힘내라는 전화 한 통에 용기가 솟습니다."

슬픈 미소를 띠는 그의 눈시울이 붉어졌다. 또 자기들이 가진 기술을 이용하여 집 고치기 봉사활동을 하고 있다는 말을 끝으로 자리에서 일어났다.

노숙자 아저씨는 아동시설이나 저소득층 자녀들에게 재생 자전거를 주는 재활용 활동을 하고 있다. 이들은 집 고치기 봉사를 하고 있다. 그들은 자신들이 도움을 받을 형편임에도 오히려 이웃을 돕고 있다. 고통받았던 자들만의 동병상련인가!

그때 현우의 안주머니에 있던 휴대폰에서 진동이 울렸다. 이 작업을 하면서 그가 받은 전화는 거의 명함에 적힌 대포 폰이다. 대포 폰은 보통 책상 위에 놓였고 안주머니에는 실명 폰이 있다. 현우는 지인과의 통화는 사무실에서 나와 복도나 옥상에서 했다. 전화를 건 사람은 누나였

우정에 금이 가다

다. 이 부근을 지나다 연락했다며 잠깐 밖에서 볼 수 있냐고 했다. 그는 누나가 일부러 온 것을 안다. 요사이 누나 집을 다녀온 지가 꽤 되어서다. 그동안 밑반찬을 만들어 놓았다며 몇 번이나 갖고 가라 했으나 차일피일 미루었다. 사무실 위치를 숨기려 거리가 좀 있는 장소로 잡았다. 왠지 그래야만 될 것 같았다.

"동수야, 누나가 이 근방에 왔다고 하네. 갔다 올 테니 상담 전화 부탁해."

동인이는 볼일이 있다며 한참 전에 사무실을 나갔다. 그는 반가운 마음에 누나가 기다리는 커피숍으로 내달렸다.

"밥은 제대로 먹고 다니니?"

누나는 안쓰러운 눈길로 반찬통이 가득한 쇼핑백을 건넸다. 몰라보게 마른 몸매에 푸석푸석한 누나의 얼굴을 보니 가슴이 미어졌다.

"밑반찬이야. 냉장고에 넣어 두고 먹어. 떨어지면 빨리 말하고."

"누나 소원이 반찬 가게를 하는 거라고 했지?"

"뜬금없이 웬 반찬 가게?"

누나의 음식 솜씨는 일품이다. 자타가 공인하는 맛이다.

"아마도 반찬 가게를 열면 누나의 손맛으로 대박이 날 거야. 그건 내가 100% 장담해!"

"말이라도 기분은 좋다."

"가게를 내려면 얼마나 들어?"

"가게 얻고 쇼케이스 등을 설치하려면 몇천만 원은 필요할걸. 그런데 왜?"

"내가 하나 차려 줄려고."

"네가 돈이 어디 있어서?"

"엊그제 꿈을 꿨는데 로또 맞을 계시를 받았지."

"그래. 당첨되면 좋겠다. 그 돈으로 우리 현우 얼른 장가가고."

그는 어려운 자신보다 동생을 먼저 배려하는 누나의 마음에 울컥했다.

"회사 일은 할 만하니? 힘들지는 않고?"

"아니, 적성에도 맞고 동료들도 좋아서 만족해."

얼마 전에 현우는 중소기업 관리직으로 취직했다고 둘러댔었다. 그는 멀어지는 누나의 뒷모습을 보면서 눈물이 핑 돌았다.

'불쌍한 우리 누나….'

복받치는 설움을 간신히 삼켰다.

10여 년 전 엄마의 마트가 복 사장에게 빼앗기자 생계가 어렵게 되었다. 그녀는 가장의 책임감으로 대학을 중퇴하고 생활전선에 뛰어들었다. 아픈 엄마를 돌보며 현우의 뒷바라지를 했다. 그런 누나의 바람에 그는 부응하지 못했다. 초·중학교는 상위권이었지만 아버지가 작고하고 경제적으로 어려워지자 공부에 흥미를 잃어 서클 활동에 몰입하였다. 그럼에도 소싯적 학업 성적만 믿고 명문대를 꿈꿨으나 원하던 대학에 고배를 마셨다. 현우는 아들로서 기울어진 가세에 도움이 되고자 취직을 하려 했다. 그런데 누나가 반대하며 재수를 권했다. 학원을 다니며 초기에는 열심히 공부했다. 어느 날 친구의 손에 이끌려 당구장에 간 것이 화근이었다. 오묘한 당구 세계가 공부보다 훨씬 재미있었다. 잠들 때면 사각의 천장이 당구 다이로 보일 정도로 흠뻑 빠져들었다. 게다가 어설픈 실력으로 쓰리쿠션 내기 당구까지 쳤다. 용돈이 바닥난 그는 온갖 핑계와 거짓말로 누나에게 돈을 타냈다. 아직도 그녀는 이 사실을 모르고 있다. 아니 알면서도 모른 체하는지도 모른다. 그 결과 수능 총점에서 당구 점수를 뺀 수능 점수가 나왔다. 당구 덕분인지 수학의 삼각함수 문제만은 다 맞았다는 것이 고작 위안이었다. 겨우 수도권 대학에 턱걸이로 입학했다. 대학을 졸업하고도 안정된 직장 없이 입사와 퇴사를 반복하는 그에게 누나는 잔소리나 원망을 하지 않았다. 그것이 더욱 미안하고 죄스러웠다.

'그 중요한 시기에 왜 정신을 차리지 못했을까!'

누나는 변변한 혼수품도 없이 결혼하였다. 심성이 착한 매형은 모든 사정을 이해해 주었다. 그녀는 맞벌이를 하며 능력 없는 현우를 대신해 엄마를 보살폈다.

그런데 언젠가부터 매형에게 황달 증세와 체중 감소가 보이더니 어느 날 가슴의 통증을 호소하며 쓰러졌다. 의사는 췌장암 말기라는 청천벽력의 진단을 내렸다.

전세집을 빼서 몇 차례 수술에도 불구하고 매형은 3개월을 넘기지 못했다. 지금 그녀는 단칸방에서 남매를 키우며 마트에서 계산원으로 일하고 있다. 오늘 그는 엄마 이야기를 한마디도 꺼내지 않았다. 그것은 누나를 아프게 하는 것이기 때문이다. 현우는 이 기회에 그동안의 실망과 죄책감을 만회하려 벼르고 있었다.

"시간 나면 집에 들르렴. 애들이 삼촌 보고 싶다며 난리야."

"며칠 후에 왕창 선물을 사서 갈게."

"선물은 무슨…."

"아니야. 이제부터 삼촌 노릇을 제대로 할 거야. 두고 봐."

현우의 허풍에 그녀는 배시시 웃었다. 그가 말한 '며칠 후'란 작업이 끝난 날이다.

'누나, 열흘만 기다려. 곧 내가 엄마를 모시고 누나에게 반찬 가게도, 집도 사 줄게. 앞으로는 장밋빛 꽃길만이 펼쳐질 거야.'

그는 수십 번, 수백 번을 외치고 또 외쳤다.

사무실로 들어가려던 현우는 화장실에 들렀다 가려고 문을 지나쳤다. 그때 살짝 열린 문 사이로 소곤거리는 음성이 새어 나왔다. 그는 반사적으로 몸을 숙여 두 사람의 대화를 엿듣기 시작했다.

"동인아, 이번 작업 끝나면 현수에게 얼마나 줄 생각이야? 만약 계획대로 40억을 손에 쥔다면 10억 정도는 줘야겠지?"

현우의 온 신경이 동인의 대답에 쏠렸다.

그러고 보니 이 작업에 합류한 이후로 배당에 관해 논의한 적이 한 번도 없었다는 사실이 떠올랐다. 그는 슈킹 금액이 얼마인지도 몰랐을뿐더러 먼저 묻기가 어색했다. 그래서 무척 궁금했지만 이때까지 참았다.

"현수 형이 고생한 건 평생 직장생활을 안 해도 될 만큼 충분히 보상할게요."

동인은 이렇게 약속했었다.

"작업 끝나고 바지 수당과 경비 제하고 셋이서 나누었는데…."

동수가 들려준 말이다. 이것으로 유추했을 때, 당연히 상식선에서 배당할 거라 기대를 가졌다. 물론 이 상식선이란 것이 주관적이라 애매모

우정에 금이 가다   165

호하지만.

"형 지금 무슨 말 하는 거야!"

동인이 버럭 언성을 높였다.

"저번에 영민이 놈 하는 거 못 봤어? 작업 후 배당받고는 바로 잠수 탔잖아. 남은 잘해 줘 봐야 다 소용없다고. 현수 형도 이 작업 끝나면 종치는 거야. 그리고 우리와 현수 형은 여러 면에서 달라. 같이 어울릴 부류가 아니란 말이지. 우리도 현수 형이 필요해서 쓴 거고 그 형도 돈이 탐나서 동참한 거니까 일한 만큼만 주면 돼."

"그러면 얼마를 줄려고?"

"40억이라면 4억. 반이면 2억."

차디찬 두 마디가 떨어졌다.

"너무 작지 않겠어? 가만있지 않을 텐데."

"무슨 말이야? 이 일의 가장 중요한 작업비를 내가 다 대고 있어. 또 모든 설계와 작전을 누가 짜는데? 현수 형에게는 그 돈도 엄청 큰 거야. 월급쟁이로는 평생 만져 보지도 못할 돈을 버는 거잖아. 솔직히 우리에게 고마워해야지. 그리고 가만 안 있으면 어떡할 건데? 어차피 한배를 탔는데 나발을 불어서 자기 무덤을 팔 만큼 어리석은 사람이야? 배당 문제는 내가 알아서 할 테니 형은 입 조심해. 알았지?"

끄덕이는 동수의 머리가 문틈으로 반쯤 보였다.

현우는 살며시 걸음을 뒤로하고 옥상으로 올라갔다. 어떻게 왔는지도 모르게 숨이 가빴다. 가슴을 움켜쥐며 진통제처럼 담배를 찾아 물었다.

입술이 파르르 떨렸다. 돈 앞에서 사람이 변한다고 하지만 설마 이럴 줄 몰랐다! 피가 거꾸로 솟는 느낌이란 게 이런 걸까? 목덜미에 힘줄이 불거져 나왔다. 쿵쾅쿵쾅 심장이 요동치고 다리가 후들거렸다.

'열 길 물속은 알아도 한 길 사람 속은 모른다.'

이 말의 의미를 이제야 확실히 알 것 같았다.

문득 전에 미래부동산에서 근무할 때 선배의 친구가 떠올랐다. 그가 일하는 사채 사무실이 현우와 같은 건물에 입주하여 선배 소개로 인사를 나누고는 친해졌다. 그는 사채업자 이미지와는 다르게 원만한 성격에 의리를 강조하는 대장부 스타일이었다. 현우는 그와 가까워져 형이라 부르며 허물없는 사이가 되었다. 어느 날 그가 믿었던 동료에게 배신당했다며 침통해했다. 그를 위로해 줄 겸 함께 술집에 갔다.

"형, 이렇게 사는 거 안 지겨워요?"

"뭐가?"

"곁에서 보면 어쩔 때는 참 답답하겠다 싶어서요."

"이렇게 살려고 사는 게 아니야. 살려고 이렇게 사는 거지. 살면서 벌어지는 일이라는 게 대부분 뒤통수에서 오거든. 절대 눈앞에서 오는 게 아니야. 그러니까 너도 자주 뒤돌아보면서 살아. 내 꼴 나지 않으려면."

갑자기 왜 이 말이 스칠까! 지금 자기의 상황과 일치해서라고 생각했다. 벽 모서리에다 그동안 참았던 소변을 누었다. 그 냄새가 메스꺼워 구역질이 났다. 마지막 한 방울까지 털어냈으나 개운함을 느낄 수 없었.

'이럴수록 냉정해야 돼!'

지그시 분노를 억누르며 자기 세뇌를 반복했다. 가로수의 빛바랜 잎

우정에 금이 가다 167

사귀가 겨울바람에 한 잎 두 잎 떨어지고 있다. 그 모습이 마치 자신과 닮았다. 그는 주머니에서 휴대폰을 꺼냈다.

"혼자서 바빴지? 곧 들어갈게. 동인이 왔어?"

"으, 응. 조금 전에."

동수의 목소리가 미세하게 떨렸다.

현우는 문 앞에서 일부러 인기척을 냈다. 쇼핑백의 반찬통을 꺼내 냉장고에 넣었다. 최대한 티를 내지 않으려 애를 썼다. 커피를 타서 자리에 앉아 컴퓨터 전원을 켰다.

"현수야, 누나 만나서 안 좋은 일 있었어?"

감정을 감추려 했음에도 동수에게 들켜 버렸다.

"아, 아니. 집에 좀 문제가 생겨서."

바짝 마른 입술에 침을 묻히며 말을 더듬었다. 마우스를 쥔 손이 사르르 떨렸다. 동인은 노트북 자판을 두드리느라 정신이 없었다.

'이중인격자 놈!'

이때 싱딤 진화가 울렸다.

"저… 대출을 받으려고 하는데 자격이 어떻게 되나요?"

차분하면서도 부드러운 여자의 음성이다. 그 목소리에 끌려 현우가 정중하게 물었다.

"실례지만 지금 하시는 일은요?"

"피아노 학원에서 학생을 가르치고 있어요."

불현듯 그녀와 조금이라도 길게 통화하고 싶었다. 어쩌면 지금의 기분에서 벗어나고픈 마음인지도 모른다.

"필요하신 대출금이 얼마인가요?"

"그건 찾아뵙고 말씀드릴게요. 토요일도 근무하시나요? 평일에는 시간 내기가 힘들어서요."

"주말은 쉬는데 어떡하지요?"

"그러면 다음 주중에 방문하도록 할게요. 어느 분을 찾으면 되나요?"

"저는 강 실장이라고 합니다."

현우의 귓가에 울리던 소쩍새 음성이 시나브로 사라져 갔다. 그녀의 이름은 최수혜. 불러 준 주민번호로 나이를 계산해 보니 27세. 그는 캘린더 메모지에 '피아노 교사'라고 썼다.

"현수야, 너 울적한 것 같다고 동인이가 한잔 쏜다니까 무조건 가는 거야. 알았지?"

그들은 곱창집으로 갔다. 둥근 양철판 가운데 연탄불이 놓여 있는 추억의 식당이었다. 역시나 세 사람은 구석진 자리로 앉았다. 사실 현우는 술이 무지 고팠다. 저녁에 혼자라도 마실 참이었다.

"고려는 아이디만 풀면 되고, 대양은 입금 은행만 찾으면 끝이고 서울은 디데이에 작업하면 돼요. 현수 형, 수일금융 작업은 자신 있지요?"

"응? 응, 응."

"수일 작업은 경험이 있으니 걱정 마세요. 자! 이제 불과 열흘 정도 남았으니 우리 파이팅해요."

동인은 순조로운 진척에 흡족한지, 현우를 위로해 주려는 건지, 자주 건배를 제안했다. 모두 취기가 올랐을 때 동수가 어디론가 전화를 걸었다.

"나야, 박 부장 오빠. 지금 가려는데 괜찮지? 강 실장과 다른 오빠하고 셋이야. 세팅 좀 해 놔."

"어디 가려고?"

"너도 알잖아. 며칠 전 대출받으러 왔던 아가씨들. 그 가게에서 한잔 더 하려고. 동인이도 OK 했어. 그 아가씨 이름이 뭐더라⋯ 하여간 너를 엄청 기다린대. 이 자식은 여복도 많아."

술집은 사무실에서 그리 멀지 않았다. 룸살롱은 밖에서 보던 것보다 홀이 넓고 룸도 꽤 있었다. 곧 그녀들과 아가씨 한 명이 들어왔다. 자동으로 동수 옆에는 선영이, 현우 곁에는 시영이 앉았다. 다른 아가씨는 동인에게로 가서 찰싹 달라붙었다.

"성식 오빠는 만날 온다고 말만 하고 이제야 오면 어떡해?"

선영이 투정을 부리는 것으로 보아 전부터 서로 전화 통화를 주고받은 것 같았다.

"미안하지만 아가씨 성은 한으로 아는데 이름은 잘⋯."

"시영이잖아요. 저는 실장님의 성함이 강수현이라고 똑똑히 기억히는데 실망이에요."

강수현이란 명함에 적힌 이름을 말하는 것이다. 그녀에게서 서운한 음성이 돌아왔다. 그런데 술 취한 동수와 동인이 수현과 현수를 번갈아 불렀다. 한 공간에서 두 이름이 뒤섞여 날아 다녔다. 현우는 이 사태를 수습하는 것이 우선순위였다. 얼른 시영에게 선수를 쳤다.

"사실 내 이름은 현수인데요, 저 인간들은 취하면 만날 헷갈리게 부르니 이해해요."

"아~ 그래서 그랬구나. 전 잠시 이상하게 생각했어요."

가볍게 고비를 넘겼다. 사무실에서 얌전했던 모습과는 달리 귀엽게 재롱을 떠는 그녀에게 왠지 정이 갔다.

"제가 실장님 전화를 얼마나 기다렸는지 모르시지요? 박 부장님은 선영이와 자주 통화하는데 실장님은 한 번도 연락 안 주시고… 너무 섭섭해서 울 뻔했어요."

"미안해요. 그런데 선영 씨에게 질투한 건 아니고요?"

"그걸 어떻게 아셨어요? 솔직히 그런 마음도 있었어요."

현우는 쿨하게 인정하는 그녀가 마음에 들었다.

"시영 씨, 오빠라고 불러요. 실장님보다 그게 듣기 편할 것 같아요."

"그래도 돼요? 진작 오빠라고 부르고 싶었는데. 고마워요, 현수 오빠."

"아니에요. 여동생이 생겨서 도리어 제가 영광이지요."

시영은 함박웃음을 띠며 그의 어깨에 고개를 기댔다. 재스민 향기가 코끝을 찔렀다. 어느새 분위기는 노래방으로 바뀌어 마이크를 돌려 가며 불금의 밤으로 빠져들었다. 그는 시영과 듀엣으로 몇 곡을 부르고 자리로 돌아왔다. 언제부턴지 그녀는 껌딱지처럼 현우의 손을 꼭 잡고 있었다. 현우는 소주도 양주도 주량이 초과된 지 이미 오래다. 그런데도 정신은 갈수록 맑아졌다.

'이것은 아니야. 뭔가 결정을 내려야 해.'

동인은 파트너와 소파에 파묻혀 밀회를 즐기느라 바빴다. 현우는 그런 그를 곁눈질로 째려보았다.

'사람은 고쳐 쓰는 게 아니라 바꿔 쓰는 거야.'

왜 이 말을 떠올렸을까! 분명 우정에 금이 가서라고 생각했다.

그는 감정을 억누르려 연거푸 스트레이트로 잔을 들이켰다. 깜짝 놀란 시영이 안주를 넣어 주며 말했다.

"오빠, 안 좋은 일이 있으세요? 저는 현수 오빠를 만나서 너무너무 좋은데."

"아니에요. 좀 취하고 싶어서 그래요."

"오빠가 외로우면 오늘 시영이가 함께 있어 줄 수 있는데…."

그녀는 자기가 한 말이 부끄러운지 빨개진 두 볼을 현우의 가슴에 파묻었다.

15
독자 노선을 선언하다

12월 15일 (토)

 술을 섞어 마신 날이면 여지없이 머리가 아팠다. 현우는 손으로 이마를 매만지며 상체를 일으켰다. 생소한 방안을 두리번거리고는 가까스로 지난밤의 일들이 단편적으로 떠올랐다. 각자의 파트너를 대동하고 술집 앞에서 헤어졌다. 시영의 부축을 받으며 포장마차에서 한잔을 더 했다. 소주를 앞에 두고 내일 할 일을 하나하나 정리했던 것 같다. 그녀는 현우의 기분을 맞추려 연신 조잘거렸다. 그리고는 자연스레 모텔로 갔다. 지금 시영은 세상모른 채 잠들어 있다. 정신을 차리기 위해 찬물로 샤워를 했다. 머릿속이 좀 맑아졌다.
 '시영 씨, 위로해줘서 고마워. 급한 일이 있어 먼저 가니 이해해 줘. 조만간에 밥 살게.'
 메모지 마지막 문장에 밑줄을 진하게 그었다.
 모텔을 나오니 시간은 벌써 11시를 지나고 있었다. 하늘은 한바탕 눈이라도 내릴 듯 짙게 흐렸다. 현우는 사무실까지 걸었다. 주말에 출근한 것은 처음이다. 지금부터 설계하고, 결정을 내리고, 실행하는 이 모든 과정을 혼자 해야 한다. 저용량의 386 컴퓨터가 고성능 펜티엄을 능가하지 않으면 안 된다. 이제는 적과 동침을 하면서 싸워야 한다.

먼저 저번 판매업자에게 선불 폰 세 개와 대포 폰 한 개를 주문했다. 처음 선불 폰으로는 희현과 가끔 연락을 하고 있다. 하나는 시영과 통화할 예정이다. 물론 명함의 대포 폰을 사용해도 되지만 나중에 통화 내역으로 그녀가 위험해질 수 있다. 다른 폰은 명의대여자를 구하는 광고에 쓸 폰이다. 마지막 폰은 앞으로 왠지 필요할 것 같아 여분이다. 대포 폰은 동지에서 적으로 바뀐 그들과의 연결고리를 영원히 끊어 줄 것이다.

월요일 오전 9시면 두 사람은 출근해 있다. 이때 밖에서 전화를 걸어 실명 폰을 잃어버렸다고 한다. 그래서 다시 폰을 구입하려 매장에 들렀으니 조금 늦을 거라고 말한다. 사무실에 도착해서는 그들의 실명 폰에 이 대포 폰 번호를 입력하는 과제가 남아 있다. 그 이후의 시나리오는 준비되어 있다. 당연히 시험을 거치겠지만 한 명이라도 자신의 실명 폰 번호를 기억한다면 이들과 끝까지 동맹 관계로 가야 한다.

현우가 굳이 선불 폰보다 비싼 대포 폰을 주문한 이유는 따로 있다. 010은 같지만 이어서 94-, 98- 등 9로 시작하는 번호는 거의 선불 폰이다. 이것도 동인에게 배워서 알았다. 만일 선불 폰 번호를 알려 주었다가는 동인의 예리한 안테나에 포착되는 건 순식간이다. 실명 폰을 선불 폰으로 하는 어리석은 사람은 없다. 선불 폰은 통화량에 비해 요금이 엄청 비싸고 충천해야 하는 번거로움 때문이다.

지역 정보지에 낼 광고는 동인이 작성한 '명의대여자 구함' 광고를 참고했다. 다른 점이라면 '40세 이상 남·여'에서 남자를 뺐다는 것이다.

그는 이것을 어느 지역에 내야 할지를 놓고 고민에 빠졌다. 사무실 지역에 게재한다는 전제하에 장단점을 비교해 보았다. 이 지역 정보지에 광고를 내는 것에 어려움은 없다. 영업사원이 그들보다 현우와 친하므로 함구해 달라 하면 된다. 물론 사무실에 출근한 후로는 광고 전화를 받을 수 없다. 하지만 이것도 해결 방법은 마련해 두었다. 여기까지 본다면 이 지역에 광고를 내는 것도 괜찮다. 그래도 더 깊이 더 넓게 사고하여 결정해야 한다고 자신을 세뇌시켰다.

그는 독자 노선을 선언하면서 나름대로 세 가지 원칙을 세웠다. 첫째, 최악을 염두에 둘 것. 둘째, 객관적으로 볼 것. 셋째, 상대방 입장에서 생각할 것.

지금은 첫 번째 상황이다. 작업이 끝난 후 수사가 개시되면 이 사건에 연관된 모든 사람은 조사 대상이 된다. 현우가 낸 명의대여자 광고를 통해 돈을 찾은 여자들은 심문을 받는다. 그녀들은 이 지역의 정보지를 보고 한 것이라며 실토할 것이다. 곧이어 그가 독자적으로 광고를 내서 인출책을 모집했다는 사실이 드러난다. 그러면 동인과 동수는 중간에서 돈을 가로챈 사람이 현우라고 단정 지을 것이다. 그에게 명의대여자가 필요한 까닭이 전혀 없기 때문이다. 이후에 형제는 복수심으로 서로의 입을 맞춰 현우에게 불리한 진술을 하며 주범의 혐의를 씌울 것이다. 다수의 증언이 신뢰성을 갖는 것은 당연하지 않는가! 더욱이 그가 대부분 손님과 상담을 했기에 외적으로는 가장 많이 개입한 인물이다. 바로 현우의 고뇌가 여기에 있다. 헤어지는 순간까지도 비밀을 간직한 채 웃으며 돌아서야 한다. 만약 그들이 이 내막을 알게 된다면 훗날 후환이 될 것은 불 보듯 뻔한 일이다.

지금 현우는 스스로를 악인이라 여긴다. 하지만 40억에서 4억, 20억 중 2억이라는 터무니없는 분배가 어찌 상식선이란 말인가!

배신의 원인 제공을 한 것은 그들이다. 또 두 사람은 작업한 돈을 전부 유흥비나 도박으로 탕진하여 결국 무일푼이 될 것이다. 어차피 원점으로 돌아갈 이들에게 동정할 이유도 없다. 그는 자신의 행동에 정당성을 부여했다.

무엇보다도 현우가 이 결심을 하게 된 동기는 따로 있었다. 그 순간은 생각만 해도 아찔하다. 동수는 K은행에서 낯선 사내가 도망갈지도 모른다며 잠깐 감시만 해 달라고 했다. 그때는 비자금을 세탁하는 줄로 알았기에 죄의식도 별로 느끼지 않았다. 그 일에 직접 관여한 것도 아니며 단지 망만 보아서. 그러나 되돌아보면 그 역할도 범죄의 공범이었다. 자신을 철저히 속인 것이다. 다행히 미수로 그치고 당한 잔고업자가 사건을 무마해서 운 좋게 넘어간 것뿐이다. 만일 그 시간이 지났다면 어떻게 되었을까? 행여 그 작업이 성공했다고 치자.

"잘 됐으면 형 몫도 생각하고 있었는데…."

과연 이 몫은 얼마였을까? 아마 천만 원 정도를 주면서 더없는 생색에 자신은 감지덕지하며 받았을 것이다. 고작 그 금액에 4억 사기 사건의 공범으로 엮인다는 것이 가당키나 한가? 그들은 처음부터 자기를 일회용 소모품으로 이용한 것에 불과했다.

또 아직 이해가 안 되는 점이 있다. 그것은 전의 작업 방법이 너무 무모했다는 것이다. 현우는 CCTV에 찍히는 것이 그렇게 무서운 줄도 몰랐다. 상가 2층 K은행 복도 천장에 설치된 CCTV를 정확히 보았다. 하물며 잠실 K은행은 말할 필요도 없다. 수많은 CCTV를 의식하지 않고 개선장군처럼 휘젓고 다녔다. 분명 각도별로 찍힌 영상이 무수히 저장되어 있을 것이다. 시디를 교환하러 간 사채 사무실도 마찬가지다. 참으로 동인의 무데뽀가 한심할 뿐이다. 혹시 자신의 노출만 없으면 된다는 속셈이었을까? 그러면 친형인 동수는? 그리고 나는? 차마 거기까지는 생각하고 싶지 않다.

그리고 슈킹 당한 잔고업자가 결코 신고를 할 수 없다는 것을 무엇으로 보장한단 말인가! 사람의 성격과 추구하는 목적은 각기 다르다. 아마도 돈에 가장 집착을 하는 사람이 사채업자가 아닐까? 잔고증명이 불법이라서 그들이 얼마나 두려워할까? 사실 잔고증명은 어떤 면에서 카드깡과 비슷하다.

공통점이라면 엄청난 수수료를 받는다는 것이다. 이것을 막기 위해 이자가 연 49% 이상 넘지 못하게 규제한다. 이를 위반하면 '대부업의 등록 및 금융이용자 보호에 관한 법률 위반'으로 처벌을 받는다. 그런데 이 처벌이라는 것이 매출액과 상습에 따라 다르지만 몇백만 원의 벌금에 그친다. 쌍방이 고액의 수수료를 인정한 행위가 성립되었기 때문이다. 반면 잔고증명은 여기에 사기죄가 추가된다. 원칙은 자기 돈으로 해야 하는데 남의 돈을 이용한 것으로 상대방을 기망하여 재산상의 이익을 취득해서다. 그래서 의뢰인은 잔고업자와 사기죄의 공범이 된다. 비록 이들은 사기라는 실정법을 위반하였지만 일방적인 피해자가 없어 처벌 수위는 무겁지 않다.

현우는 이 실체를 명확히 알 필요가 있었다. 그래서 관련 법을 공부했고 유명 변호사에게도 질의하여 돌아온 응답이었다. 동인은 이것을 간과하고 있다. 물론 그의 말대로 전주와의 관계도 있다. 또한 그 계통에서 무능력자로 취급받기에 신고를 꺼릴 수도 있다. 그러나 장담할 수 없으며 단지 자신의 추측에 불과한 것이다. 잔고업자가 자기 자본으로 할 수도 있으며 전주를 보호하려고 본인의 돈이라고 우기면 끝난다.

법원 판례를 찾아보니 잔고증명 의뢰인과 잔고업자는 대부분 벌금형이었다. 그리고 수사기관에서 이 사건의 피해자인 잔고업자를 굳이 괴롭힐 이유가 없다. 왜냐면 잔고증명은 경미한 죄이고 돈을 슈킹한 범행은 계획적으로 사기 친 중죄이기 때문이다.

다음은 사건 후 잔고업자의 대응이다. 동인은 이런 연유로 절대 신고를 못할 거라고 했으나 그는 이 점에서도 생각이 달랐다. 5억 이상의 거액을 슈킹 당하고도 기껏 몇백만 원의 벌금이 무서워 고소를 안 하겠는가! 전에 성공한 두 번의 작업은 운이 좋았다고 볼 수 있다. 아니다, 어쩌면 사건화가 되어 지금 수사 중인지도 모른다. 그들이 확인할 방법은 매스컴 외에는 없지 않은가! 그렇다고 경찰서나 검찰청에 가서 자신의 지명수배와 기소중지를 조회할 수도 없다. 결국 이들은 현우가 세운 세 가지 철칙 중 '객관적으로 볼 것'과 '상대방 입장에서 생각할 것'을 염두에 두지 않은 것이다.

사실 현우가 이렇게 다방면으로 조사를 하게 된 것은 그들이 아군에서 적군으로 바뀌면서부터이다. 이제 독자 노선을 선언한 이상 사소한 허점이라도 용납해서는 안 된다. 그래야만 완전범죄를 만들 수 있다. 그는 이 작업이 끝나자마자 잔고업자의 신고를 전제로 설계하고 있다. 그것도 무려 40억 사기 사건으로 네 곳의 잔고업체가 동시에 고소인이 될 것이다.

고심 끝에 현우는 '명의대여자 구함' 광고를 사무실이 아닌 타 지역 정보지에 내기로 결정했다. 사무실 팩스를 이용하지 않고 한참 떨어진 문구점에서 광고 문안을 보냈다. 이로써 정보지 회사에 증거로 남을 팩스 용지에 찍힌 전화번호는 문구점의 번호가 인쇄될 것이다. 그런 후 문안에 비어 있는 전화번호는 조금 후에 알려 주겠다고 했다. 담당자는 다음 주 화요일부터 광고가 게재된다고 말했다. 수첩에 적힌 '오늘의 할 일'에서 '명의대여자 구함' 글씨를 펜으로 찍찍 그었다. '휴대폰 구입'은 벌써 동그라미 표시가 되어 있었다.

현우는 두근거리는 가슴을 다독이며 전화를 걸었다.
"거기 미래부동산이지요? 실례지만 전에 근무하셨던 고성진 부장님이 어디로 갔는지 알 수 있을까요?"
"잘 모르겠는데요."
"그러면 김정민 이사님을 좀 바꿔 주실래요?"
"예, 김 이사입니다."
굵은 저음을 들으니 시간이 지났지만 바로 알 수 있었다.
"김 이사님, 저 강현수입니다. 기억나세요?"
현우는 그가 자기의 본명을 알고 있는지를 확인하려 일부러 현수라고 둘러댔다.

"누구시더라…."

"고성진 부장 후배로 1년 전에 그 사무실에서 두어 달 근무한 적이 있었잖아요."

"아, 그러고 보니 기억이 나는 것도 같네. 그런데 자네가 웬일이야?"

"고 부장이 어디서 근무하는지 알 수 있을까요?"

"글쎄, 현수도 알다시피 난 고 부장과 좀 그랬잖아. 그래서 이후로 연락을 주고받은 적이 없어."

분명 김 이사는 자기를 현수라고 불렀다. 이로써 위기를 가뿐히 넘겼다.

"그러면 고 부장의 연락처라도 알 수 있을까요? 얼마 전에 명함이 있던 지갑을 분실해서요."

"나도 모르는데 어쩌지…?"

"고 부장의 연락처를 아는 직원은 없을까요?"

"아마 없을 거야. 자네도 알지만 이 계통 사람들은 자주 바뀌잖아."

"다음에 한번 들를게요."

겉치레로 인사한 현우는 쓴 미소를 지으며 중얼거렸다.

"나를 현수로 아는 사람들이 점점 늘어가네."

수사가 개시되면 동수와 동인이 조사받는 과정에서 그와의 만남 동기를 추궁받을 것이다. 당연히 미래부동산 이야기가 나올 것이고 현우와 선배의 관계도 밝혀진다. 그러므로 선배의 소재 파악은 매우 중요한 문제다. 이유는 그가 현우의 실명 폰 번호를 알고 있다는 것이다. 현우는 선불 폰을 조심스럽게 눌렀다. 결번이거나 외부인이 받기를 은근히 바라면서.

"여보세요. 고성진입니다."

실망스럽게도 선배의 목소리였다.

"선배, 저 현우예요. 그동안 잘 지냈어요?"

오랜만에 본명을 말하니 기분이 야릇했다.

"야, 오랜만이다. 이 무심한 놈아, 이제야 전화하냐? 내가 휴대폰을 잃어버려 연락을 할 수가 없었어. 거기에 지인들 연락처가 다 저장되어 있었거든. 이 폰은 새로 장만한 건데 번호는 전에 것을 그대로 쓰고 있어. 이 번호가 내 밥줄인 건 너도 알잖아."

선배는 무척 반가운지 그대로 두면 몇 시간이라도 통화할 것 같았다.

"현우야, 앞으로 이 번호로 전화하면 되냐? 조만간 만나서 마음껏 회포를 풀자꾸나. 잘 지내!"

이렇게 현우는 자신의 신상 정보 유출을 절반은 막았다. 선배의 휴대폰 분실이라는 우연성이 절대적인 도움을 주었다. 그는 선배에게 둘의 관계를 침묵해 달라고 부탁해 볼까도 생각했다. 하지만 그것도 자기에게 유리한 해석일 뿐이다. 동인처럼 말이다. 또한 선배가 끝까지 입을 다문다는 보장도 없다. 수사기관에서 회유와 설득을 할 것은 뻔하다. '억울한 피해자가 당신이라면…' 등의 정의사회 구현을 들먹이면서.

선배도 일종의 사채업에서 일하기에 사채업자의 편을 들거나 동조할 수 있다. 초록은 동색이고 가재는 게 편이 아닌가! 지금껏 두 사람의 관계가 정상이라 여기까지 온 것이다. 만일 이 사건의 진실이 폭로된다면 서로의 사이는 깨질 수도 있다. 고로 이 작업을 포기해야 한다. 그런데 이런 걱정과 불안이 선배와의 통화로 말끔히 정리되었다. 이제 절반 남은 숙제는 동수와 동인의 휴대폰에 저장된 자신의 번호를 삭제하는 일이다. 이미 작전을 세웠기에 큰 근심은 되지 않았다.

휴대폰을 가지고 온 퀵에게서 전화가 왔다. 현우는 5번 출구에 오토바이를 탄 검은 헬멧의 퀵을 단번에 알아봤다. 작은 박스를 열어 휴대폰과 메모지를 확인하고는 돈을 건넸다. 메모지에는 휴대폰 번호와 명의자의 이름, 주민번호가 적혀 있었다. 주문하면서 명의자의 인적 사항이 없으면 물건값을 못 주겠다고 엄포를 놓았다. 정보지 담당자에게 방금 받은 선불 폰 번호를 알려 주었다.
이어 이동통신 센터에 전화를 걸었다.
"휴대폰 배터리가 방전되거나 전원이 꺼져도 수신 번호가 자동으로 저장되는 부가서비스를 받고 싶은데요?"
콜센터 상담원은 명의자 본인을 확인하기 위해 휴대폰 번호와 이름과 주민번호를 물었다. 이 신청을 하려고 판매업자에게 인적사항을 요구한 것이다. 상담원은 부가서비스 요금은 다음 달에 가산되어 나올 거라며 상냥하게 말했다. 이제부터 명의대여자 광고로 오는 전화는 이 폰에 입력될 것이다.
현우는 '선배 소재 파악 확인'과 '콜센터 부가서비스 신청'에 OK 표시를 했다. 이로써 오늘 할 일은 완벽하게 끝냈다. 마치 전장에서 고지의 8부 능선까지 점령한 군인이 된 듯했다.

'이쯤 되면 어느 정도 밥상은 차려진 건가?'

그는 자문하면서 중얼거렸다.

"그래, 세상은 누가 누굴 키워 주는 법은 없어. 스스로 크는 거야."

배가 출출했다. 시간은 오후 4시를 넘기고 있었다. 밖으로 나가기가 귀찮아 도시락을 시켰다. 찰기 잃은 밥알이 책상 위로 떨어졌다. 밥알을 주우려는데 캘린더 메모지에 최수혜란 이름이 눈에 번쩍 띄었다. 그는 잠시 생각에 잠기곤 휴대폰을 집어 들었다.

"최수혜 씨 되시지요? 어제 대출 문제로 저희 사무실에 전화하셨지요? 통화한 강 실장입니다. 마침 오늘 제가 근무하게 되어 연락을 드리는 겁니다. 평일에는 시간 내기가 힘들다는 말씀을 하신 것 같아서요."

현우의 말투에는 상대방을 배려하여 일부러 연락했으니 그 고마움을 알아 달라는 뉘앙스가 배어 있었다. 그녀는 사무실 위치를 물어보더니 곧 출발하겠다고 했다.

잠시 후 구두 소리가 복도의 적막을 깼다.

'똑똑똑!'

일정한 간격으로 적당한 크기의 노크 소리였다. 어깨 밑으로 내려온 생머리에 흰색 반코트를 걸친 그녀가 들어왔다. 현우는 얼른 커피를 타서 내놓았다. 엷은 쌍꺼풀에 촉촉한 눈망울의 아가씨로 청순가련형의 분위기가 피어올랐다. 가느다란 눈썹이 초생달을 닮았다. 살짝 파인 보조개가 예뻤다. 순간 그는 심쿵하여 시선을 이리저리 돌렸다. 오뚝한 자세로 현우를 바라보는 모습이 꽤나 진지해 보였다.

"담배를 좀 피워도 되겠습니까?"

긴장을 푸는 데는 담배만 한 것이 없다.

"저 신경 쓰지 마시고 편안히 태우세요."

"서류는 준비되었나요?"

"등본은 전에 발급한 것이 있어서 갖고 왔는데 인감증명서는 주민센터가 휴무라 떼지를 못했어요. 어쩌죠? 화요일 내로 드리면 안 될까요?"

등본에는 모친과 초등학생 정도의 남자아이가 등재돼 있었다.

"원하시는 대출액이 얼마예요?"

"3천만 원을 받고 싶어요."

"거래하는 은행에 알아보니 두세 곳에서 가능할 것 같아요."

"어떻게 하면 되나요?"

작고 얇은 입술이 가냘프게 떨렸다.

"대출을 받은 후에는 어떻게 갚으실 계획이세요? 소개하는 저희도 책임이 좀 있어서…."

어느새 동수의 멘트를 따라하고 있었다. 이 의도적인 물음은 그녀에 대해 좀 더 알고 싶어서다.

"저는 피아노 학원에서 온종일 학생들을 가르치고 있지요. 그런데 개인적인 사정으로 도저히 그럴 수가 없게 되었어요. 마침 제가 바라던 가게 딸린 집이 나왔는데 조금씩 모은 돈으로는 부족하거든요. 그래서 대출을 받아 피아노 교습소를 운영하려고요. 다행히 동네 학부모님들을 많이 알아서 원생 모집에는 어려움이 없을 것 같아요."

"실례지만 한 가지 여쭈어도 될까요?"

"뭔데요?"

불안감이 그녀의 표정에 나타났다.

"개인적 사정이란 걸 알 수 있을까요?"

"꼭 말을 해야 하나요? 대출과 관계있는 건가요?"

"아, 아닙니다. 말씀하기 곤란하시면 괜찮습니다."

현우는 손사래를 치며 머쓱해졌다. 아차 싶었으나 이미 늦었다. 역시나 그녀의 자존심을 건드린 것은 오버였다.

지금까지 해 오던 방식대로 설명에 들어갔다. 그녀는 보통 손님들과 다르게 대출 이자, 상환 방법 등을 꼼꼼히 물어왔다. 현우는 급히 둘러대느라 등에 식은땀이 흐를 정도였다. 세 개 은행을 말했을 때 갑자기 그녀의 안색이 어두워졌다.

"그중 한 곳은 힘들 거예요. 전에 그 은행에 대출 보증을 선 적이 있었는데 다 갚지를 못했거든요."

"그러면 다른 은행으로 알아볼게요."

이제는 딱히 할 말이 떠오르지 않았다.

"식사하셨어요?"

"네?"

현우는 말을 뱉고서야 자기가 엉뚱하다고 생각했다. 하지만 인간은 은연중에 자신의 속내를 드러내기 마련이다. 식사라는 명분을 내세우면서까지 그녀와 함께 있고픈 감정을 말이다.

"커피 잘 마셨습니다."

"수혜 씨! 다음 주에 뵙는 것으로 알고 기다리겠습니다."

그녀가 떠나니 라일락 향기도 사라졌다. 오직 탁자에 놓인 분홍색 립스틱 자국 종이컵만이 그녀의 흔적을 보여 주었다. 현우는 여분의 선불폰에 수혜의 전화번호를 입력했다. 자신의 선견지명에 감격했다. 그녀의 등본을 가방에 넣었다. 이로써 최수혜는 이 사무실을 방문한 적도 상담한 적도 없다. 오로지 현우의 머릿속에만 존재하는 것이다.

집으로 돌아온 그는 욕조에 뜨거운 물을 받아 몸을 내던졌다. 몸이 욕조 바닥에 미끄러지며 얼굴이 수면 아래로 잠겼다.

'수혜! 그녀는 나의 영원한 아군이 될 거야.'

이때만 하더라도 그녀와의 인연이 운명이 되리라고는 생각지 못한 현우였다.

"희현 씨, 나야. 강 실장 오빠. 그동안 잘 지냈어요? 아직 가게 가려면 시간 좀 있지요? 가끔 연락만 하는 게 미안해서 오늘 저녁이나 대접하려고요."

이어 그는 다른 선불 폰을 손에 쥐었다.

"시영 씨, 나, 현수 오빠. 컨디션은 괜찮아요? 아침에 인사도 못하고 나와서 미안해요. 내일 편한 시간에 전화해요. 내가 밥을 사고 싶어서 그래요. 꼭 이 번호로 연락해요."

지금부터 현우에게는 아군이 필요했다. 이 작업은 독불장군으로는 불가능하다. 앞으로 희현과 시영, 수혜는 확고한 동지가 될 것이다. 하지만 그녀들은 작업이 끝나고도 자신이 공범이었다는 것을 결코 알아서는 안 된다. 시영과 수혜의 통화 내역은 사무실 유선전화에 딱 한 번씩만

남아 있다.

하루 평균 30여 건의 상담 전화가 온다. 그러면 디데이까지 400여 통의 전화번호가 쌓인다. 수사기관에서 통화 내역 전부를 조사할 수도 있다. 그들에게 이건 식은 죽 먹기다. 하나의 사건을 해결하기 위해 수천 대 차량 조회와 통화 내역을 확인하는 것이 이들의 일이며 사명이다. 물론 나름대로 수사 노하우가 있어 일반인이 생각하는 만큼의 시간과 정력을 낭비하지는 않는다. 또 400여 건 중 여러 번 통화한 번호를 먼저 선별하여 단서를 찾으려 할 것이다. 한 번만 통화한 번호는 단순 상담 전화로 간주하여 그냥 넘어갈 수도 있다.

왜냐면 대출 사무실 특성상 대부분이 상담 전화라는 것을 곧 알 수 있기 때문이다. 이 한 번의 전화번호에 그녀들이 포함된다.

만약 경찰이 시영과 수혜를 조사한다 해도 사실 그에게는 큰 문제가 되지 않는다. 그녀들도 현우의 신상에 대해서 모르는 것은 매한가지다. 또한 작업을 마치면 어차피 그녀들과도 연락이 끊긴다. 단지 그가 신경 쓰는 것은, 이왕이면 그녀들에게 첫 이미지 그대로 남고 싶은 순수한 마음에서다. 그런데 이때까지만도 해도 작업에 이용하려는 그녀들 중 수혜가 빠질 줄은 상상도 못했다.

그는 동인과 싸울 생각을 하니 머리가 지끈거렸다. 하수가 고수를, 초짜가 달인을, 아마추어가 프로를 뛰어넘어야 하는 것이다. 월요일부터 적과 동침을 하면서 전투를 해야 한다. 자신과 희현, 시영, 수혜. 상대는 동인, 동수, 사채 사무실 네 곳. 4대 6의 혈투가 시작된다. 아니다. 4대 7이다. 하나는 수사기관이다. 그런데 그의 아군은 하나같이 전면에

나서지도 못하는 어리고 연약한 여자들이다. 게다가 그녀들에게 직접 명령도 내릴 수 없는 처지이다. 그러므로 현우는 늘 두서너 번을 사색하고 작전을 짜야 한다. 이제 디데이가 11일밖에 남지 않았다. 그는 창가에 기대서 담배에 불을 붙였다. 그리고 어금니를 지그시 깨물며 중얼거렸다.

"이제부터 나는 너희들에게 생명수가 아니라 독약이 될 것이다."

16
적과의 동침

12월 17일 (월)

    현우가 1시간 정도 늦게 사무실에 도착하였다. 이미 동수에게 전화하여 그 사유를 말했기에 다시 설명할 필요는 없었다.
    "동수야, 토요일에 휴대폰을 잃어버렸어. 술집에서 나올 때는 분명히 있었는데 그 후로는 기억이 없네."
    "무슨 폰이에요?"
    동인의 이 물음은 실명 폰인지 명함의 대포 폰인지를 말한다.
    "응, 내 폰."
    "휴우."
    동인은 안도의 숨을 내쉬었다.
    이 모습에 현우는 어이가 없고 괘씸했다.
    "휴대폰에 전화는 걸어 봤어?"
    "전원이 꺼져 있는 걸로 나오더라고. 아마도 배터리가 방전된 것 같아. 동수야, 네 휴대폰 줘 봐. 내 바뀐 번호 찍어 줄게."
    이런 상황이 처음이다 보니 침이 힘겹게 목을 타고 넘어갔다.

"현수 형, 왜 번호까지 바꿨어요? 지인들에게 다시 알리려면 힘들 텐데요."

'구미호 같은 놈.'

동지에서 적으로 바뀐 후부터 현우는 그의 호의가 가식으로 느껴졌다. 어쩔 수 없는 인간의 본성이리라.

"저번 번호는 외우기도 힘들고 맘에도 안 들었어. 그래서 이 기회에 좋은 번호로 바꾼 거야."

그는 건네받은 휴대폰에 저장된 자기 번호를 잽싸게 지우고 구입한 대포 폰 번호를 입력했다. 이어 동인에게도 똑같은 행동을 거쳤다. 그리고 능청을 떨었다.

"동수야, 전에 내 휴대폰 번호 기억하냐? 나도 막상 내 번호로는 전화 걸 일이 없어 기억이 잘 안 나더라고."

"야! 그걸 어떻게 아냐? 나도 내 번호를 모르는데 네 것까지 암기하냐! 다 이름을 이용하지."

동수는 뻔한 것을 왜 묻냐는 듯 짜증을 냈다.

"동인아, 너는?"

슬그머니 눈치를 보며 스치듯이 물었다. 순간 입이 바짝 타들어갔다.

"앞자리는 알겠는데… 뒤 번호는 모르겠네요."

드디어 절반 남았던 신상 정보 문제도 해결되었다. 이제 두 사람과의 연결고리는 완벽하게 끊어졌다. 만일 그들에게 불상사가 생긴다 해도 현우의 추적은 불가능하다. 그의 얼굴에 회심의 미소가 번졌다.

이번 주부터는 모든 상담을 오후로 미루었다. 오전에는 잔고업체에서 내려오는 암호를 파악하는 작업에 주력하기로 했다.

서울금융 서류가 도착하였다. 비번은 전과 같은 0248이었다.

"야호!"

동수가 신나서 환호성을 질렀다. 그가 흥분하는 것도 무리는 아니었다. 비번이 바뀌지 않았다는 것은 수월하게 작업할 수 있다는 의미이다. 입금 은행도 마찬가지로 C은행이다. 그러면 서울의 주거래 은행은 C은행으로 봐도 무난하다. 수표로 입금하기에 동일 비번과 같은 은행을 사용해도 완전무결한 방어 체계를 구축했다고 자신하는 것이다. 업자가 접수한 잔고증명에 비번과 입금 은행을 바꾸지 않았다. 이것은 개인으로 의뢰해도 똑같을 확률이 높다.

"서울금융의 정보 파악은 다 끝난 거네."

"아니야, 그래도 개인으로 한두 번 더 보내 봐야지. 업자에게 받는 것과 다를 수도 있잖아."

낙천적인 동수와 달리 동인은 신중하게 반응했다.

다음으로 대양금융 봉투가 왔다. 비번은 예상대로 0514였다. 그런데 입금 은행은 처음 보는 H은행이다. 근처에 있는 W, K, J, H 은행을 한 번씩 돌아가며 입금한 것이다.

"벌써 우리 작업을 훤히 꿰뚫은 것이 아닐까? 마치 갖고 놀면서 꼬박꼬박 수수료만 챙기는 것 같아. 대양은 이제 포기해야 하는 거 아냐?"

동수가 지친 목소리로 말했다.

"포기는 배추 셀 때나 쓰는 거야."

아직까지 동인의 의지는 확고했다.

"나도 그렇게 생각하지 않아. 벌써 포기하기에는 일러. 동인아, 저번에 네가 잔고업체마다 주거래 은행이 있다고 했지? 그래야만 VIP 대접을 받아서 일 처리하는 데 편하다고. 아이디나 비번을 어떤 규칙에 근거해 만들듯이 주거래 은행과도 그런 식으로 거래를 하지 않을까? 예를 들면 잔고증명이 고액이거나 업자의 서류보다 안전한 개인의 의뢰는 주거래 은행으로 몰 수도 있잖아. 어차피 주거래 은행에 실적을 쌓아 주어야 그 관계가 지속될 수 있는 거니까."

"맞아! 그러면 이번에 고액과 개인으로 대양에 보내면 답이 나오겠네. 야~ 현수 너 대단하다. 이제 박사 다 됐네. 동인아, 현수 말대로 그렇게 한번 해 보는 게 어때?"

"…그럴 수도 있겠네. 오늘 양쪽으로 보내볼게."

기뻐할 줄 알았던 동인이 시큰둥하게 나왔다. 미처 자기가 캐치 못 한 것에 기분이 상한 듯했다. 벌레 씹은 표정이 그것을 나타냈다. 현우는 앞으로 그가 먼저 의견을 구하기 전에는 나서지 않아야겠다고 다짐했다.

퀵이 고려금융 봉투를 놓고 갔다. 아이디는 S946543으로 주민번호에서는 찾을 수 없는 숫자였다. 동인은 기가 막힌다는 듯 두 사람을 멀뚱히 쳐다보았다. 금요일에 보낸 의뢰인의 이름은 신성모로 주민번호가 552401-1662810이었다. S는 성 SHIN의 첫 영자이다. 처음에 그들은 당황하였으나 싱겁게 풀었다. 그것은 신성모의 휴대폰 번호 010-9465-4331에서 국번인 9에서 시작하여 여섯 자리까지 숫자였다.

물론 이 폰은 사무실에 있는 선불 폰이다.

"와~ 미치겠네. 올 때마다 아이디가 바뀌니 이거 종잡을 수가 없잖아."

동수가 신경질적으로 소파를 걷어찼다.

"현수 형, 이제 형이 좀 고생해야겠네요."

"뭘?"

현우는 알면서 시침을 뗐다. 잔고업체에다 개인으로 의뢰하는 것처럼 가장하여 전화해 달라는 뜻이다. 동인의 목소리는 그쪽과 자주 통화를 했기에 발각될 수 있기 때문이다. 몇 번의 예행연습을 한 현우가 헛기침을 하고는 휴대폰을 들었다.

"잔고증명 광고를 보고 전화하는 건데요? 잔고증명을 하려고요. 아파트 새시 공사 입찰을 들어가려는데 1억 5천만 원짜리 잔고증명이 필요해서요. 모레까지 입찰 서류를 넣어야 하거든요. 그런데 지금 제가 공사 관계로 현장에 있어서 사무실을 방문하기가 어렵네요. 준비 서류와 수수료만 보내면 안 될까요? 잔고확인서는 내일 오전 중으로 도착 부탁드립니다. 또 그 잔고 통장을 계속 쓸 거니까 비밀번호도 함께 알려 주시고요."

같은 내용의 통화를 대양과 서울금융에도 했다. 그들은 사무실과 개인으로 보낼 6부의 서류를 작성하느라 부지런히 움직였다. 사무실에서 보내는 잔고증명은 평소보다 높은 5억으로 했다. 동인의 이유인즉, 어차피 이 금액으로 작업할 거라 수수료는 아깝지만 디데이에 의심을 덜 받을 수 있다는 것이다.

"동수 형, 이 봉투를 사용하면 어떡해! 이 봉투는 사무실에서 보냈던 건데 같은 것을 개인으로 보내면 자폭하자는 거잖아. 빨리 문구점 가서

다른 봉투를 사 와!"

동인이 버럭 고함을 질렀다. 한 치의 오차도 허용치 않는 그의 치밀함에 현우는 혀를 내둘렀다. 그리고 전의 작업이 성공할 수밖에 없음을 인정하지 않을 수 없었다.

'삐리릭 삐리릭.'

동인이 낸 명의대여자 광고의 휴대폰이 울렸다. 통화를 마친 그는 서둘러 나갔다. 밖에서 돌아온 동수가 짜증난 얼굴로 봉투를 책상 위로 팽개쳤다. 현우는 그의 기분을 달래려 커피를 타서 건넸다.

오늘 오전은 어떻게 흘러간지도 모를 만큼 쏜살같이 지나갔다. 동수는 어느새 포커게임에 빠져 탄성을 질렀다. 현우는 그의 단순함이 부러웠다.

금요일에 전화 상담한 손님이 방문했다. 여자는 자리에 앉자마자 4천만 원이 꼭 필요하다며 사정했다. 그녀의 간곡함에 현우가 그 까닭을 물었다.

"제 딸은 중학교 3학년인데 학교에 갈 수가 없어 집에서 인터넷으로 학습하고 있어요. 그렇게 해서라도 친구들과 함께 졸업을 하려고요."

"왜 학교를 못 다니나요?"

"공부도 잘하고 성격도 밝았던 딸이 무릎 통증을 호소한 것은 1년 전이었어요. 하지만 병원비가 없어서 계속 미루기만 했지요. 그러다 걸음걸이가 불편해서야 병원에 데려갔어요."

병명은 '만성 신부전증'이라고 했다. 체내 독소를 걸러 주어야 할 신장이

제대로 기능을 못하면서 독소가 다리를 침범해 나타나는 증상이라고 한다.

"제때에 병원만 찾았어도… 아비 없는 자식이라는 소리를 듣지 않게 하려 정말 잘 키우고 싶었는데…."

여자는 어깨를 들썩이며 흐느꼈다. 10년 전 남편이 심장마비로 세상을 떠났단다. 그녀는 약해질 수 없다며 이를 악물고 양품점을 운영해서 남매를 키웠다고 한다. 새벽 장을 보며 악착같이 일해서 가게가 딸린 조그만 집도 장만했으나 어느 날부터 손님의 발길이 뜸해졌다고 했다.

"갈수록 생활비조차 벌기 어려운 상황이 되었지요. 그래서 여기저기 돈을 끌어와 물건을 들이고 홍보도 했지만 빚만 늘어났어요."

은행과 사채 이자까지 불어나는 바람에 평생을 바쳐 마련한 집을 팔아 빚을 갚고 새 출발을 꿈꿀 무렵 딸이 자리에 누웠다고 했다.

"병원을 오가느라 가게 닫는 날이 많아지다 보니 그나마 있던 손님도 뚝 끊기더군요. 다행히 기초생활수급자로 등록되어 조금 공제받는 약값과 병원비를 제외하고는 빚만 쌓이고 있어요."

그래도 여기서 멈출 수 없었던 그녀는 딸을 살리려 신장 이식의 조직 적합성 검사를 받았다고 했다.

'완전한 조직의 일치 판정!'

부모와 자식 사이라도 1,000분의 1 확률도 안 될 정도의 극히 드문 경우라고 한다. 딸이 건강을 되찾을 수 있다는 기대로 자신은 큰 수술에 대한 두려움도 없다고 했다. 하지만 수술비 4천만 원을 마련할 방법이 없어 이곳까지 오게 되었다고.

"기적이란 거 믿지 않았는데 검사를 받고 희망을 찾았어요. 그런데 이

한 가닥 희망이 돈 없는 부모 때문에 절망으로…."

여자는 소리 없는 절규를 지르고 있었다. 이윽고 맥없이 머리를 소파에 기대고는 눈을 감았다. 두 줄기 눈물이 볼을 타고 흘러내렸다. 현우의 눈가에도 물기가 어렸다. 그는 눈물을 참으려 아랫입술을 꽉 깨물었다. '대출이 잘 될 거예요', 이 말만이 그녀에게 해 줄 수 있는 최선의 위로라는 것을 알지만 차마 입이 떨어지지 않았다. 어쩌면 그것은 여자를 두 번 죽이는 것이다. 그녀는 힘겹게 일어나 은행을 다녀오겠다며 나갔다.

명의대여자를 만나러 갔던 동인이 환한 얼굴로 들어왔다. 이야기가 잘 되었고 이제 한 명만 더 구하면 된다며 싱글벙글이다. 여자 네 명이 10억씩을 찾으려는 계획인 것 같았다. 현우는 이 점에서도 그와 생각이 달랐다. 하지만 저번에 동인의 무뚝뚝한 반응을 상기하고는 입을 막았다. 그들이 사무실을 나선 시간은 저녁 7시가 지나서였다. 횡단보도에서 헤어진 현우가 가방에서 휴대폰을 꺼냈다.

"서류 준비하셨다면서요? 마침 볼일이 생겨 이 근처를 지나다 보니 수혜 씨 집과 가깝네요. 바쁘신데 내일 사무실로 오실 필요 없이 제가 받아가려고 전화드렸습니다. 대신 다음에 커피를 사셔야 합니다."

그는 일부러 마지막 말을 강조했다.

사실 현우는 그녀에게 미리 전화해서 오늘 사무실에 올 수 있겠냐며 물어보았다. 수혜는 내일 들르겠다고 했다. 만약 그녀가 방문하겠다고 했으면 필히 막아야 한다.

수혜가 이들과 대면한다면 심각한 문제가 발생하기 때문이다. 두 사람은 그녀의 존재를 모른다. 아군을 적에게 노출시켜서는 작전에 치명적이지 않겠는가! 그래서 먼저 선수를 친 것이다.

    내일부터는 현우가 낸 명의대여자 광고를 보고 문의 전화가 온다. 퇴근 후에는 독자적인 업무가 다시 시작된다. 이제 시간은 열흘도 남지 않았다. 그 하루하루를 어떻게 보내느냐에 따라 자신의 운명이 바뀔 것이다. 고층 빌딩 옥상에 설치된 광고 조명판에 '디데이 9일'이라는 문구가 반짝였다. 물론 그것은 현우의 눈에만 보였다.

17
아군들을 모집하다

12월 18일 (화)

아침부터 사무실 분위기가 어수선했다. 사무실에서 받을 세 개의 봉투와 개인으로 보낸 세 개의 봉투를 밖에서 가지고 와야 해서다. 벌써 동수는 봉투 수령을 위해 허위 주소지로 출발했다. 한 사무실에서 전부 받으면 도착 장소가 같아 의심을 피할 수 없다.

서울금융 봉투를 뜯었다. 역시나 비번은 0248에 입금 은행도 C은행이다. 다음은 대양의 봉투였다. 통장을 꺼내는 동인의 손이 가늘게 떨렸다. 통장은 W은행으로 5억의 잔고 금액이 찍혔고 잔액은 0원이었다. 수수료만도 무려 150만 원이다. W은행은 처음 보냈을 때의 은행이다. 다섯 번째 만에 같은 은행이 겹쳤다. 그러나 아직까지 W은행이 주거래 은행이라고 단정 지을 수 없다. 잠시 후 동수가 갖고 올 통장을 보면 윤곽이 드러날 것이다. 마지막으로 고려금융 봉투가 도착했다. 아이디 K560302, 비번은 1217이었다. 문제는 아이디이다. 어제 의뢰한 김두영의 주민번호는 560302-1324530, 휴대폰 번호는 010-9808-3503이다. 아이디는 주민번호 앞자리를 순서대로 썼다. 이로써 고려의 다섯 개 아이디는 모두 불규칙하다. 이러면 디데이에 각기 다른 아이디로 다섯 번을 넣어야 한단 말인가! 그런데 이 전제도 단언할 수 없다. 여섯 번째는 어떤 아이디가 내려올지 모르기 때문이다. 현우는 머리가 띵했다. 동인도 어이가 없는지 연신 담배만 빨아 댔다. 잠시 침묵이 흘렀다.

"현수 형, 고려금융 작업은 여기서 그만두는 게 어때요? 아무래도 수수료만 낭비하는 꼴이네요."

현우도 굳은 표정으로 고개를 끄덕였다.

그때 동수가 들어왔다. 동인은 다급히 대양의 봉투를 낚아챘다. 그들의 온 신경은 입금 은행에 쏠렸다. 통장은 W은행이었다.

"대양은 이제 됐어요. 주거래 은행이 W은행인 게 확실해요."

동인은 목소리에 자신감이 넘쳤다. 이어 부연 설명이 따라왔다.

"개인이 의뢰한 경우는 업자보다 안전하다고 여겨 작은 잔고증명이라도 주거래 은행과 거래한 거지요. 업자 것은 고액일 때만 주거래 은행으로 실적을 쌓아 준 거예요. 대양 나름대로 규칙을 정해 은행을 돌린 거지요. 결국 현수 형의 논리가 맞은 거예요."

그는 현우를 향해 윙크를 날렸다.

예상대로 서울금융 통장은 C은행이고 비번도 0248이었다. 순간 모두는 얼굴에 기쁨을 띠며 서로 하이파이브를 했다.

끝으로 고려금융 봉투를 열었다. 통장을 쥔 동인의 손에 힘이 없다. 아이디는 P601210, 비번은 1217이었다. P601210은 성 PARK에서 P와 주민번호 앞자리 숫자이다. 사무실에서 보낸 것과 똑같은 구조로 아이디를 만들었다. 이로써 동일한 규칙은 하나도 없다. 동인은 속내를 감추려 했지만 실망한 기색이 역력했다. 그 마음은 당연하다. 지금껏 들어간 수수료가 얼마이며, 무엇보다 10억이라는 거금이 눈앞에서 사라졌다. 한동안 냉기가 감돌았다. 현우가 그의 눈치를 살피며 어렵게 말문을 열었다.

"마지막으로 고려에다가 한 번만 더 보내면 안 될까? 사무실과 개인으로 하나씩 말이야."

"형, 가능하겠어요?"

"장담은 못 하지만 내일 오는 아이디를 보고 진행 여부를 판단하면 어떨까?"

"음… 그럼 그렇게 하지요."

반대할 줄 알았던 동인이 순순히 나왔다. 그만큼 미련을 버리지 못했다고 할 수도 있다. 현우가 이렇게 제의한 데는 나름 추론이 있었다. 고려가 비번을 날짜에 맞춘 것처럼 아이디도 일주일 간격으로 돌릴 수 있다는 것이다. 이제껏 아이디가 다섯 번 바뀌었다. 그렇다면 내일은 일주일 전에 사용한 앞자리 주민번호를 거꾸로 나열한 아이디가 다시 내려올 확률이 높다. 그래야만 그들도 기억이 안 나거나 헷갈릴 때를 대비할 수 있다. 어느 정도 확신이 섰지만 말을 삼켰다. 처음에는 경험자인 동인에게 선의의 라이벌 의식을 느꼈다. 그런데 이제는 그에게서 감정의 역전현상이 나타나서다. 대양금융 작업은 하루 이틀 쉬었다 마무리로 고액의 잔고증명을 의뢰하기로 했다. 서울도 재확인 차 하나만 보내는 것으로 결론을 냈다. 설령 고려, 대양, 서울의 정보를 완전히 파악했더라도 디데이를 앞당길 수는 없다. 아직 수일금융 작업에 필요한 바지를 구하지 못해서다.

　오후 상담은 회사 택시를 운전한다는 중년 남자와 그의 친구였다. 남자는 유난히 말의 악센트가 강해 기억하기가 쉬웠다. 서류를 건넨 그는 곁의 친구에게 빨리 꺼내라며 옆구리를 툭툭 쳤다. 현우는 이 모습에 슬그머니 웃음이 났다. 대화로 보아서는 친구 사이인데 주종관계처럼 보여서다. 남자는 회사 사주의 갑질 횡포와 노사 문제를 들먹였다. 또 갈수록 커지는 빈부 격차를 해결하지 않고서는 복지국가의 실현은 불가능하다며 일장 연설을 늘어놓았다. 현우는 그의 현실적인 안목과 비판에 마치 유명 연사의 강의를 듣는 듯했다.
"요즘은 사납금을 채우기도 버겁습니다. 중·고등학생인 두 아이 뒷바라지에 등이 휠 정도입니다."
　자신의 수입으로는 가족의 생계만 겨우 책임질 뿐 아내가 아이들의 학원비를 벌기 위해 파출부를 다닌다고 했다.
"회사 택시를 몰아서는 입에 풀칠하기도 힘듭니다. 그런데 다행히 개인택시를 인수할 기회가 생겼습니다. 친지들에게 손을 벌리고서도 번호판값에서 4천만 원이 부족하여 대출을 받으러 왔습니다."
　그는 자식 대에서는 가난의 대물림을 끊어야 한다며 강한 의지를 보였다. 또한 자기처럼 밑바닥 인생을 물려줄 수 없다며 눈물을 글썽였다. 친구도 운전을 하는데 비슷한 처지로서 함께 대출을 받으러 왔다고 덧붙였다. 처음에 현우는 남자가 친구를 무시하는 것 같아 안 좋게 보았다. 그런데 서로 대하는 행동의 차이일 뿐 우정이 깊은 듯했다.

"뭐 해? 어서 은행에 갔다 와야지."

벌떡 일어난 남자가 친구의 어깨를 잡아당기며 문으로 향했다. 친구는 사형장의 죄수처럼 질질 끌려 나가더니 어느새 어깨동무를 했다. 현우는 적과 동침하고 있는 자신과 두 사람을 비교하고는 부러움을 느꼈다.

"명의대여자 광고를 보고 전화하셨다고요? 자세한 건 만나서 이야기하지요. 1번 출구 쪽으로 나오시면 커피숍이 있어요. 거기서 뵙지요."

동인은 몇 가지 서류를 가방에 넣고는 부리나케 나갔다. 현우는 명의대여자 광고를 보고 전화가 많이 오는 것에 내심 놀랐다. 오히려 동인이 그들을 평가하고 선택하는 데 고민할 정도였다. 그래서 현우도 모집은 크게 걱정되지 않았다. 그는 옷걸이에 걸린 어깨걸이 가방을 가만히 응시했다. 지금 휴대폰에 자기 광고를 본 사람들의 전화번호가 차곡차곡 쌓이고 있을 것이다. 궁금증이 폭발 직전이나 참을 수밖에 없었다. 이들에게 현장을 들켜서는 절대 안 된다. 한순간 억제치 못한 감정으로 지금껏 공든 탑이 무너질 수도 있다. 아니, 자신의 운명이 바뀔 수 있다.

돌아온 동인은 돈을 인출할 여자가 믿음이 안 간다며 투덜댔다. 현우는 그의 불평을 들으며 이제는 남의 일이 아니라 생각하니 머리가 복잡했다. 더구나 그는 명의대여자들과 대면하거나 상담한 적이 없다. 잘못하면 불상사가 발생할 여지도 있다. 침착하고 빈틈없이 준비해야 한다. 그나마 다행이라면 상대방이 여자라는 것과 본인의 명의를 빌려줄 만큼 생활이 궁핍한 약자라는 거다.

현우는 퇴근하면서 그들이 길 건너편으로 완전히 사라진 것을 확인한 후 다시 사무실로 들어갔다. 문의 잠금장치를 누르려다 그만두었다. 대신 인터넷 바둑게임 사이트에 접속해 어느 대국 장면에 고정시켰다. 혹시 그들이 사무실로 되돌아왔을 때 문이 잠긴 상태에서 현우가 있다면 수상하게 생각할 수 있다. 분명 눈치 빠른 동인에게 의심의 빌미를 줄 것이다. 사무실에 작업에 필요한 모든 서류와 정보들이 있기 때문이다. 이 작은 실수가 나중에 무서운 후폭풍을 몰고 올 수 있다. 그 후폭풍이란 작업에 작업을 한 사람이 바로 현우란 것을.

'너희와 헤어지자마자 친구에게서 연락이 왔어. 이 부근에서 만나기로 했는데 시간이 남아서 바둑을 관전하며 기다리던 중이야.'

이렇게 둘러대면 자연스럽게 넘어갈 수 있다. 두근거리는 가슴으로 가방에서 휴대폰을 꺼냈다. 다섯 개의 전화번호가 저장되어 있었다. 심호흡을 길게 내뱉고는 첫 번호를 눌렀다.

"여보세요?"

중년 여자의 목소리다.

"명의대여자 광고 보고 전화하신 분이세요?"

"예, 그런데 명의대여자가 뭐예요?"

"그것은 저희 회사가 사정이 있어 전화 거신 분 명의의 통장을 잠깐 이용하는 거지요."

"그러면 제가 어떻게 하면 되는데요?"

"자세한 내용은 만나서 하는 게 좋을 듯싶네요."

"하나만 더요. 광고에 고수익 보장이라고 적혀 있던데 얼마나 주는데요?"

순간 현우는 금액에 대해 고민했다. 만약 상대방이 경찰의 함정 수사라면 제시하는 금액이 터무니없이 높을 경우 의심하여 내사할 수 있다. 일반인이라도 너무 크면 불법이나 위험한 일로 여길 것이다. 그렇다고 작으면 흥미를 못 느낀다. 적당히 말해야 한다.

"능력에 따라 차이가 나겠지만 하루 50만 원 정도 됩니다. 또 일은 꾸준히 있습니다. 물론 수고비는 당일 현찰로 지급합니다."

사실 그는 최고 100만 원과 최저 30만 원 사이에서 갈등했었다. 100만 원은 고액이고 30만 원은 조금 부족한 듯했다. 그래서 50만 원을 적정가로 보았고 일이 계속 있다는 것을 암시했다.

상대방은 며칠만 일해도 몇백만 원은 거뜬히 벌 수 있다는 계산에 심장이 뛸 것이다. 역시나 예상이 적중했다. 그녀는 진짜냐고 거듭 물어왔다.

"제가 낮에는 바빠서 시간을 내기가 힘드네요. 저녁이나 주말은 어떤가요?"

"저는 언제든지 괜찮아요. 꼭 연락 주세요."

일부러 현우는 돈 찾는 말은 하지 않았다.

여자의 이름과 전화번호를 메모지에 적고는 지갑 속에 넣었다. 휴대폰에 저장해도 되지만 분실을 대비하기 위해서다.

두 번째 번호로 전화를 걸었다. 신호음이 가다가 소리샘 멘트가 나왔다. 사정은 모르나 이런 사람은 아무래도 불안하다. 그 번호를 삭제했다. 나머지 여자들은 그의 제의를 적극적으로 받아들였다. 이로써 네 명의 예비 명의대여자를 확보했다. 최종 선택은 미팅 후 결정하겠지만.

현우는 명함을 찍기 위해 서둘러 을지로로 향했다. 굳이 명함을 만드는 데는 두 가지 이유가 있다. 첫째, 신뢰를 준다는 거다. 둘째, 작업이 끝난 후 이 여자들은 경찰에게 조사를 받는다. 그러면 사무실에서 상담했던 손님들과 명의대여자의 진술을 바탕으로 현우의 인상착의는 드러난다. 이때 여자들에게 준 명함이 경찰의 손으로 넘어간다. 그런데 용의자는 한 사람인데 서로 다른 이름과 휴대폰 번호가 인쇄된 두 개의 명함이 나온다. 그들을 혼선에 빠트리려 미리 복선을 깐 것이다. 게다가 여자들 앞에 가발과 안경으로 변신한 현우가 나타난다면 경찰의 몽타주에 전혀 다른 인물이 그려진다. 이들은 다시 혼란에 휩싸이고 이 속에 동인과 동수도 포함됨은 물론이다. 모두는 제3의 인물이 있다고 확신할 것이다.

18
아군에서 사랑으로

12월 19일 (수)

고려금융 봉투가 도착했다. 긴장된 가운데 동인이 통장을 꺼내 앞면을 넘겼다. 순간 현우는 마른 침을 꼴깍 삼켰다. 아이디는 S428055, 비번은 1218이다. 화이트보드에 적힌 송영수의 주민번호 550824-1842920으로 세 사람의 고개가 동시에 돌아갔다. 아이디는 주민번호 앞자리를 뒤에서부터 나열한 숫자이다. 역시 일주일 간격으로 돌린 것이다. 현우의 예측이 딱 들어맞았다. 동인도 적잖이 놀라며 자못 기분이 들떴다. 포기했던 10억을 되찾았다는 기쁨에 흥분을 감추지 못했다.

잠시 후 동수가 고려에 개인으로 보냈던 봉투를 가지고 들어왔다. 이 통장의 아이디도 마찬가지였다. 월요일은 주민번호 앞자리 숫자, 화요일은 그 번호를 뒤에서부터, 수요일은 뒷자리 숫자를 여섯 개까지, 목요일은 다시 그 번호를 반대로, 금요일은 전화번호로 만들었다. 결국 고려는 아이디를 정형화하면서 상대방을 교란시키는 고도의 전술을 펼친 것이다.

"이것으로 고려금융의 정보 파악은 다 끝난 거네. 야호~! 이제는 돈

챙길 일만 남았네!"

동수가 환호성을 지르며 탁자를 두드렸다.

그때 중년 부부가 들어왔다. 남자는 쭈뼛거렸고 여자가 이야기를 주도했다.

"저희는 청소 대행 프랜차이즈에 가입하여 청소업을 하고 싶은데 창업비용이 부족해서 방문하게 됐어요."

필요한 대출금은 가맹비, 장비 구입비, 차량 할부금 등 3천만 원 정도이며 무점포로도 가능하다고 했다. 한동안 잠자코 있던 남편이 입을 열었다.

"저는 얼마 전까지 자동차 부품업체 공장을 운영했습니다. 그런데 납품하는 거래처가 부도나는 바람에 거기서 받은 어음들이 전부 휴지 조각이 되었습니다. 문제는 그 어음을 제가 이서하여 하청업체에 주었던 겁니다. 부도난 사장은 행방불명이 되었고 하청업자들은 저에게 책임을 물어 왔습니다. 그들은 대부분 영세하기에 그 어려움을 잘 알고 있습니다. 그래서 죽어라 일하며 마련한 집과 자동차까지 팔아서 빚잔치를 했습니다."

눈물을 훔친 아내가 가만히 남편의 손을 쥐었다. 이에 용기를 얻은 듯 남자의 목소리에 힘이 들어갔다.

"그래도 아직까지 건강한 팔다리가 있으니 감사하지요. 아내가 먼저 이 일을 하자고 했어요. 한때 모든 걸 포기한 저를 묵묵히 참아 준 아내와 자식들에게 볼 면목이 없습니다. 무슨 일이라도 가족을 위해서 열심히 해야지요."

현우는 작은 체구에 쭈글쭈글한 주름살로 나이보다 늙어 보이는 남자가 마치 거인처럼 보였다. 손을 꼭 잡고 나가는 부부의 뒷모습에서 언뜻 밀레의 '만종' 그림이 겹쳐졌다.

"제일 골치 아팠던 고려의 아이디도 풀렸고 대양, 서울은 문제없고 수일금융은 바지만 구하면 땡이네. 동인아, 그동안 미스터리 해결하느라 모두 고생했는데, 오늘 한잔 어때?"

"그 모두에 동수 형은 빼야 하는 거 아니야? 은근히 무임승차를 하네?"

"그래, 그래. 알았어. 자식이 까칠하긴."

"현수 형도 괜찮지요?"

"나는 힘들겠는데. 누나가 상의할 일이 있다며 오늘 집에 들르라고 해서."

동수가 몇 번을 회유하였지만 그의 단호함에 두 손을 들었다.

사무실을 나왔을 때는 주변이 어두워져 있었다. 요즘은 오후 5시가 넘으면 땅거미가 드리운다.

현우는 유턴하여 옥상으로 올라갔다. 이곳에는 십기를 보관하는 허름한 창고가 있다. 그는 창고에 있던 쇼핑백에서 선불 폰 네 개와 잠바를 꺼내 사무실로 들어갔다. 두 개 폰은 희현, 시영과 통화한 폰이고 다른 폰에는 수혜의 전화번호가 저장되어 있다. 나머지 폰은 명의대여자들과 통화하는 폰이다. 희현, 시영과는 이틀에 한 번씩 연락을 주고받는다. 아군과는 평소 친밀감을 쌓아야만 유사시에 전우애를 발휘한다는 것이 그의 지론이다.

현우는 아침에 출근하면서 휴대폰과 잠바를 창고에 감춰 두었다. 무례한 동수가 호기심으로 불시에 가방을 열어 볼 수 있다. 전에도 그런 적이 있었다. 그러면 여러 개의 휴대폰을 소지한 합당한 이유를 대기가 무척 어렵다.

'친구가 집에 두고 간 것을 돌려주려고 갖고 있던 거야.'

한 개라면 이 말이 통하겠지만 네 개는 아무리 머리를 쥐어짜도 답이 나오지 않았다. 그래서 번거롭지만 이 방법을 선택했다.

현우는 잠바 주머니에서 안경을 꺼냈다. 도수가 없는 두꺼운 밤색 뿔테 안경은 노점상에게 만 원을 주고 구입했다. 안경을 쓰고 거울 앞에 서니 학구파처럼 보였다. 평소 그는 짧은 머리에 가르마를 타고서 무스를 발라 단정한 차림이었다. 귀를 반쯤 덮고 이마까지 내려오는 가발을 뒤집어썼다. 털모자를 쓴 듯 머리가 따뜻해 좋았지만 좀 답답하기도 했다. 거울 속에 비친 자기 얼굴에 깜짝 놀랐다. 단지 가발과 안경만으로 이렇게 변신한다는 것이 신기했다. 넥타이를 풀고 코트를 벗고서 잠바를 걸쳤다. 그는 첫 출근부터 노타이이거나 정장이 아닌 적이 없었다. 이로써 제3의 인물이 완벽하게 탄생했다. 마치 자신이 비밀 첩보원이라도 된 듯한 기분이 들었다. 거울을 향해 007 영화의 주인공처럼 권총을 쏘는 시늉을 하다 멋쩍은 미소를 지었다.

현우는 명의대여자를 만나기 위해 약속 장소로 출발했다. 커피숍 창가에 홀로 앉은 중년 여자에게 다가갔다. 그녀는 낡은 파카와 긴 치마를 입고 있었다. 파마기 풀린 머리결과 옷차림이 어려운 현실을 대변했다. 다행히 여자는 흰 피부와 통통한 얼굴에 덩치가 있었다. 머리를 손질하고 외투만 잘 걸치면 복부인처럼 보여 큰돈을 찾아도 의심을 받을 것 같지는 않았다. 그녀는 주민증과 등본을 내놓았다. 이 준비물은 통화하면서 미리 말했다. 등본에는 남편과 딸 둘이 등재되었고 주소도 말소된 적이 없어 일단 신원은 정상으로 보였다. 전입신고 날짜가 10여 년이 넘었다. 주거가 안정적이라는 의미로 돈을 갖고 도망갈 확률은 적다. 만약 전입신고일이 최근이면 전출입 사항이 기재된 초본을 요구하려 했는데 그럴 필요는 없었다.

"명의대여에 대해 아세요?"

"아니요. 저는 고소득을 보장한다기에 나온 거예요. 제가 할 수 있는 일이면 뭐든지 하고 싶어요. 사실 요즘 무척 힘들고 급한 사정이 있어서…."

여자는 애처로운 음성으로 말끝을 흐렸다. 그러나 아직 경계의 낯빛은 사라지지 않았다. 현우는 상대방이 이 일을 하려는 이유에 관해 일절 묻지 않기로 했다. 대화가 길어질뿐더러 감정의 동요는 선택에 차질을 주기 때문이다. 이성과 냉철함으로 판단해야 한다고 스스로에게 주입시켰다. 본격적인 협상에 들어갔다.

"저희는 비자금 세탁하는 일을 하고 있어요. 예를 들면 나이트클럽 수익금이나 큰손들의 자금을 세탁하는 거지요. 한 사람의 명의로 거액을 찾으면 금융기관에서 자금 추적을 할 수가 있거든요. 한마디로 세금을 적게 낸다고 보시면 돼요. 만일 나중에 문제가 생겨도 실소유자가 세금만 납부하면 되니까 아주머니는 전혀 피해가 없어요. 단지 수고비를 조금 받고 통장을 빌려주었다고 하시면 돼요."

어느새 동인에게 배운 멘트에 양념을 더하여 모방하고 있었다.

'서당 개 3년이면 풍월을 읊는다'고 하지 않는가!

"제가 어떻게 하면 되나요?"

'바로 걸려들었어!'

여자가 미끼를 물었다.

사실 보통 주부로서는 현우 말을 정확히 파악하기는 어렵다. 하물며 자신도 처음에 그럴듯하여 그들에게 속지 않았던가! 게다가 이 여자는 당장 돈을 버는 것에 온 정신이 팔렸으니 더욱 그렇다.

"첫날은 3억 5천만 원을 아주머니 통장으로 입금시킬 겁니다. 그 돈을 현금으로 찾아서 주시면 끝납니다. 수고비는 1억당 50만 원을 드리겠습니다. 그러니 첫날은 200만 원 정도를 받으시는 겁니다."

"정말 그렇게 많이 주신다고요?"

여자는 하루 일당 50만 원도 감지덕지했는데 200만 원이라는 거액에 벌린 입을 다물지 못했다.

그녀의 형편으로는 엄청 매력적인 수고비가 아닐 수 없다. 어쩌면 하늘에서 천사가 내려왔다고 생각할지도 모른다.

"만약 아주머니께서 일을 잘하신다면 함께 갈 수도 있습니다. 저희도 파트너가 자주 바뀌면 일 처리가 원만하지 않을 수 있거든요. 이 일은 일주일에 한 번 이상 있고 금액도 차츰 늘어날 겁니다."

"일이 계속 있다고요?"

순간 여자는 머릿속으로 계산기를 두드렸다.

'그래. 잘만 하면 한 달에 천만 원 이상을 벌 수 있어. 이제부터 행복 시작 고생 끝이야.'

그녀는 입꼬리가 살짝 올라갔다.

"그런데 꼭 명심할 것은 절대 외부에 발설하지 않아야 합니다. 소문내는 즉시 아주머니와의 일은 중단됩니다. 가족에게도 비밀에 부쳐야 합니다. 만에 하나 하실 의향이 있으시면 그때 상세히 말씀드리겠습니다."

말이 끝나자 여자는 불안한 기색을 내비쳤다.

"저, 혹시 위험한 일은 아닌가요?"

그녀의 표정에 두려움이 나타났다. 이에 현우는 승부수를 던졌다.

"이 일은 어렵지 않아서 서로 하려고 합니다. 다만 아주머니의 사정이 딱하여 도움을 드리려고 제의한 것이지 결코 부탁이 아닙니다. 그럼 저희는 다른 분에게 연락하겠습니다."

"아, 아니에요. 할게요."

역시 흔들리는 심리를 결심하게 만드는 데는 경쟁을 부추기는 것이 최고다. 여자는 명함을 만지작거리며 물었다.

"일은 언제부터 하나요?"

"12월 27일에 예정되어 있습니다. 다음 일은 내년 초에 있지만 날짜는 미정입니다. 저희는 아무에게나 일을 맡기지 않습니다. 아주머니가 선택된 것도 행운이라 볼 수 있습니다."

그는 안주머니에서 봉투를 꺼내 여자에게 내밀었다. 이 착수금 결정에도 적잖은 고민을 했었다. 처음에 30만 원에서 50만 원으로 올렸다. 이 정도는 되어야 일의 신뢰를 줄 수 있다는 판단에서다. 사실은 동인을 따라 한 면도 있다.

"50만 원입니다. 이 돈으로 옷 한 벌을 장만하셨으면 합니다. 아무래도 큰돈을 찾는데 멋지게 꾸미시면 보기에도 좋을 것 같습니다. 이 돈은 그날 받으실 수고비와는 별개입니다. 만약 사정이 여의치 않아 못 하신다면 이 돈은 돌려주셔야 합니다."

마지막 말은 그녀의 반응을 떠보기 위해 던진 것이다. 아니나 다를까.

"아니에요. 그리 힘든 일도 아닌 것 같은데요."

바로 밑밥의 효과가 나타났다.

"제가 할 일은 무엇인가요?"

"혹시 사용하는 통장이 몇 개 있으세요?"

"서너 개 있지만 잔액은 거의 없어요."

"3개는 되지요?"

"네."

현우가 통장 개수를 정확히 물어보는 데는 이유가 있었다. 작업을 위해서는 명의대여자의 기존 통장 3개가 꼭 필요하기 때문이다. 이것이 선택에 있어 중요한 조건 중 하나였다.

"저희가 그 통장으로 입금할 테니 수고비를 제하고 주시면 됩니다. 그리고 일을 시작하기 전에 한 번 더 만나야 합니다. 그때 각서도 써야 하고요. 일요일 안으로 연락드리겠습니다."

이제 여자는 자기가 고생한 수고비를 떼일 염려가 없다는 것에 안심할 것이다. 또 형식적으로나마 각서를 받아야 음흉한 생각을 못 한다. 이 각서는 잔고업체의 각서 내용을 조금 수정하여 만들었다. 현우가 자리에서 일어나려는데 여자가 어렵게 말을 꺼냈다.

"저, 제 친구가 있는데요, 그 친구도 하면 안 될까요? 저보다 똑똑해서 이런 일을 맡기면 잘할 거예요. 친구도 지금 많이 힘들거든요. 저도 이렇다 보니 도움을 줄 수가 없었는데 함께 하면 큰 보탬이 될 것 같아서요."

현우의 입장에서는 마다할 이유가 전혀 없다. 이거야말로 일석이조가 아닌가! 돈 봉투를 손에 쥔 여자는 희망찬 얼굴로 커피숍을 나갔다.

"휴우."

그동안 조마조마했던 호흡을 편안히 내쉬었다. 가장 어렵게 여기던 필드 작업을 멋지게 성공했다.

'하나의 거짓을 완성하기 위해서는 7개의 거짓말이 필요하다.'

갑자기 왜 이 말이 떠올랐을까?

아마도 그건 거짓말쟁이가 되어버린 자괴감 때문일 것이다.

커피숍에서 집까지는 버스로 무려 열 정거장 거리였다. 일부러 집에서 한참 떨어진 장소에서 만났다. 집과 사무실 부근이면 혹시나 마주칠 수도 있어서다. 어느 음반 가게에서 캐럴이 울려 퍼지고 있었다. 손가락으로 날짜를 세어 보니 크리스마스가 일주일도 남지 않았다. 오늘부터는 하루하루가 카운트다운이다.

집 근처에 다다랐을 때 공사장 빈 공터에 자리 잡은 포장마차가 눈에 띄었다. 천막 안에서 다정하게 술을 마시는 연인의 실루엣이 비쳤다. 허기를 느낀 그는 우동과 소주를 주문했다. 잔에 술을 가득 채웠다. 첫 잔을 마시고는 내일 할 일을 계획했다. 둘째 잔을 들이키고는 모레 할 일을 생각했다. 셋 째 잔을 털어 넣고는 글피에 할 일을 검토했다. 끝잔 속에는 고독한 사슴의 눈동자를 닮은 수혜의 눈망울이 담겨 있었다. 현우는 처음 그녀를 본 순간 앞산 등선에 걸려 있는 보름달이 연상되었다. 살포시 웃는 그녀의 표정에서 어딘지 모를 처연한 미소를 발견했다. 이어 그제 그녀와 만났던 기억이 아스라이 떠올랐다.

"수혜 씨, 강 실장입니다. 근처 커피숍에서 기다리겠습니다."
"미안하지만 조금만 기다려 주세요."
여전히 다소곳한 목소리다. 흰색 반코트에 분홍색 털목도리를 걸친 모습은 백설공주를 연상케 했다.
"오래 기다리셨지요. 마지막 타임 원생의 어머니를 기다렸다가 오는 바람에… 일부러 저 때문에 수고하시는데 죄송해요. 늦은 벌로 차는 제가 대접할게요."
"수고는 뭘요. 어차피 지나는 길이었는데요."
그는 받은 서류를 훑어보는 척했다.
"식사하셨어요?"
"집에 가서 먹으면 돼요."
커피숍의 벽시계는 7시를 지나고 있었다. 계산을 하려던 그녀를 제치고 현우가 잽싸게 돈을 냈다.
"저한테 차 한 잔 빚진 거 잊으시면 안 됩니다."
그가 길 건너편을 손짓하며 말했다.
"집이 저쪽 방향이지요?"
"어, 어떻게 아셨어요?"
"수혜 씨의 등장을 1박 2일 동안 눈 빠지게 바라보는데 그쪽에서 선녀가 오고 있었어요. 제가 집까지 흑기사가 되어 보디가드를 해 드리겠습니다. 만약 저의 호의를 거절하시면 서류를 접수 안 할 수도 있습니다. 이건 부탁이 아니라 협박입니다."

안 하던 행동을 하려니 몸이 오글거렸다.

'고래도 칭찬하면 춤을 춘다고 하지 않는가!'

뻔히 사탕발림인 줄 알면서도 치켜세우면 좋아하는 것이 인간의 본성이다. 그녀는 어이없다는 듯 피식 웃었다. 현우는 이 멘트를 날리기 위해 몇 번이나 연습했다.

"수혜 씨, 가는 동안 재미있는 이야기를 해 드릴까요?"

"네?"

그는 바로 말을 이었다.

"살날이 얼마 남지 않은 할머니가 조용히 남편을 불렀대요. 그리고는 '영감, 내가 죽기 전에 고백할게 있어요'라고 했대요. 이어 콩 세 알과 만 원짜리 한 장을 내놓았대요. 할아버지가 이 콩이 뭐냐고 묻자, 당신 모르게 바람을 피울 때마다 하나씩 모은 콩이라고 했대요. 할아버지가 '흰 평생 살다 보면 세 번 정도야 실수할 수도 있지. 괜찮아'라고 했대요. 그러고서 만 원짜리는 뭐냐고 물었대요. 근데 할머니가 뭐라고 한 줄 아세요?"

수혜는 잠시 생각에 잠기더니 고개를 저었다.

"그동안 모은 콩을 판 돈이에요."

그녀는 키득거리며 양쪽 뺨에 홍조를 띠었다. 지금이 기회다 싶었던 현우가 빠르게 입을 놀렸다.

"하나 더 해 드릴게요. 3일 동안 먹이를 찾아 헤매던 호랑이가 토끼를 발견하고는 낚아챘대요. 이때 토끼가 하는 말이 '이거 놔, 짜샤!' 순간 어안이 벙벙해진 호랑이가 토끼를 놓아 주었대요. 상상도 못할 말에 충격을 받은 호랑이는 정신을 차리고 또 토끼를 잡았대요. '나야, 짜샤!' 그런데 바로 그 토끼일 줄이야! 충격에 휩싸인 호랑이는 토끼를 놓아 주고 말았대요. 호랑이는 앞으로 절대 토끼를 놓치지 않겠다고 다짐했대요. 다음 날 호랑이가 다시 토끼를 생포했대요. 다행히 이번에는 그 토끼가 아니었대요. 하지만 호랑이는 토끼가 한 말에 실신해 버렸대요. 그 토끼가 뭐라 그런 줄 아세요?"

그녀는 고개를 갸웃거렸다.

"소문 다 났어, 짜샤!"

수혜가 웃음을 터트렸다. 활짝 핀 꽃잎이 산산이 부서지는 듯한 소리였다. 현우는 그녀의 호감을 사려 미리 유머를 외웠었다.

"실장님은 어떻게 이런 이야기를 알고 있어요? 겉으로 봐서는 안 그럴 분 같거든요."

"저는 이보다 더 재미있는 이야기가 1,000개나 있어요. 수혜 씨를 만날 때마다 세 개씩 해 드릴게요."

"정말요?"

은연중 경계하던 분위기가 조금은 누그러졌다. '사채업자와 피아노 교사.' 누가 봐도 어울리지 않는 조합이다. 그도 한때 인정했다.

'꿈을 꾼다고 상상해. 고단한 삶에서 꿈은 잠깐이라도 행복을 느끼게 해 주니까.'

현우는 이 말을 곱씹으며 잠들곤 했다. 하지만 다른 사람에게는 불가능한 일이 누군가에게는 기적이 되고 운명이 될 수 있다.

"이제 마지막입니다. 어떤 남자가 홀딱 벗은 채로 잠을 자다가 급한 전화를 받고 그냥 뛰쳐나와 택시를 잡아탔대요. 타고 보니 여자 기사였대요. 그런데 운전하면서 남자의 위아래를 자꾸 훑어보며 히죽히죽 웃는 거예요. 참다못한 그가 '너 남자를 첨 봤냐? 미친년. 차나 잘 몰아!'라고 하자 여자가 뭐랬는지 아세요?"

"글쎄요?"

"이 새끼야! 너 이따가 택시 요금을 어디서 꺼낼까 궁금해서 쳐다봤다. 왜?"

그녀는 걸음을 멈추고 자지러지게 웃었다. 역시나 꽃처럼 피어나는 보조개가 싱그러웠다.

"이제 집에 거의 다 왔어요. 여기서부터는 혼자 갈게요. 일부러 오시고 재미있는 이야기도 많이 해 주셔서 정말 고마워요."

"수혜 씨, 파란 장미 꽃말이 뭔지 아세요?"

"무엇인데요?"

"나중에 한번 찾아보세요."

그녀를 향한 자신의 마음을 드러낼 수 있는 유일한 표현이었다. 그 꽃말은 '기적', '불가능은 없다'이다.

'하긴 흔들리지 않고 피는 꽃은 없지.'

그 또한 수혜와의 인연을 필연으로 엮으려는 몸부림이었다.

술을 한 병 더 주문할까 갈등하고 있을 때, 음악이 흘러나왔다. 주인장은 자기의 애창곡인지 볼륨을 높였다. 그 노래는 몇 번 들은 적이 있는 나훈아의 '내 삶을 눈물로 채워도'란 곡이다. 가사 구절마다 수혜와 연관되었다. 그녀가 사무치게 보고 싶어 가슴이 저려 왔다. 이 타오르는 사랑의 불길은 온몸을 산화시킬 정도로 뜨거웠다.

　그는 '인연이라는 만남'에서 수혜를 떠올렸고 '숙명이라는 이별'에서 희현과 시영이 스쳐 지나갔다. 그리고 "오빠를 만난 것은 우연이 아니고 필연인 것 같아요"라던 희현에게 미안한 마음이 들었다. 지금 자신이 그 말을 수혜에게 속삭이고 있어서다.

　'그리움의 그물로도 가둘 수 없는 사랑아! 내가 얼마나 더 외로워져야 그대를 얻을 수 있나요.'

　그는 비틀거리며 포장마차를 나왔다.

　'그녀의 개인 사정이란 무엇일까?'

　현우는 그녀를 다시 볼 수 있다. 오늘 받은 서류를 돌려주면서 자연스레 한 번 더 만날 수 있기 때문이다. 그날은 사랑의 디데이가 될 것이다.

19
바지의 등장

12월 20일 (목)

"명의대여자 광고를 보고 전화하셨다고요? 1번 출구로 나오시면 커피숍이 있을 겁니다. 1시간 후에 거기서 만나기로 하지요."

"바지야?"

동인이 고개를 끄덕였다. 밖에서 몇 명의 남자를 면접 봤지만 나이, 인상, 믿음 등을 이유로 퇴짜를 놓곤 했다. 그런데 방금 통화한 사람과는 비록 전화상이지만 마음에 든 모양이다.

"동인아, 여자 네 명으로 40억 찾기가 벅차지 않을까?"

동수가 걱정스런 말투로 물었다. 처음에 현우도 이 문제가 걱정되었다. 그러나 이제는 등을 돌린 마당에 스스로 답을 찾아야만 했다. 그래서 나름대로 그 해결책을 준비해 놓았다.

가끔 매스컴에서 뇌물 사건을 보도하며 사과 박스에 만 원권 지폐로 2억 정도를 담을 수 있다는 기사를 본 적이 있다. 현우는 2억이라는 현금을 지금껏 만진 적이 없기에 그 부피나 무게를 상상만 할 뿐이다. 과연 동인에게 어떤 대답이 나올까를 기대하며 잠자코 있었다. 그의 계획을 들음으로써 자신의 생각과 비교하여 허점을 발견하고자 하는 의도였다.

"먼저 은행들이 밀집한 장소를 선택해야겠지. 이동 거리를 최소화해야 시간을 줄일 수 있으니까. 이 장소는 강남에 있고 각기 다른 은행 8개가 포진해 있어. 인터넷으로 검색해서 벌써 답사도 다녀왔지. 40억이니 한 은행에서 5억씩 인출하면 오전에 끝낼 수 있어. 만약을 대비해 전날 각 은행에다 내일 5억을 찾을 예정이라고 하면 인출 부족 사태는 없을 거야. 다음에 2억 5천만 원씩을 이체 통장으로 입금한 후에 네 개 은행을 돌라고 시키는 거지. 한번에 5억을 다 찾으면 의심을 받을 수 있거든."

"돈을 찾은 후에 운반은 어떻게 할 건데?"

현우가 묻고 싶었던 것을 동수가 대신했다.

"8개 은행의 중간 지점에서 돈을 받아 차에 실으면 돼. 우리 인원으로는 16번이나 은행 출입할 여자들을 따라다니며 돈을 옮긴다는 것은 불가능하지."

'짝짝짝.'

"인천상륙작전만큼 완벽한 전략이야! 맥아더 장군 나셨네."

"아주 그림이 좋아. 작품이 되겠어."

동수가 박수를 치며 그를 향해 엄지 척을 했다. 현우도 따라 추켜세웠다.

"만일 여자들이 돈을 갖고 튀면 어떻게 해?"

"그건 절대 걱정 안 해도 돼. 나한테 맡겨."

그의 단호한 말에 동수의 입이 쑥 들어갔다.

현우는 그의 계획에서 몇 가지 중요한 오류를 발견했다. 첫째는, 한 은행에서 돈을 인출해 차까지 도착하는 시간을 40분 정도로 잡았다.

12월 말은 대부분 회사나 가정의 결산이 집중되어 은행에서 대기하는 시간이 길어진다. 또 현금으로 2천만 원 이상을 찾으면 그 용도를 기재하는 절차를 거쳐야 하므로 그 시간을 더해야 한다.

두 번째는, 현금 2억 5천만 원의 무게를 감안해야 한다. 만 원짜리 지폐는 약 1g이다. 2억 5천만 원이면 25kg이다. 여자가 들기에는 결코 가볍지 않은 무게이다. 차까지의 거리가 어느 정도인지는 모르나 몇 번은 쉬어야 할 것이다. 이런 이유로 동인이 배분한 40분은 매우 부족하다. 시간이 촉박하다 보면 서두르게 되고 무리수가 따른다. 이 무리수가 치명적인 실수를 일으킬 수 있다. 이 실수의 결과는 생각만 해도 아찔하다.

세 번째는, 신규 통장으로 2억 5천만 원이라는 거액을 한 번에 현찰로 찾는다는 것은 은행의 의심을 받을 소지가 크다. 이런 일은 매우 드물기 때문이다. 그것도 잔액을 0원으로 남기고. 동인의 방식대로라면 보이스 피싱으로 오해받아 은행에서 신고할 수 있다. 요즘 은행 직원의 현명한 대처로 이와 유사한 사건의 피해를 예방했다는 뉴스가 종종 나오지 않는가! 그는 이 점을 간과하고 있다. 현우는 이 의심을 피하기 위해 명의대여자의 기존 통장을 이용하고 아깝지만 얼마의 잔액이라도 남길 생각이다.

사무실 밖에서 몇 번의 기침 소리가 났다. 머리카락이 희끗희끗한 노인과 한쪽 다리를 저는 젊은 사내가 들어왔다. 동인이 머리를 흔들면서 나갔다. 이 사인은 작업 손님으로 받지 말라는 신호이다. 노인은 후줄근한 양복 차림이지만 인상은 인자했다.

"원하시는 대출금이 얼마세요?"

"재봉틀을 사고 작업장을 공사하려면 3천만 원 정도는 들 거예요."

"재봉틀을 사다니요?"

재봉틀이라는 용어에 현우가 반사적으로 대꾸했다.

"우리는 파랑새 집에 있어요."

사내는 말할 때마다 얼굴의 근육이 경직되어 일그러졌다.

"이 친구가 말하는 파랑새 집은 장애로 인한 차별로 자립하지 못하는 이들의 직장이자 보금자리입니다. 모두 한두 가지 장애를 갖고 있지요. 손을 쓰지 못하는 사람도 말을 못하는 사람도 있어요. 사연은 제각각이지만 사회로부터 소외당한 아픔만은 공통적으로 갖고 있지요."

"파랑새 집에서는 무슨 일을 하는데요?"

"이곳에서는 20여 명이 성직자의 의류와 병원의 환자복을 만들고 있지요. 언뜻 보면 단순한 수작업 생산품이지만 물품 하나하나에는 '나도 할 수 있다'는 사람들의 의지가 배어 있어요."

"우리가 몸이 불편해 작업이 늦어도 재촉하지 않고 꼼꼼히 배려해 주시는 다니엘 시설장님께 늘 감사드려요."

사내의 말로 미루어 시설장은 직책이고 다니엘은 세례명으로, 천주교 신자인 것 같았다.

"저희 작업장은 단독주택 지하에 있어요. 장애인 보호법상의 혜택을 받으려면 휠체어가 드나들 수 있는 시설을 갖춰야 하지만 공사할 여력이 없어요. 남들은 '얼마나 어려운 시설이 많은데 그래도 여기는 자립장이고 돈도 벌지 않느냐'라고 말하지요. 그래서 지원을 받기가 쉽지 않아요."

노인은 신부나 수도사가 아닌 평신도로서 시설을 맡다 보니 일부 신자들은 그가 돈을 벌기 위해 운영하는 곳에 봉사하러 갈 필요가 있냐는 이야기까지도 한다는 것이다. 이런 편견의 말을 들을 때마다 장애우들에게 미안한 심정이라고 했다.

"파랑새 집은 한때 문을 닫기도 했지만 제가 다시 열었지요. 그나마 인맥을 활용하여 성당과 몇 개의 병원에 고정적으로 납품하는 길이 생겼어요. 장애인들이 만드는 물품이라고 판로가 보장된 것도 아니에요. 그렇기에 자동화 설비로 대량 생산하는 동종 업체와 어쩔 수 없이 경쟁해야 하지요. 저희는 장애인들이라 1시간에 서너 개밖에 생산할 수 없지만 현실은 10개를 만들어 내라고 해요. 지금 작업장의 편의시설 공사와 노후화된 재봉틀을 바꾸는 게 시급하지요. 이 물품들은 단가도 낮고 작업 속도도 느려 큰 수익을 얻을 수는 없어요. 그러나 이들에게 노동의 즐거움과 더불어 장애를 이겨 낼 수 있다는 의지를 심어 주는 것이 더 소중하다고 봐요."

인생이 황혼기에 장애인을 위한 삶을 살고자 하는 노인의 마음에 현우는 절로 고개가 숙여졌다. 사내는 절뚝거리면서도 오히려 노인을 부축해 나갔다.

"이곳마저 문을 닫는다면 온종일 땀을 흘리는 이 친구들에게 더 이상 희망은 없습니다."

귓가에 내린 서리와 쭈굴한 주름의 노인이 남긴 마지막 말이다. 순간 현우는 그에게서 큰바위 얼굴이 연상되어 위대해 보였다.

"방문할 손님이 더 있어요?"

현우가 고개를 젓자 동인은 어디론가 전화를 걸었다. 통화를 마친 그의 목소리가 비장하게 바뀌었다.

"현수 형, 조금 있으면 바지가 올 거예요. 작업할 자신 있지요?"

"네가 도와줄 거잖아. 그런데 바지에 대한 정보는?"

"1억을 주기로 했어요. 그 외에는 저도 몰라요."

동인이 냉랭하게 나왔다.

'교활한 놈!'

한번 지켜보겠다는 거다. 현우가 능력 부족이면 강퇴시키고 자신이 구원 투수로 나서면 되니까. 어쩌면 이를 빌미로 그의 배당금을 깎을 명분도 생기니 자기로서는 손해날 것이 없다는 계산일까?

'네가 아무리 그래도 너희들의 사망 선고는 내 손에 달려 있어.'

얼마 후 노크 소리가 들렸다. 사내는 회색 세무 잠바를 입은 홀쭉한 키의 중년 남자였다. 나이는 대략 50세 전후로 보였다. 턱선이 뾰족한 게 날카로운 인상이다. 사내는 곁눈질로 사방을 둘러보더니 마른침을 입술에 묻혔다. 현우가 그의 맞은편에 앉았다. 사내는 주민증과 운전면허증, 등본 등을 탁자 위에 올려놓고는 떨리는 음성으로 말했다.

"정말 이 일을 하면 1억을 주시는 겁니까?"

"예, 틀림없이 약속합니다."

"아까 커피숍에서 명의를 빌려주고 돈만 찾아오면 1억을 주신다고 했지요. 어떤 일인지는 모르나 너무 큰 금액이라 지금도 믿기지 않아서 그럽니다. 제가 할 일을 자세히 말씀해 주십쇼."

사내는 초췌한 행색과는 달리 또박또박한 말투였다. 번쩍이는 안광이 총명도 있어 보였다.

"혹시 전과가 있거나 신용은 괜찮습니까?"

"전과는 10여 년 전에 음주운전으로 벌금을 낸 것 외에는 없습니다. 그리고 신용은 은행 연대보증으로 조만간 신용불량자가 될 것 같습니다."

"급히 돈이 필요한 이유를 알 수 있을까요?"

이 물음은 현우의 의도적인 질문이다. 일단 상대방의 일신상을 파악해야 대화를 쉽게 풀 수 있기 때문이다.

사내의 고단한 인생 역정이 펼쳐졌다.

"저는 얼마 전만 해도 철공소를 운영했습니다. 철공소가 그럭저럭 되어서 밥은 먹고 살았습니다. 또 근처에 사는 친척도 저와 같은 일을 하고 있었습니다. 그런데 그 친척의 간곡한 부탁으로 보증을 선 것이 돌이킬 수 없는 화근이 되었습니다. 처음에는 은행 보증을, 다음에는 납품 대금이 곧 나온다기에 사채 보증까지 섰습니다. 나중에 알고 보니 도박으로 전부 탕진한 후였습니다. 집과 철공소는 은행과 사채업자에게 넘어갔고 지금은 처와 애들과 컨테이너에서 살고 있습니다. 저에게 피해를 준 그 친척은 연락이 되지 않고 있습니다. 사람을 너무 믿은 제 자신을 탓해야지 이제 와서 누구를 원망하겠습니까."

사내는 현실을 운명으로 받아들였는지 덤덤했다.

"사업자등록증은 있습니까?"

"네. 아직 폐업 신고는 안 해서 갖고 있습니다."

현우는 은근슬쩍 속내를 떠봤다.

"만일 이 일이 위험하다고 해도 할 수 있겠습니까? 그럴 리야 없겠지만 최악의 경우 감옥에 갈지도 모릅니다."

순간 사내의 표정에 혼란이 일더니 안색이 창백하게 굳어졌다. 짧은 침묵이 흘렀다. 사내가 입술을 질근 씹었다.

"거기까지도 예상하고 있었습니다. 지금 큰애가 대학생인데 다음 학기 등록금이 없습니다. 또한 둘째가 올해 대학에 붙었는데 입학금도 마련하지 못했습니다. 그나마 막내는 중학생이라 다행입니다. 능력 없고 초라한 부모가 자식들을 위해 무엇을 못 하겠습니까? 사실 커피숍에서 수고비로 1억을 제시했을 때 위험한 일이라 직감했습니다. 그렇지 않고서야 하루에 1억을 어떻게 벌 수 있겠습니까?"

사내는 낮게 신음을 토하더니 단호한 어조로 말했다.

"비록 제가 감옥을 가더라도 아이들이 하고픈 공부를 마칠 수만 있다면 결코 후회하지 않습니다. 만약 자식들이 학비 때문에 자신의 꿈을 포기한다면 부모로서 평생을 죄책감 속에 살게 될 겁니다. 저는 각오하고 왔습니다. 그러니 편하게 제가 할 일이 무엇인지 말씀해 주십시오."

사내는 신념이 확고했다.

"혹시 잔고증명이라고 아십니까?"

"들어본 적은 있습니다. 뭔가 입찰을 할 때 자금 여부를 확인하는 정도로…."

"그렇지요. 저희는 잔고업체에 사장님 명의로 잔고증명을 의뢰할 겁니다. 그러면 잔고업자가 사장님 통장으로 돈을 입금할 것이고 우리는 그 돈을 빼낼 계획입니다. 상세한 방법은 사장님께서 동참을 결심하시면 그때 알려드리겠습니다."

"잔고증명 금액이 얼마인데요?"

"10억입니다."

"예?"

사내는 화들짝 놀랐다.

"제가 직접 잔고업체에 가야 합니까?"

목소리 떨림의 강도가 조금 더 세졌다.

"네."

"…그러면 저에게 1억을 더 주시지요?"

"네?"

이번에는 오히려 현우가 당황했다.

'이 사람 보기보다 승부사 기질이 있네.'

현우는 얼른 동인에게 눈길을 돌렸다. 이것은 자기가 결정할 사항이 아니기 때문이다. 동인은 황당한지 귓불이 빨갛게 달아올랐다. 동수도 얼빠진 듯 멍한 얼굴이다. 순간 긴장감이 흘렀다. 이 정적을 깬 것은 사내였다.

"몇 년을 살지도 모르는데 2억은 받아야겠습니다."

타협의 여지가 없는 일방적 선포다. 처음에 사내는 1억도 감개무량했다. 그런데 슈킹 금액이 10억이고 본인이 직접 가야 한다는 것에 1억을 더 요구하는 것이다. 이 작업에 자신이 없어서는 절대 안 된다는 사실을 이미 눈치챘다. 그래서 위험수당을 추가로 요구하고 있다.

사내는 동인을 만난 후 가족을 위해 희생하리라 결심했을 것이다. 목

돈만 생긴다면 교도소까지도 감수한 그로서는 최대한 대가를 취하는 것이 현명하다고 현우는 생각했다. 그러자 이 사내에게 진한 연민의 정이 일었다.

'자진해서 감옥을 선택하는 사람이 어디 있겠는가!'

동인은 가만히 고개를 끄덕였다. 다른 방법이 없다는 뜻이다.

"좋습니다. 2억을 드리겠습니다."

"일은 언제 시작합니까?"

"다음 주 수요일인 26일입니다. 그전에 저와 미팅이 있을 겁니다. 작업에 관해 전략을 세워야 하니까요."

"그래야겠지요."

"여기 약소하지만 50만 원이니 양복 한 벌을 준비하시기 바랍니다. 잔고 사무실에 가려면 아무래도…."

"고맙습니다. 사실 저도 옷차림에 신경이 쓰였습니다."

자연스런 답변으로 미루어, 사내는 역시 눈썰미가 있었다.

그는 봉투를 안주머니에 넣고는 무표정으로 사무실을 나갔다.

"저 바지한테 정말 2억이나 주려고?"

"어쩔 수가 없잖아. 그러면 형은 뾰족한 수가 있어?"

동수의 볼멘소리에 동인이 미간을 찌푸렸다.

"동수야, 그 돈 주는 거 너무 아까워하지 마. 작은 것을 탐내다가 큰 것을 잃는다는 사자성어가 뭔지 알아?"

"당근 모르지."

"소탐대실이야. 만약 저 사람의 요구를 묵살한다고 치자. 어느 순간 자신의 역할에 비해 수당이 적다고 느껴 10억을 다 챙기면 어떡할 건데? 저 사람은 자기가 그 돈을 전부 가로채도 우리가 신고를 못 하는 것은 물론 도리어 잠수 탈 거라고 생각할걸? 내가 보기에는 영리하고 대포가 있는 사람이야. 그 돈을 주고 안전하게 가는 게 좋아."

그래도 억울하다는 듯 동수가 입술을 삐죽거렸다.

"동수야, 10 빼기 2가 몇이야?"

"지금 장난하냐? 8이지."

"그래, 10억에서 2억을 줘도 8억이나 남는 장사잖아."

"그러고 보니 그러네. 현수야, 저 바지 약삭빠른 거 같은데 괜찮겠어?"

"겁쟁이나 답답한 사람보다는 훨씬 나아. 그런 사람을 잔고업체에 보내면 주눅이 들어 작업을 못 할 수가 있어. 지금 저 사람의 형편과 사회 경험으로 보아 우리가 시킨 대로 잘 할 거야."

"그런데 사업자등록증과 전과는 왜 물어봤어요?"

잠자코 듣기만 하던 동인이 물었다.

"수일금융에서 잔고증명이 고액이면 사업자등록증을 요구하는 경우가 있더라고. 그리고 전과자보다 아무래도 전과가 없는 사람이 큰집에 가는 걸 더 두려워할 거야. 즉 흑심을 품을 확률이 작다고 봐야지. 별도 처음 달기가 무섭지 적응되면 감방이 곧 안방이 될 테니까. 또 작업이 끝나면 저 사람은 분명히 조사를 받을 텐데 전과가 없으니 그의 진술에 신빙성을 갖게 되겠지. 우리는 미리 그에게 교육을 시켜 수사에 혼선을 줄 필요가 있다는 거야."

"와! 강현수 범죄 심리학 박사님 탄생하셨네!"

동수가 감탄의 함성을 질렀다. 순간 동인은 그의 예리한 추리에 카운터펀치를 맞은 표정이다. 하지만 속내를 감추고 시샘 어린 말투로 툭 던졌다.

"저 바지가 별 하나 단다고 우리하고 무슨 상관이야?"

현우는 이 모습을 놓치지 않았다. 이때까지만 해도 동인과 동수는 사내가 2억의 배당만큼 징역을 살 거라고 단정했다. 단 그의 파트너인 현우만 제외하고.

20
작업 준비 끝

12월 21일 (금)

어제를 끝으로 의뢰한 고려와 대양, 서울금융의 봉투가 도착하였다. 아이디, 비번, 입금 은행은 그들이 예상한 대로였다. 조금 후에 두 번째이자 마지막인 수일금융 봉투가 왔다. 수일은 바지 작업을 할 거라 비번과 입금 은행만 알아내면 된다.

첫 번째 의뢰인을 보냈을 때 비번은 2970, 입금 은행은 J은행이었다. 두 번째인 지금도 마찬가지이다. J은행은 수일금융과 같은 건물 1층에 입주하고 있었다. 아마도 사무실과 지척인 은행의 편의성으로 추측되었다. 현우의 입장에서는 대양처럼 입금 은행에 골머리를 썩지 않고 작업하게 된 셈이다.

"내 경험상 수일의 비번은 2970, 입금 은행은 J은행이 틀림없어. 수일은 의뢰인이 사무실을 방문해야 하니 그쪽에서 안심하여 비번을 바꿀 필요가 없는 거지."

그래도 재확인 차 보냈는데 역시나 동인의 큰소리가 들어맞았다. 하기야 현장에서 본인의 신상이 전부 털렸는데 전국 지명수배 전단지에 몽타주가 도배될 멍청한 사람이 있겠는가!

수일금융의 사전 작업은 두 번의 의뢰로 목적을 달성했다. 먼저 순진한 손님을 골라 수수료와 함께 수일로 보낸다. 손님에게는 이렇게 둘러댄다.

"대출을 해 주는 전주가 미국에 있는 자녀를 만나기 위해 며칠 여행을 갔어요. 전주가 올 때까지 기다리면 그만큼 대출이 늦어지거든요."

이 핑계로 수일금융에서 잔고증명을 해 오면 통합 실적이 쌓여 약속한 기간에 대출이 나간다고 한다. 이런 식으로 두 사람을 보냈었다. 당연히 그전에 잔고 방법의 교육 등은 필수이다.

또한 첫 의뢰인이 받을 서류와 잔고 통장의 수령지는 그의 집 주소로 했다. 그리고 다음 날 비번과 입금 은행을 알려 달라 했다. 두 번째 의뢰인의 서류 도착지는 현우 사무실로 하여 오늘 온 것이다. 만일 두 의뢰인의 수령지가 똑같다면 그들은 자진해서 경찰서로 가는 게 빠르다. 그러면 자수이기에 감형이라도 받을 것이 아닌가!

바지는 이 문제에 있어 자유롭다. 디데이 다음 날은 이미 모든 작업이 끝나서다.

손님들은 정말 대출이 나오는가, 얼마나 빨리 받을 수 있는가에 온 정신이 집중돼 있다. 수억이 입출금된 통장을 보는 것 자체만으로 이성이 마비되어 대출의 기대에 부푼다. 처음 동인에게 이 설명을 들었을 때는 설마 했다. 그런데 현우가 상담을 해 보니 사실이었다. 세상은 경험이 이론을, 주관이 객관을 앞선다는 것을 알았다. 더욱이 작은 대출 사무실을 방문하는 사람들은 대부분 무지한 서민이라 쉽게 통한다는 것이다.

동인이 회의를 소집했다. 더 이상 방문할 손님은 없었다.

"형들, 그동안 고생했어요. 이제야 작업할 업체들의 정보 파악이 완전히 끝났어요. 다시 한번 전 과정을 검토하기로 하지요. 현수 형, 디데이에 보낼 여섯 명의 서류는 준비되었지요?"

그 서류들은 중요하므로 불안한 동수보다는 꼼꼼한 현우가 맡았다. 그는 사무실에서 보낼 것과 개인으로 의뢰할 서류들을 업체별로 분류하기 시작했다. 하나하나 정리하던 그의 눈에 보안카드가 띄었다. 순간 현우는 눈앞이 캄캄했다. 그것은 돈을 이체할 때 꼭 필요한 보안카드를 잔고업체에 보내야 한다는 것이다. 보안카드 숫자는 검은색으로 코팅된 비닐로 감싸져 전혀 보이지 않았다. 그래서 베껴 쓸 수도 없었다. 그는 맥이 탁 풀리며 하늘이 노래졌다.

"동인아, 큰일 났어. 우리가 보안카드를 잊고 있었어. 보안카드를 잔고업체에 보내면 어떻게 이체하지?"

현우의 목소리는 경기에 가까웠다. 그런데 동인은 걱정은커녕 입가에 야릇한 미소를 지었다.

"동수 형, 차에 가서 그거 갖고 와."

동수가 작은 박스를 들고 왔다. 그 안에는 여러 부품이 있었다. 동인은 부품을 조립하기 시작했다. 마침내 작두 모양의 공작물이 완성되었다. 그 기계의 윗부분에 열선을 끼우고 양쪽을 볼트로 조였다. 열선은 기타 줄보다 가늘었고 길이는 30센티미터 정도였다. 전선 플러그를 콘센트에 꽂았다. 열선에 전기가 통하자 미세하게 떨렸다. 현우는 토끼 눈으로 다음 단계를 주시했다. 동수가 미개봉한 보안카드를 여러 장 갖고

와 탁자에 올려놓았다. 손님들이 이체 통장 하나에 보안카드 하나씩을 발급받았기에 여분은 많았다. 각기 다른 은행의 보안카드는 가로 10센티미터, 세로 6센티미터 정도로 거의 비슷했다. 보안카드를 둘러싼 비닐 테두리는 사방으로 3~4밀리미터의 간격이 있었다. 동인은 보안카드 세로 부분에 자를 대고는 바깥쪽으로 최대한 밀며 문구용 칼로 내려 그었다. 비닐 테두리가 깔끔하게 떨어져 나갔다. 이어 그 테두리 부분을 기계 바닥 홈에 맞춰 나란히 놓았다. 이제 손잡이를 잡고 아래로 내리는 일만 남았다. 현우는 자기도 모르게 숨을 죽였다. 10여 센티미터의 허공을 가르며 열선이 자른 부분을 살짝 대었다가 순식간에 올라갔다. 동인이 그 부분을 손바닥으로 잽싸게 눌렀다. 전혀 티가 나지 않았다. 양쪽 테두리의 균형을 맞추기 위해 건너편 부분도 조금 잘랐다. 완벽한 원형이었다.

'도대체 저들은 어떻게 이런 기계를 찾아 구입했단 말인가!'

실로 이 속임수는 신의 한 수였다.

이제야 현우는 보안카드 문제로 호들갑을 떨었을 때 동인이 여유로운 미소를 지은 까닭을 알 수 있었다. 이미 작업에 필요한 모든 장비를 갖추고 있었던 것이다. 잔고업체에 보안카드를 보내기 전에 비닐 테두리를 자른다. 그리고 보안카드를 빼내 복사를 한 후 다시 비닐 안으로 넣고 이 작업을 한다. 잔고업체서는 보안카드를 자기들이 갖고 있어 이체는 불가능하다고 안심할 것이다. 설마 복사본이 있으리라고는 꿈에도 상상할 수가 없다. 바로 동인은 이 점의 빈틈을 노린 것이 아닌가!

현우는 감탄을 넘어 소름이 돋았다. 그리고 이 작업의 성공은 곧 자신의 쾌거이기에 순간 개국공신인 동인이 예뻐 보였다.

"업체마다 확인은 다 했지요? 디데이를 대비해서 에너지를 충전해야 하니 이틀 푹 쉬고 월요일에 봐요. 저는 일이 있어 먼저 퇴근합니다."

한잔하자는 동수의 끈질긴 성화를 뿌리친 현우는 다시 사무실로 돌아왔다. 노트를 펼치고는 하나씩 점검하기 시작했다. 먼저 작업비를 계산했다. 통장을 확인해 보니 잔액이 약 580만 원이다. 독자적으로 이 작업을 추진하기 전에는 천만 원 남짓 있었다. 이 돈은 수산물 가공업체에서 1년여를 근무하며 받은 급여에서 엄마의 요양비에 얼마를 보내고 모은 돈이다. 숙소 생활을 하고 어학 공부에 전념했기에 돈 쓸 일이 별로 없었다.

휴대폰 구입비와 명의대여자에게 준 돈, 이럭저럭 쓴 경비가 벌써 450만 원 정도이다. 앞으로 세 명의 명의대여자와 렌트비, 희현과 시영에게 줄 돈 등을 감안해도 부족할 것 같지는 않았다. 이미 명의대여자 2명은 학보되어 있다. 지금 휴대폰에 20여 개 전화번호가 저장되어 있어 나머지 세 명을 구하는 것은 어렵지 않을 것 같다. 토요일부터 월요일까지 3일이면 충분히 선택할 수 있다. 현장 답사는 그 안에 하면 된다.

내일은 희현을, 모레는 시영을 만난다. 그녀들에게 부탁할 중요한 일이 있다. 처음에는 아군의 명단에 수혜도 넣었으나 빼기로 마음먹었다. 그렇다고 작전에 차질이 생기는 것은 아니다. 대신 그녀를 평생 아군으로 삼을 작정이다. 물론 이 또한 힘든 작업 중 하나가 되겠지만. 어쩌면 훨씬 까다로운 작업이 될지도 모른다. 현재의 작업은 퍼즐 조각을 맞추

듯 설계하고 피드백을 하면 된다. 하지만 사람의 감정은 논리적으로 풀 수 있는 문제가 아니지 않는가!

"수혜 씨, 강 실장입니다. 서류를 돌려드리려고요. 마침 그쪽을 지나갈 일이 생겨서요."

천천히 주어도 괜찮다는 것을 현우가 부득부득 우겨 약속을 잡았다. 사무실 문을 나서는 그의 발걸음에 활기가 넘쳤다. 하늘은 잿빛으로 곧 눈이 올 것만 같았다. 스카이라운지에 들어섰을 때 그녀는 미동도 않은 채 창밖을 바라보고 있었다. 그 모습이 무척이나 청초하게 보였다.

"여기 서류 있습니다. 10번을 확인하셔도 그대로일 겁니다."

현우는 어색한 분위기를 깨고 싶었다.

"요전에 약속처럼 이야기 세 개를 해 드리면 이제 994번 남은 겁니다."

그는 이야기보따리를 풀기 시작했다. 중간중간 흥을 돋우어 가며 액션까지 동원하였다. 마지막에는 그녀가 배를 움켜쥐고 탁자 앞으로 고꾸라졌다. 침울했던 그녀의 표정이 한층 밝아졌다.

"수혜 씨, 저는 지금 하는 일을 그만두고 회사에 취직할 예정입니다."

"그거 정말 잘되었네요."

기뻐하는 그녀의 음성은 진심인 것 같았다. 현우는 속 시원히 털어놓을 수 없어 안타까웠다. 언제부턴지 눈이 조금씩 내리더니 본격적으로 눈송이가 유리벽에 부딪혔다.

"어, 함박눈이네요!"

두 사람은 약속이나 한 듯 똑같이 말했다. 동시에 서로의 얼굴을 마주

보며 멋쩍은 미소를 지었다.

"저… 저번에 수혜 씨가 말한 개인 사정이란 것을 제가 좀 알면 안 될까요?"

어느새 그녀는 눈동자가 촉촉해졌다.

"단지 저는 수혜 씨와 좀 더 친해지고 싶어서 물어본 건데 상처가 되었다면 정말 미안합니다."

"아니에요. 며칠 전에 부동산에서 연락이 왔어요. 말씀드렸던 그 가게에 다른 사람도 관심을 갖는다는 거예요. 빨리 계약을 안 하면 무작정 기다릴 수가 없다는 거지요. 겨우 사정을 해서 대출 날까지 연기를 했거든요. 실장님, 대출은 나오겠지요?"

"네. 분명히 나옵니다."

현우는 자신만만하게 대답했다. 그나저나 이 무모한 용기는 대체 어디서 나오는지 자신도 알 수 없었다. 하지만 꼭 그래야만 될 것 같았다.

"고맙습니다. 사실 그 가게를 꼭 얻어야 하는 사정이 있어요. 엄마가 신장 투석을 받거든요. 이틀에 한 번은 엄마를 모시고 병원에 가야만 해요. 그런데 학원에서 근무하다 보니 너무 힘들어요. 보습학원을 운영하면 제가 시간을 조정하면 되니까 병원을 다니는데 문제가 없을 텐데…."

현우의 안타까운 눈길이 그녀의 얼굴에 머물렀다. 가슴이 찢어질 듯했다.

집 모퉁이로 사라지는 그녀의 뒷모습을 애처롭게 바라보며 현우가 중얼거렸다.

"수혜가 처한 상황이 어쩌면 나에게는 기회가 될지도 몰라."

그는 가로수 밑동을 힘차게 걸어찼다. 나뭇가지에 쌓였던 눈들이 우르르 떨어졌다. 이제 그녀는 현우가 보호해야 할 절대적인 존재로 마음에 자리 잡았다.

'운명은 내가 선택하지만 때로 어떤 운명은 우리를 선택하기도 하지.'

왜 이 말이 귓전에 아른거릴까? 비록 지금은 사채업자지만 닷새 후면 재벌이 된다.

"나는 40억을 소유한 왕자가, 수혜는 신데렐라가 될 거야. 그녀의 발에 유리 구두를 신겨 황금 마차에 태울 것이다."

현우는 세상을 다 가진 기쁨에 하늘을 나는 기분이었다.

'이제 무대 준비는 끝났고 커튼만 올라가면 돼!'

21
D-day I

12월 26일 (수)

드디어 디데이 전날이다. 8시에 출근한 세 사람은 각자 맡은 일을 하기 시작했다. 팽팽한 긴장감에 숨소리만 들렸다. 지금부터는 동인이 진행 사항을 실시간으로 체크하기로 했다. 사무실에서 보내는 세 개 봉투는 이미 10시에 끝냈다. 개인으로 의뢰한 세 개 봉투는 동수가 밖에서 처리하고 돌아왔다. 서류들에 적힌 의뢰인의 여섯 대 선불 폰은 책상 위에 가지런히 놓였다. 점심시간인데도 누가 먼저 식사하자는 말이 없다. 그들의 눈과 귀는 오로지 휴대폰에 집중되어 있다. 그 폰들의 벨이 울리지 않아야 한다. 만약 벨이 울린다면 서류에 하자가 있거나 낌새를 챘다는 것이다. 의뢰인들의 선택은 동인이 심사숙고해서 결정했다. 아직까지 벨은 잠잠하다. 일각이 여삼추 같았다. 마침내 시간은 오후 1시를 넘어섰다. 경험상 문제없이 통과되었다고 봐도 무난할 시간이다. 비로소 이들은 안도의 숨을 내쉬었다.

바지는 이틀 연속 사무실에 왔었다. 그리고 현우와 본격적인 작전에 돌입했다.

"사업자등록증은 꼭 원본으로 갖고 가서야 합니다."

"알겠습니다."

"잔고증명 용도를 물을 겁니다. 이 대답이 가장 중요합니다."

"어떻게 해야 합니까?"

"관공서 철근 골조 공사용으로 하시면 됩니다."

그가 철공소를 운영하였기에 사업자등록증 종목과 연관되어 가능했다. 벌써 현우가 세무서와 건축 시공사에 알아보았다. 두 사람은 수능 시험을 대비하듯 예상 질문과 모범 답안을 주고받았다. 리허설은 완벽했다. 역시 그는 이해가 빨랐고, 아군이라 대화도 편했다. 마지막에 잔고증명 10억의 수수료인 450만 원을 주었다. 현우는 언제부턴지 그에게 끈끈한 동지애를 느꼈다. 아니 바지의 구속이 그로서는 전혀 도움이 안 된다. 더구나 현우는 그를 교육시킨 사기 교사범이 아닌가! 두 사람의 처벌 수위가 같기에 이 점이 더욱더 작용했으리라.

J은행 건물 3층에 있는 수일금융 문 앞에 새 양복을 걸친 바지가 섰다. 깔끔히 이발한 그는 키가 훤칠해선지 양복이 잘 어울렸다. 바지는 심호흡을 크게 하고는 노크를 했다.

복 사장은 찢어진 눈매로 그를 위아래로 훑었다. 바지는 두근거리는 심장을 진정시켰다. 청심환을 먹고 오기를 잘 했다고 생각했다.

"잔고증명 용도가 뭡니까?"

"관공서 철근 골조 공사용입니다."

복 사장은 사업자등록증을 꼼꼼히 보고는 고개를 끄덕였다. 현우의 예측이 적중되는 순간이었다.

"관공서라면 구체적으로?"

"여주에 세워질 공무원 교육 연수원입니다."

이 대답 또한 예상 문제에 포함되었기에 자연스러웠다.

현우가 매스컴에서 정부가 그곳에 연수원을 짓는다는 정보를 미리 입수한 것이다.

"구 사장님, 사업 번창하시고 자주 이용해 주십시오."

복 사장은 수수료를 금고에 넣으면서 우렁차게 외쳤다.

"동인아, 수일 직원은 먼저 가고 지금 바지가 J은행을 나왔어."

은행 밖에서 바지를 감시하던 동수에게서 연락이 온 시간은 오후 1시 30분이었다. 동인은 얼른 J은행 사이트를 열었다. 이어 바지가 오전에 만들었던 인터넷 뱅킹이 된 J은행 통장의 정보로 로그인했다. 그러자 방금 전 수일금융에서 개실한 동상의 계좌번호가 떴다. 곧 현우가 바지에게 전화하여 그 통장의 계좌번호와 비밀번호를 알려 주었다. 바지는 부리나케 부근의 다른 J은행으로 이동했다.

"조금 전에 발급 받은 통장을 분실해서 재발급을 하려는데요? 통장 계좌번호는 ***-**-*****입니다."

조금 전의 통장은 수일금융에서 만든 통장이다.

"신분증을 주시겠어요?"

"여기 있습니다. 그리고 인터넷 뱅킹도 신청할게요."

바지는 신청서와 운전면허증을 내밀었다.

"거기에다 비밀번호를 눌러 주세요."

2970을 꾹꾹 눌렀다. 새 통장을 쥔 그의 손바닥이 땀으로 축축했다. 그만큼 초긴장했다는 표시이다. 바지는 통장과 신청서, 보안카드를 밖에서 대기하던 동수에게 건넸다.

헉헉거리며 사무실로 돌아온 동수가 허리 숙여 숨을 골랐다. 즉시 동인은 신청서의 아이디와 비번으로 J은행에 접속했다. 이 아이디와 비번은 바지가 임의로 만든 것이다. 모두의 눈이 모니터로 집중되었다. 현우는 조마조마하여 눈을 뗄 수가 없었다.

'설마 10억이 입금되었을까?'

몇 번의 클릭을 거친 동인의 손끝이 마지막으로 엔터를 탁 쳤다. 그 순간 상상이 현실로 바뀌는 놀라운 광경이 벌어졌다. 분명히 0이 9개 찍혀 있다.

10억이다! 현우는 도저히 믿을 수가 없어 연신 눈꺼풀을 깜빡거렸다.

"와~!"

한꺼번에 탄성이 터졌다. 동수는 흥분한 나머지 현우를 와락 껴안았다. 동인이 두 사람을 향해 승리의 미소를 날렸다. 이때 시간은 3시 10분이었다.

오후 3시 30분에 현우와 동수는 밖에서 한 사람씩을 만난다. 그들은 오늘 오전에 사무실에서, 개인으로 각기 대양금융에 5억을 잔고 의뢰한 작업 손님이다. 이들은 자신이 이 작업에 이용된다는 사실을 전혀 모른다. 물론 운전면허증을 소지한 사람이다. 대양의 작업은 시간 싸움을 해야 한다. 그것도 초 다툼이다. 대양은 주거래 은행이 W은행이다. 이 은행을 파악하기 위해 가장 고생했다. 동인이 포기하려는 것을 현우가 설득하여 겨우 알아냈다.

"W은행 통장을 실수로 분실했네요. 빨리 재발급을 받아서 계속 실적을 쌓아야 말일 내로 대출이 나오거든요."

어제 은행 업무가 종료한 시간에 그들과 통화한 내용이다. 그전에 연락하면 급한 마음에 즉시 달려올 것이다. 그러면 작업에 차질이 생긴다. 오늘 오후 3시 30분에 약속을 잡았다. 한 사람은 현우가, 다른 사람은 동수가 맡았다. 벌써 동수는 거리가 먼 W은행으로 출발했다. 대양금융은 돈을 입금하기 전에 의뢰인 명의로 인터넷 뱅킹된 통장의 유무를 확인할 가능성은 100%라고 보아야 한다. 또 그것은 일도 아니다. W은행으로서는 대양이 VVIP 고객이므로 그 정도 편의는 봐줄 것이다. 게다가 대양의 본업을 잘 알기에 사고 나면 서로가 좋을 게 없어서다.

동인은 예전에 의뢰인이 거래하는 은행과 같은 통장을 만들어 보낸 적이 있었다. 그때 인터넷 뱅킹이 안 되었기에 망정이지 만약 그랬다면 서류의 반환과 더불어 의심을 받았을 것이다. 그리고 요주의 업자로 낙인찍혀 거래 단절 통보나 변화무쌍한 아이디와 비번이 내려왔을 것이다.

동인은 W은행이 주거래 은행으로 확신되자 수일금융 작업처럼 돈이 입금되기 전에 미리 인터넷 뱅킹 통장을 만들어 놓자고 했지만 현우는 극구 반대했다.

"현수 형 이론도 일리는 있지만 그 방법은 시간이 부족해서 실패한다고요."

"위험성으로 볼 때 내 방법이 수류탄이라면 너는 핵폭탄 같은데."

동인은 완강히 머리를 내저었다. 현우도 강행으로 밀어붙였다. 처음으로 불꽃 튀는 격돌이었다.

"만일 입금하기 전에 인터넷 뱅킹된 통장을 발견하면 어떡할 거야?"

"우리가 입금은행과 비번을 모른다고 여길 거예요."

"그건 우리 관점이고. 너라면 입금하겠어?"

"…."

그의 철칙 중 하나인 '상대방 입장에서 생각할 것'에 입각한 날카로운 지적이었다.

"형의 말대로 하지요."

현우의 힘겨운 판정승이었다. 그의 방법대로라면 넉넉하게 작업할 수 있지만 지금은 촉각을 다투어야 한다. 처음에 그는 동인의 판단에 모든 것을 맡길 수는 없었다. 그도 신이 아닌 이상 한계가 있기 때문이다. 그런데 어느 때부터 동인이 시샘하는지라 생각을 바꿨다. 물론 선의의 질투란 것을 안다. 그러다가 다시 마음을 고쳐먹었다. 동인의 실패가 곧 자신의 실패가 아닌가!

현우는 사무실 부근의 W은행 앞에서 작업 손님을 만났다. 당연히 CCTV가 없는 사각지대였다. 그가 속닥거리자 손님은 연신 고개를 끄덕였다. 현우는 은행 안으로 향하는 손님의 뒷모습을 불안한 눈빛으로 지켜보았다. 어느새 그의 발아래는 피다 만 담배꽁초가 수북이 쌓였다.

시계를 보니 3시 40분이다. 이제부터 돌아가는 상황을 분 단위로 체크해야 한다. 1분이 이렇게 길고 고통스러운지를 난생처음 느꼈다. 은행은 4시 30분에 영업이 종료되면 정문의 새시를 내린다. 그러나 그전에 들어온 고객들의 용무는 늦어도 모두 처리해 준다.

손님은 운전면허증으로 인터넷 뱅킹된 통장을 만들었다. 얼른 나와 현우에게 통장과 신청서를 주고는 조금 후 다시 은행으로 들어갔다.

곧바로 들어가면 통장을 분실했다고 할 명분이 약하기 때문이다. 그래서 시간차가 필요하기에 현우는 이런저런 대화로 10분 정도를 끌었다. 그 시간이 4시 28분이다. 그는 총알처럼 사무실로 뛰었다. 동인이 신청서의 아이디와 비번으로 W은행에 접속하자 방금 전 대양금융에서 만든 통장에 5억이 입금되어 있었다. 지금은 놀라거나 감격할 겨를이 없다. 현우는 전화를 걸어 그 통장의 계좌번호와 비번을 은행 안에 있던 손님에게 불러 주었다. 시간은 4시 33분을 막 지나고 있었다. 다시 현우는 W은행으로 내달렸다.

동인의 휴대폰이 울렸다. 다른 W은행에서 작업하던 동수의 전화였다.

"그러니까 빨리 요점만 말해! 아이디는? 비번은?"

동인은 목에 시퍼런 핏줄이 돋아났다. 그쪽의 일처리가 현우보다 몇 분 늦었다.

W은행 안의 손님이 통장 분실 신고를 하고는 현우에게서 들은 계좌번호와 비번으로 새 통장을 만들면서 인터넷 뱅킹을 신청했다. 재발급 통장과 신청서를 후문에서 기다리던 현우에게 건네준 시간은 5시 10분이었다. 다른 W은행으로 갔던 동수의 임무완수 연락으로 대양의 1차

작업은 끝났다. 이제는 급할 것이 없다. 동수가 긴박했던 사태를 열거하며 입에 거품을 물었다. 현우는 담배를 피려 와이셔츠 주머니에서 라이터를 꺼냈다. 흥건히 젖은 물기로 라이터돌만 번쩍였다. 몸은 긴장과 뜀박질로 녹초가 될 지경이었다.

"형들, 모여 보세요. 정말 고생 많았어요. 다행히 생각보다 일이 수월하게 풀려 가고 있네요. 현재 서울금융에서 수표로 5억씩 입금되었고 수일에서 10억이, 대양에서 각각 5억이 입금되었어요. 총 30억이지요. 고려에서는 아마 밤 10시나 11시 사이에 5억씩 인터넷 뱅킹이나 모바일 뱅킹으로 들어올 거예요."

서울금융에서는 오후 2시에 C은행 통장을 만들면서 자기앞수표로 입금시켰다. 두 명의 작업 손님 명의로 인터넷 뱅킹된 C은행 통장은 벌써 개설되어 있었다.

"지금 고려에서 입금됐어."

모니터를 뚫어지게 바라보던 동인이 낮게 말했다. 두 개의 계좌번호에 5억이 선명히 찍혔다. 이로써 무려 40억의 천문학적인 돈이 입금되었다. 이때 시간이 밤 10시 45분이었다.

동인은 먼저 수일금융의 이체작업에 전격적으로 돌입했다. J은행으로 접속하여 신청서의 정보로 공인인증서를 만들었다. 이어 비번 2970과 복사한 보안카드 번호를 입력하여 10억에서 5억을 이체 통장으로 옮겼다. J은행은 1일 최대 이체 금액이 5억이다. 오늘 내로 5억을 이체하지 않으면 사라지는 것이다. 나머지 5억은 내일 중으로 하면 된다. 동인이

자리에서 일어나 기지개를 켰다. 앞으로 2시간 정도는 여유가 있다. 은행마다 조금씩 다르지만 보통 자정부터 오전 1시 30분까지는 시스템 점검을 하므로 업무가 마비된다. 어쩔 수 없이 이체 작업도 그 시간 이후에 시작해야 한다.

22
D-day Ⅱ

12월 27일 (목)

벽시계는 새벽 1시 30분을 넘어섰다. 이제 동인이만 눈코 뜰 새 없이 바빠졌다. 노트북 옆에는 이체 경로가 적힌 A4 용지가 널려 있다.

다음은 고려금융 이체 작업이다. 사무실과 개인 모두 K은행 통장을 만들어 보냈기에 입금은행은 문제될 게 없었다. 그들의 온 신경은 어떤 아이디냐에 꽂혔다. 예측불허한 숫자 조합으로 두통을 선물한 암호가 아닌가! 동인은 어제 접수한 수요일에 근거하여 주민번호 뒷자리를 순서대로 넣었다. 물론 비번은 접수일인 1226이다.

"적중했어!"

"만세!"

동수가 두 팔을 번쩍 들어올렸다. 다행히도 규칙성을 벗어나지 않았다.

고려금융의 돈이 이체 통장으로 이동되었다. 인터넷 뱅킹으로 타행 이체를 하면 금액에 관계없이 500원의 수수료가 붙는다. 이 수수료는 어느 대출 손님의 명의로 몇만 원이 입금된 통장을 미리 만들어 놓아 나가게 해 두었다. 그 이유는 자투리 돈이 남아 인출할 때 번거롭고 복잡해지기 때문이다. 이체 횟수가 워낙 많아 이 수수료도 적지 않았다. 대양금융의 입금은행은 W은행이었고 비번도 0526으로 변함이 없었다. 수일과 대양의 돈도 무난히 이체 통장으로 분산되었다. 이래서 서울금융을 제외한 초벌구이 작업은 끝났다. 이때가 4시였다. 동인은 얼굴에 피곤한 기색이 역력했다. 꼬박 2시간 30분을 의자에 붙박이로 앉아 중노동을 한 것이다.

'대단한 자식! 인정할 건 인정한다.'

몇 시간 후면 고려, 대양, 수일금융은 난리 법석이 날 것이다. 또한 소문이 삽시간에 퍼져 명동 사채 사무실들은 비상으로 들썩일 것이다. 같은 날 비슷한 시각에 40억이란 거금이 신기루처럼 증발했으니 말이다. 수표로 입금된 서울금융 이체 작업은 은행 영업이 시작할 때까지 기다려야 한다.

"형들, 다음 작업까지 시간이 남았으니 눈을 붙이도록 해요. 곧 있을 전투를 대비해서요."

동인은 책상에 다리를 길치고는 눈을 김있다. 빌써 동수는 소파에 쓰러져 코를 골았다. 현우도 자려고 했지만 잠이 오기는커녕 머리가 어지러웠다.

살그머니 사무실을 나와 화장실로 향했다. 세면대에 찬물을 받아 얼굴을 푹 담그자 정신이 바짝 들었다. 거울에 비친 자신의 모습을 보았다. 혐오스러웠다. 그는 옥상으로 올라갔다. 담배를 힘껏 빨고는 허공에다 내뱉었다. 까만 도화지에 흰색 물감이 퍼지듯 연기가 춤을 추었다. 두 번째 연기로 도넛을 만들어 날렸다. 그 원 안에 넓은 정원의 전원주

택과 외제 스포츠카를 그려 넣었다. 절로 입꼬리가 솟구쳤다. 무심코 창고가 눈에 띄었다. 그는 문을 당기며 중얼거렸다.

"네게 출입하는 것도 마지막이네. 그동안 고마웠어."

아직 어둠이 걷히려면 한참 있어야 될 것 같았다. 현우는 계단을 내려오면서 자신에게 명령했다.

'결정적인 순간이 올 때까지 기다려야 해!'

얼었던 몸이 사무실 안으로 들어서자 확 풀렸다. 이때 동인과 동수는 비품들을 싸느라 바빠 움직였다.

"현수 형, 걸레를 적셔서 모든 집기와 벽까지 지문이 안 나오게 닦아줘요. 동수 형은 정리한 박스를 차로 옮기고 쓰레기는 비닐봉투에 담아. 절대 근처에 버리지 말고. 증거로 남을 수 있으니까."

이제 사무실에는 노트북 두 대 외에는 아무것도 없다. 현우는 창으로 고개를 돌렸다. 서서히 겨울의 여명이 밝아 오고 있었다.

각자의 노트북으로 C은행에 접속했다. 시간은 9시 20분이다. 동수는 인출할 여자들을 만나기 위해 1시간 전에 출발했다. 그들도 이 작업을 마치고 급히 그 장소로 이동해야 한다. 두 사람은 모니터에 눈을 고정한 채 미입금이면 전 화면으로 돌아가는 과정을 반복했다. 그때였다.

"수표에서 현금으로 대체됐어!"

동인이 0.1초의 빛의 속도로 엔터를 쳤다. 순식간에 이체 통장의 잔액이 1,000원에서 5억으로 바뀌었다. 현우의 가설이 현실로 증명된 순간이었다.

그에게 똑같은 현상이 나타난 것은 2분 후였다. 현우의 손놀림도 동인 못지않았다. 마침내 서울금융의 작업도 완벽하게 마쳤다. 이때 시간은 9시 42분이었다. 이들은 서둘러 사무실을 빠져나왔다.

사무실 골목에 세워둔 렌터카를 타려는데 동인의 휴대폰이 울렸다.

이 렌터카는 동수의 위조 운전면허증으로 빌렸다. 그는 위조 주민증과 함께 이것도 갖고 있었다.

"두 개를 동시에 발급받으면 할인도 해 줘."

"위조 운전면허증은 왜 필요한데?"

"나중에 다 쓸데가 있어."

언제가 동수가 말한 '나중'은 지금을 의미하는 것이었다. 하긴 동인이 범죄 수익금 수송에 자기 차를 이용할리는 만무지만. 그런데 이 또한 현우에게는 독자적 작업에서 중요한 힌트로 작용했다.

"동인아, 큰일 났어! 아줌마들이 은행에 갔다 왔는데 통장에 돈이 하나도 없다는 거야. 어떻게 된 거야?"

"무슨 말이야? 내가 아침 8시까지 확인을 했단 말이야."

동인은 절대 그럴 리 없다며 펄쩍 뛰었다.

"왜 나한테 역정을 내냐? 설마 여자들이 거짓말을 하겠어? 일단 이쪽으로 빨리 와 봐."

현우는 숨을 죽인 채 그의 동태를 살폈다. 여기서 사소한 말실수는 괜한 의심을 살 뿐이다. 동인은 용변 마려운 강아지처럼 안절부절못했다. 운전대를 잡은 손이 심하게 떨렸다.

"형, 난 지금 귀신에 홀린 기분이야."

동인은 안색이 창백해지며 이마에 잔뜩 주름을 만들었다.

커피숍에 도착하니 여자들이 무리 지어 있었다. 이 모습에 현우는 어이가 없었다. 동수의 미련함에 혀가 찼다. 만일 그중 한 사람이 부정적으로 선동하면 나머지는 자동으로 따르기에 뭉치게 해서는 안 된다. 왜? 그러잖아도 명의대여자인 그녀들은 이 일에 불안에 떨고 있어서다.

동수는 8개 통장을 내밀었다. 통장을 펼친 동인이 소스라치게 놀랐다. 동공이 마구 요동쳤다.

통장마다 오늘 날짜로 5억이 입금되었다가 다 빠져나가 잔액이 0원이다. 단 한 개 C은행 통장에만 5억이 그대로 있었다. 서울금융의 돈을 이체한 통장 중 하나였다. 사실 이것은 현우의 의도된 계산이었다.

동인은 이 사달의 원인을 파악하려 애를 써 보았다. 그러나 뭐가 뭔지 도통 알 수가 없었다. 마치 누군가에게 해머로 뒤통수를 급습당한 기분이었다.

'이건 꿈이야. 악몽이라고!'

동인은 한순간 자신의 신세계가 붕괴되는 현실을 인정할 수 없었다.

"형들, 이런 일이 생기다니 도저히 믿기지가 않아요."

눈이 반쯤 풀린 동인은 고개를 내저었다. 견디기 힘든 침묵이 흘렀다. 갑자기 동인이 다그쳤다.

"지금 우리가 이렇게 넋 놓고 있을 때가 아니에요. 저 돈은 은행 직원 눈앞에서 사라졌기에 빨리 찾아야 해요. 차에서 노트북으로 이체하고 올게요."

동인은 부리나케 나갔다. 잠시 후 그가 돌아왔다.

"1억 2천 500만 원씩 이체시켰어요. 은행에 한 번만 가면 될 거예요. 여자들에게 수당으로 100만 원을 주세요. 나는 차에 가 있을게요."

동인은 모든 부하를 잃고 전의를 상실한 패장의 처참한 몰골이었다. 그것은 당연하다. 40억이 반의 반의 반으로 토막 나 5억이 되었으니 그 실망과 충격은 말할 것도 없지 않은가!

인출은 동수의 지휘 아래 신속히 이루어졌다. 이제 현우가 관여할 일은 없다. 한동안 짐짓 심각한 표정을 짓느라 경직된 얼굴 근육을 풀었다. 그리고 희현에게 전화를 걸었다.

"희현 씨, 아침부터 이체하느라 고생했어요. 덕분에 제가 바쁜 일을 잘 처리했네요. 조만간 식사를 꼭 대접할게요."

이어 그는 희현이 이체한 돈을 인출하고 있을 다섯 명의 여자들에게 일일이 전화를 하였다. 지금까지는 작업이 순조롭게 진행되고 있었다.

지난 토요일에 희현을 만났다. 그녀는 현우가 금융 계통에서 근무하는 것으로 알고 있다. 전에 가게에 갔을 때 동수가 술에 취하여 대출을 해 줄 수 있다고 허세를 떨어서이다. 그날 데이트를 하며 회사 일이라 둘러대고 오늘 이체 작업을 부탁했었다.

"제가 오빠 일을 도와줄 수 있어서 너무 기뻐요."

희현은 의심은커녕 흔쾌히 승낙하였다. 사실 현우는 자기를 좋아하는 그녀의 마음을 이용한 것이다. 두 사람은 피시방에서 예행연습을 했다. 그녀는 생각보다 영민했고, 자판 치는 속도도 빨랐다. 이미 동인이 작성한 이체 경로 용지를 복사했기에 희현을 교육하는 데 어려움은 없었다.

이체는 오전 8시 30분부터 시작하라고 했다. 동인이 마지막으로 통장 확인을 하자 슬쩍 밖으로 나가서 문자를 보냈다. 서울금융의 돈이 입금된 C은행 이체 타이밍도 마찬가지였다. 동인에게 남긴 5억을 뺀 35억을 이체하라고 했다. 희현은 30여 번의 이체로 10개 통장마다 3억 5천만 원 정도를 빈틈없이 완수했다. 이체 시간도 동인보다 훨씬 짧았다. 그는 동인의 철두철미한 성격으로 미루어 돈을 자주 확인할 것 같았다. 그래서 이체를 빨리할 수도 있었으나 최대한 늦추었다. 참을성 있게 기다렸다. 역시 그의 예상이 들어맞았다. 동인은 오전 6시, 7시, 8시, 세 번 확인했다.

처음에는 이체 작업을 시영에게 맡기려는 계획이었다. 그녀는 현우의 직업을 알기에 은행 실적을 쌓는 것이라 하면 자연스럽게 설득이 된다. 그러나 친구인 선영을 통해 동수의 귀에 들어갈 수 있다.

물론 이 일을 함구하라 하겠지만 현우와 이별한 후 감정이 동요되어 발설할 수도 있다. 세상에 비밀은 없다. 또 희박한 경우지만 디데이 전날 그녀의 결근이 그들에게 손톱만큼이라도 의심의 빌미를 줄 수 있다. 그래서 최종적으로 희현을 선택했다.

"희현 씨, 수요일 하루 가게를 쉴 수 있어요?"

"그럼요. 아프다고 핑계대면 돼요."

그는 희현과 헤어지면서 20만 원이 든 봉투를 쥐여 주고 달아났다. 수고비를 주어야 떳떳하고, 무엇보다도 그녀가 부담감으로 확실히 일을 할 것이기 때문이다.

'나의 역공사에 이제 너희들은 알거지가 될 거야!'

네 명이 5억을 찾은 데는 1시간이 채 걸리지 않았다. 여자들을 돌려보낸 동수가 차 안으로 들어왔다. 두 사람은 동인의 눈치를 보느라 식은땀이 날 정도였다. 처음보다 그는 감정이 가라앉았고 무언가를 기억해내려 애쓰는 것 같았다. 이윽고 동인이 말문을 열었다.

"돈이 빠져나간 시간은 8시 이후야. 모두 타행 이체로 인출되었어. 아침에 이체된 손님 중에 통장의 돈을 확인한 적이 있냐고 슬쩍 떠봤지. 그랬더니 그쪽에서 자기 통장을 갖고 있는데 무슨 말을 하냐며 펄쩍 뛰는 거야. 그건 맞는 말이야. 손님들은 통장 계좌번호와 비번을 몰라. 게다가 이체 시 필요한 보안카드가 없어서 절대 안 되지. 만약 잔고업체가 했더라도 은행 영업시간 이후에나 조치를 취할 수 있어. 또한 4곳에서 동시에 이체를 했다는 것은 말이 안 돼. 그리고 은행에서 알았다면 지급 정지를 했지, 이체할 리가 없어. 가장 답답한 것은 어느 경우든 확인할 방법이 없다는 거야."

동인은 온몸을 부르르 떨었다. 현우는 그의 미지막 말에서 안도의 호흡을 삼켰다.

"진짜 불가사의한 일이야. 마치 누군가 우리의 움직임을 낱낱이 지켜보고 있다는 기분이 들어. 현수 형은 어떻게 생각하세요?"

"…"

현우는 뜨끔했으나 묵묵부답으로 고개를 흔들었다. 이럴 때는 침묵이 최고이다.

그때 현우의 휴대폰에서 진동이 울렸다. 지금 돈을 인출하고 있을 여자들 중 한 명에게서 온 전화가 분명했다. 그는 재빨리 선수를 쳤다.

"응, 누나. 할 말이 있다고? 잠깐만."

이 작업을 하면서 어느새 헐리웃 액션이 몸에 배었다. 상대방 여자는 순간 황당했을 것이다.

"전화 받고 올게."

현우는 손바닥으로 휴대폰 스피커를 막고 급히 차에서 내렸다. 10여 미터 떨어진 거리에서 넌지시 전화를 받았다.

"과장님, 큰일 났어요! 은행에서부터 직원이 쫓아와요. 어떡하지요?"

여자는 맹수에게 쫓기듯 숨을 헐떡거렸다. 그가 여자에게 준 명함의 직함은 과장이었다.

"아주머니, 지금 택시를 잡아타고 보관함으로 가다가 계속 미행하면 집으로 가세요. 10분 후 상황을 문자로 꼭 보내 주시고요."

어느새 떨리는 현우의 팔에 닭살이 돋았다. 언뜻 저 멀리 보이는 산등성이에 구름 목도리가 걸려 있다. 그런데 그 구름 띠가 오랏줄이 되어 자신의 몸을 조여 오는 오싹함을 느꼈다.

여자는 차로 가까이 걷기 시작했다. 그때 빈 택시가 보이자 잽싸게 올라탔다. 순간적인 행동에 은행 직원은 그저 멀뚱히 쳐다만 볼 뿐이다. 직원은 사냥꾼이 다잡은 사냥감을 놓친 것마냥 허탈했다. 그녀는 콩닥거리는 가슴으로 택시에서 내렸다. 기본 요금도 안 되는 짧은 거리였다. 여자는 돈 가방에서 본인의 수당을 제하고 사물 보관함에 넣었다. 희망 찬 얼굴로 돌아서는 그녀의 손에는 천만 원이 쥐어져 있었다. 원래 현우가 약속한 수고비는 200만 원이었으나 여자들의 형편이 너무 안타까워 상향 조정을 했다. 그런데는 앞으로도 일이 있을 거라는 기대에 부푼 그녀들에게 미안해서다. 이 작업이 처음이자 마지막이기 때문이다.

그는 3억 5천만 원의 통장에서 여자의 몫 천만 원을 남기고 나머지를 인출하여 사물함에 보관하려는 계획을 변경하였다. 범죄 수익금인 줄 모르는 그녀들이 그 돈을 즉시 인출하지 않을 수도 있어서다. 그러면 은행이 이체 경로를 추척해 그녀들의 돈은 지급 정지가 될 수도 있다. 이런 결과가 벌어진다면 헛고생한 여자들은 현우를 원망하며 저주를 퍼부을 것은 뻔하다.

현우는 아무래도 심상치 않았다. 초조하여 목이 타들어 갔다. 마치 자신이 도망자가 된 것 같았다. 30여 분이 지나도 소식이 없는 것으로 보아 틀림없이 사고가 터졌다. 등골이 오싹했다. 소름끼치는 전율이 머리에서 발끝까지 전해져 내려왔다. 그들이 곁에 있어 이러지도 저러지도 못하니 미칠 지경이었다.

"나, 화장실에 좀 갔다 올게."

태연하게 차에서 나왔지만 속은 새까맣게 타들어 갔다. 화장실을 찾는 체하며 통화할 마땅한 장소를 두리번거렸다.

'띵동.'

그제야 여자는 깜빡했던 늦은 문자를 현우에게 보냈다. 그만큼 긴장과 공포의 시간이었을 것이다.

'임무 완수했어요. 잘 쓸게요. 정말 고맙습니다.'

그는 문자를 보자마자 얼른 지웠다. 비로소 스모그로 가려져 뿌옇던 시야와 숨통이 탁 트였다.

현우는 겁에 질려 은행 문을 나서는 여자의 모습에 자신을 빙의시켜 보았다. 그녀는 출금 청구서에 현금 1억 9백만 원, 수표로 1억 원권 두 장, 천만 원권 네 장을 적고 통장과 함께 창구에 내밀었다. 여직원은 거액의 인출에 고개를 갸웃했다. 하지만 외모와 옷차림이 복부인 같아 넘어갔다. 여자는 대기하는 동안 자기도 모르게 안절부절못했다. 또 주변을 곁눈질로 자주 힐끔거렸다.

이 여자의 행동거지를 남자 차장이 의심의 눈길로 지켜보고 있었다. 차장은 여직원 자리로 가서는 그녀의 인출 내역을 보며 중얼거렸다.

"별로 거래도 없던 통장에 3억 5천만 원이 입금되었는데 한꺼번에 찾는 것이 좀 수상하네. 그런데 보이스 피싱이라면 전부 현금으로 인출할 텐데… 수표도 있고 잔고도 100만이나 남았고. 이거 정말 헷갈리네."

아마 은행 경력 20여 년의 촉인지도 모른다. 여자의 행색을 보아서는 긴가민가했다. 이제 차장의 눈빛은 관찰 대상에서 감시의 눈초리로 바뀌었다. 그러나 돈을 지급 정지할 정당한 사유가 없으니 내줄 수밖에 없다. 차장은 본능적으로 그녀를 따라붙기 시작한다. 수사권이 없는 그에게는 단지 직감에 의존한 추적이었을 것이다.

현우가 돌아왔을 때 차 안에는 여전히 무거운 공기가 맴돌고 있었다. 동수가 담뱃불을 비벼 끄면서 정적을 깼다.

"동인아, 지금 이 마당에 바지에게 2억을 다 줄 거야?"

"나도 고민 중이야. 현수 형?"

"왜?"

"이따가 바지 만나서 작업이 절반만 성공했다고 말해요. 그래서 1억 밖에는 줄 수 없다고요."

"그래도 약속은 지켜야 하는 거 아냐?"

"야, 우리가 개털이 되었는데 그 정도 챙겨 주는 것만 해도 수백 번을 절해야 하는 거야. 동인아, 내 말이 틀렸냐?"

"그건 형 말이 옳아."

역시나 형제는 찰떡궁합이었다. 현우는 이 문제로 왈가불가하여 다 된 밥에 재를 뿌릴 필요는 없었다.

"얼마를 주든 상관없지만 나는 못하겠어."

"그러면 동수 형이 말해. 바지는 자기 것만 한 줄 아니까 일체 다른 건은 입 다물고. 알았지?"

"응."

사실 현우가 이들에게 5억을 남긴 데는 이유가 있었다. 처음에는 배신감에 상거지로 만들려다 마음을 달리 먹었다. 바지에게 2억을 주고 작업비 등을 제하고도 어느 정도 주려는 아량이었다. 한마디로 은혜를 베푼 것이다. 미운 정도 정이 아니던가! 어쨌든 그들로 인해 이 작업이 발단되었고 일확천금을 획득한 것은 부정할 수 없어서다.

동인이 깊은 한숨을 내뱉더니 어렵게 입을 열었다.

"현수 형, 다시 한번 하면 안 될까요? 약속한 대로 마지막이었는데 형도 알다시피 작업이 제대로 안 되어서…."

동인은 힘없이 말끝을 흐렸다. 현우의 선처를 바라는 듯 그의 음성은 안쓰러웠다.

"그래, 현수야. 진짜 진짜 마지막이야. 인생은 삼세판이라고 하잖아."

동수의 펌프질로 보아 벌써 말을 맞춘 것 같았다. 현우는 표정이 굳어졌다. 이어 동인을 향해 돌직구를 날렸다.

"이제 안 할 거야. 난 큰집에 가고 싶지 않아."

큰집이 교도소란 것을 그들도 안다.

"네 말대로 꼬리가 길면 잡히는 법이지. 그걸 알면서 또 한다는 것은 어리석다고 봐. 나는 이 시간 이후로 빠지겠어. 냉정하다고 생각하지 않았으면 해. 네가 분명 이번이 마지막이라고 했잖아. 그러니 더 이상 붙잡지 않길 바라. 부탁이야."

그의 목소리는 차가우면서 단호했다. 삭풍보다 매서운 바람이 한동안 차 안을 휘감았다.

동인의 눈 사인을 받은 동수가 차 밖으로 나갔다. 트렁크가 열리는 소리가 났다.

"현수 형, 3천만 원이에요. 이것밖에 주지 못해 미안해요. 형이 우리 사정을 잘 아니까 더 이상 말은 안 할게요."

현우는 숨이 컥 막혔다. 억지로 무표정을 지으려 애를 썼다. 순간 그의 머릿속에 계산기가 작동하기 시작했다.

바지에게 1억을 준다. 돈을 인출한 여자들에게 400만 원이 나갔다. 지금껏 잔고증명 수수료와 사무실 경비, 술값 등을 합하여 최대 5천 만 원으로 잡았다. 총 작업비로 1억 6천만 원 정도가 투입되었다. 그렇다면 나머지 3억 4천만 원에서 3천만 원만 준다는 것이다. 처음부터 동고동락한 자신은 결국 바지의 3분의 1에도 미치지 못한다. 억울한 마음에

괘씸한 생각이 들었다. 이런 식의 계산이라면 40억이 성공했더라도 그에게는 3억 5천만 원이 분배된다. 이 3천만 원의 배당금은 동인의 두뇌에서 나왔을 것이다. 현우가 의식적으로 그를 째려보았다. 눈이 마주친 동인은 슬며시 고개를 돌렸다.

'자식, 양심에 찔리나 보네.'

"고마워. 작업이 잘 되었으면 배당이 괜찮았을 텐데 아쉽군. 오늘은 너무 피곤해서 먼저 일어날게. 동수야, 연락해라."

돈 가방을 갖고 차에서 나온 현우는 어깨가 축 늘어진 채로 그들의 시야에서 벗어날 때까지 그렇게 걸었다. 그의 뒷모습을 바라보는 동인의 얼굴은 KO 직전 그로기 상태의 복싱선수 그 자체였다.

현우는 손등으로 이마에 번진 땀을 닦았다. 마침내 두 사람 그늘에서 미꾸라지처럼 빠져나왔다. 아름다운 이별을 한 것이다. 그들과 통화했던 대포 폰의 배터리를 분리했다. 본체를 구둣발로 짓이기고는 개천을 향해 힘껏 던졌다. 풍덩 소리와 동시에 물방울이 뽀글뽀글 올라왔다. 이로써 이들과의 연결고리는 영원히 끊겼다.

"기사님, 신사역으로 가 주세요."

택시는 강남역에서 출발하여 가까운 전철역으로 갔다. 조금 전 강남역 근처 네 개의 은행에서 동수가 5억을 찾았었다. 신사역 내에 설치된 사물 보관함에서 가방을 꺼낸 그가 화장실로 들어갔다. 잠시 후 야구모자에 선글라스를 쓰고 롱코트 깃을 올린 정체불명의 사내가 걸어 나왔다. 그는 급히 택시를 탔다.

"지하철 명동역이요."

택시는 남산터널을 관통하여 명동역에 도착했다. 이동 수단과 경로를 복잡하게 한 데는 나름 CCTV의 추적을 피하기 위한 고육지책이다. 이번에는 마스크에 후드 티 모자를 뒤덮은 사내가 다시 화장실에서 나왔다. 바로 현우였다. 마치 첩보 작전을 방불케 했다. 만약 CCTV에 찍힌다 하더라도 평소의 그를 특정하기는 어려웠다. 연말이라 거리에는 사람들로 넘쳐났다. 현우는 인파 속에 파묻혀 고개를 숙이고 걸었다. 이윽고 사물 보관함 앞에 섰다. 이곳을 향해서는 CCTV가 없다. 이런 보관함을 찾느라 다양한 복장으로 이 일대의 지하철역들을 전부 뒤졌었다. 보관함은 50개 정도이다. 이 중 다섯 개의 보관함에 돈 가방이 있다. 주머니에서 각 보관함의 비밀번호가 적힌 메모지를 꺼냈다. 떨리는 손으로 7번 보관함의 비밀번호를 눌렀다. 그 속에는 가방 세 개가 있었다. 현우가 몸으로 가리며 서둘러 가방의 지퍼를 당겼다. 첫 가방에는 천만 원권 다발로 10개와 900만 원이 있었다. 다음 가방에는 1억 천만 원이, 마지막 가방에는 1억 2천만 원이 들어 있었다. 현금으로 3억 3천 900만 원이다.

그는 흥분된 감정을 억누르며 나머지 네 개의 보관함을 차례로 열었다. 총 16억 9천 500만 원이다. 현우가 35억을 모두 인출하지 않고 18억 정도를 수십 개의 이체 통장에 분산하여 남겨 둔 것은 분명한 목적이 있어서다. 곁눈질로 주변을 살폈으나 누구 하나 그에게 관심을 두는 행인은 없었다. 34kg의 돈 가방 무게는 만만치 않았다. 지하철역에서 나와 200여 미터를 걷자 어느 모텔 벽에 세워 두었던 승합차가 보였다. 직선거리로 왔으면 더 빨리 올 수도 있었지만 CCTV를 피해 골목길로 빠지느라 지체했다.

승합차를 본 순간 시디를 교환하러 명동 사채 사무실에 갔던 기억이 떠올랐다. 거래신청서가 없는 바람에 다시 은행으로 가려다 어느 주차장에 숨겨둔 동인의 승용차와 저 승합차가 오버랩되었다. 현우는 쓴 미소를 지으며 중얼거렸다.

"역시 동인이는 나의 교과서이자 사부야."

월요일에 시영을 만나 50만 원을 주고 승합차를 4일 동안 렌트했다. 성탄절 저녁에 미리 이곳에 갖다 놓았다. 견인이 없는 장소를 물색하느라 고생했다. 보관함에 가까운 주차장도 고려해 보았으나 큰 가방을 다섯 번이나 왕복하는 광경이 관리인의 뇌리에 또렷이 남을 것이다. 또 경찰이 돈가방이 보관되었던 사물함 주변을 탐문 수사도 할 수 있다. 그러면 주차장과 운반 차량이 연계될 것이고 관리실에 적힌 이 차의 번호가 나온다. 이어 렌터카를 빌린 시영의 인적사항은 자동으로 뜨게 된다.

다섯 번을 왕복하니 숨이 턱까지 찼다. 추운 날씨임에도 속옷은 땀으로 축축이 젖었다. 차 뒷문을 열고 가방을 차곡차곡 쌓았다. 한 번에 3억 4천만 원을 옮기는 것이 그리 쉬운 일은 아니었다. 몇 번을 쉬었는지 모른다. 여자들에게 1억 2천만 원 정도로 배분한 것을 다행이라 여겼다.

현우는 인터넷 검색에서 은행이 가장 밀집된 지역이 명동역에서 을지로입구역 사이라는 것을 알아냈다. 이 구역 안에 무려 100여 개의 은행이 있었다. 한 명이 네 개 은행을 방문하는 것으로 했다. 각기 다른 장소에서 만난 다섯 명의 여자들에게 3억 5천만 원이 입금된 통장을 주면서 말했다.

"첫 은행에서 현금으로 1억 900만 원을 인출하세요. 나머지 2억 4천만 원은 1억 원권 수표 두 장, 천만 원권 수표 네 장으로 찾으세요. 잔고로 100만 원을 남기시고요."

그가 지정해 준 보관함에 현금을 넣은 후 동일 은행인 다른 지점으로 간다. 그곳에서 1억 2천만 원 수표를 현금으로 바꿔 다시 보관함에 넣는다. 나머지 수표도 같은 방법이다. 한 번 옮기는 돈의 무게가 최대 12kg 정도로 거뜬히 들 수 있다. 이래야 기동성을 살려 작업 시간을 줄일 수 있는 것이다.

당일 입금된 3억 5천만 원을 일시에 현금으로 찾을 경우 틀림없이 은행의 의심을 받는다. 더욱이 신규 통장이면 말할 것도 없다. 이것이 그 흔한 보이스 피싱의 인출 방법이 아닌가!

또 3억 5천만 원을 현금과 수표로 쪼갠 이유가 있다. 수표를 현금으로 교환하는 것은 자연스럽기 때문이다. 1억 정도의 현금은 시내 중심가 은행들이라 대부분 비축하므로 미리 연락할 필요도 없다. 현우는 은행의 위치와 방문 순서 등을 적은 용지를 여자들에게 나누어 주었다. 절대 한 곳에 두 번 방문하는 실수를 막기 위해 은행의 주소지를 꼼꼼히 확인했다. 이날 한 명이 4곳을, 다섯 명이 도합 20군데 은행을 들락거렸다.

며칠 전 현우는 다섯 개 사물 보관함의 대여료를 일주일 치 선불로 지급했다.

"아주머니. 수고비 천만 원을 가지시고 나머지는 보관함에 넣으세요. 그 비밀번호는 이겁니다."

설계대로 작업은 완벽했고 여자들은 멋지게 끝냈다.

마지막 가방을 조수석에 던졌을 때 눈송이가 하나둘씩 떨어지고 있었다. 그는 힘차게 액셀을 밟으며 쾌재를 불렀다. 이 승합차는 시영이 빌린 렌터카이다. 시영은 운전 면허증이 있었으나 희현은 없었다. 그래서 각자의 역할을 전공에 맞게 분담한 측면도 있다. 사실 그는 수혜도 작업에 이용하려 했다.

'그래. 상황 따라 흐름 따라 때로는 동지도 됐다가 애인도 되는 거야.'

이체 작업과 렌터카 대여에 두 사람이 꼭 필요하다. 처음에는 이 조건에 적합한 인물이 애매모호했다. 만일 시영에게 운전면허증이 없었다면 수혜로 대체했을 것이다. 수혜는 운전면허증이 있었다. 곤궁에 처한 그녀에게 대출을 미끼로 유도하면 가능하다. 그때만 하더라도 현우에게는 사랑보다 작업의 성공이 훨씬 중요해서다. 그런데 어느 순간부터 희현과 시영을 상비군으로, 그녀를 예비군으로 보직 변경을 했다. 이제 수혜는 그에게 소중한 사람으로 자리 잡아 작업에서 완전히 제외하였지만.

와이퍼는 차장에 날아붙는 눈을 규직적으로 닦아 냈다. 이 차에 17억이 실려 있다는 것을 누가 믿겠는가! 천국을 향해 달리는 기분이었다. 너무 기뻐서 눈물과 콧물이 뒤범벅되었다.

눈은 점점 함박눈으로 내렸다.

'수혜야! 눈송이가 되어 너에게로 날아가고 싶어.'

현우는 바지인 구상일을 만나러 핸들을 돌렸다.

23
바지의 판정승 Ⅰ

12월 27일 (목)

J은행 청원 경찰이 정문 새시를 올렸다. 벽시계는 오전 9시 30분을 가리켰다. 복사장과 젊은 사내가 은행 안으로 들어갔다. 복 사장은 10억이 적힌 출금 용지를 창구에 내밀었다.

"이 돈을 인출해 주세요."

"안녕하세요. 잠깐만 기다리세요."

어느새 지점장이 다가와 차나 한잔하자며 복 사장의 손목을 끌고 소파로 갔다. 복 사장은 이 은행의 VVIP 고객이다. 얼른 직원이 커피를 내놓았다. 창구 여직원은 수표를 현금으로 대체하고는 자판의 출금 키를 쳤다. 잔고가 0원으로 떴다. 시간은 9시 40분을 막 지났다. 그녀는 자신의 실수로 자판을 잘못 눌렀다는 생각에 다시 계좌번호를 입력했다. 역시 0원이다. 입출금 내역을 보니 어제 날짜로 입금된 10억이 자정 무렵 5억, 오늘 새벽에 5억이 인터넷 뱅킹으로 빠져나갔다.

"어, 이상하네?"

여직원은 고개를 갸우뚱했다. 영업 전에 늘 억 단위 이상의 잔고가 있어서다. 이번에는 계좌번호를 하나하나 확인하며 눌렀다. 그래도 0원이다. 바로 뒤를 향해 소리쳤다.

"지점장님 큰일 났어요!"

"뭔데 호들갑이야. 돈이라도 증발했어?"

"네! 돈이 사라졌어요! 10억의 돈이 빵이에요."

"뭐라고?"

지점장은 벌떡 일어나려다 무릎으로 탁자를 쳐올렸다. 커피 잔이 공중으로 치솟으며 복 사장의 얼굴로 커피가 쏟아졌다.

"아, 앗 뜨거!"

복 사장은 손으로 얼굴을 감싼 채 팔짝팔짝 뛰었다. 그것도 잠깐, 두 사람은 여직원 자리로 내달렸다.

"보세요? 0원이잖아요."

그녀는 떨리는 손가락으로 모니터를 가리켰다. 지점장과 복 사장은 경악했다.

"어찌 이런 일이… 빨리 경찰과 금감위에 연락해!"

지점장은 직원들을 향해 고함쳤다. 순간 은행 안은 아수라장이 되었다. 같은 시각 다른 세 개 은행도 난리 법석이 났다.

수일금융은 잔고 의뢰인인 구상일을 남대문 경찰서에 사기로 고소하였다. 곧 다른 잔고업체들에서 30억이 추가로 접수되었다. 경찰은 40억의 희대 사기 사건이라 즉시 수사를 개시하였다. 사실은 명동의 큰손인 전주들이 경찰서장에게 압력을 행사했다. 사건 발생지가 명동이라 관할은 남대문 경찰서로, 전부터 전주들과 유착관계가 형성되어 있었다.

　이 사건은 경제범죄라 지능팀으로 배당되었고 형사들 전원이 투입되었다. 가장 먼저 소환을 받은 용의자는 상일이었다. 그것은 당연했다.

　다른 용의자들은 잔고증명을 서류로 의뢰했고 거기 전화번호는 현우 사무실의 선불 폰이라 연락이 안 되었다.

　"남대문 경찰서 수사과 지능팀 정원규 경위입니다. 구상일 씨 되시지요?"

　"네. 그런데 무슨 일이에요?"

　"수일금융에 잔고증명 10억을 의뢰하셨지요?"

　"잔고증명요? 저는 대출 실적을 쌓으러 갔는데요?"

　"하여간 그 일로 경찰서에 나오셔야겠습니다."

　"바로 갈게요."

　상일은 서류에 실명 폰 번호를 적었다. 만약 연락이 안 된다면 자신이 범인이라고 자백하는 거나 같다. 경찰은 그의 인적사항을 수일에서 넘겨받아 주소지로 검거하러 갈 것이다. 사건의 정황으로 보아 그는 현행범이나 다름없다. 그래도 신병을 확보 못 하면 전국에 지명 수배를 내린다. 이 범죄는 사기 편취액이 5억 이상이라 특가법 적용으로 공소시효가 10년이다. 이 동안 도망 다니는 것이 생각보다 쉽지 않다.

　혹시 해외로 도피하면 모를까 우리나라처럼 좁은 땅덩어리에서는 불가능하다. 또한 그곳에서 체류하는 기간만큼 공소시효가 연장되기에 실익이 없다.

　소환 통보를 받은 수일은 곧 경찰서로 갔다. 이것은 작업이 끝난 후 현우와 그가 짠 공동 각본의 서막에 불과했다. 이때 시간이 오후 4시였다.

상일은 2시간 전에 동수를 만나 1억을, 다시 현우에게 1억을 받았다. 이로써 현우는 그와의 약속을 지켰다. 두 사람은 마지막 이별을 나누고는 헤어졌다. 현우는 향후 시나리오대로 진행되기를 간절히 바라며 행운을 빌었다.

상일은 수사과로 들어서자마자 손목에 수갑이 채워졌다. 동시에 미란다 원칙이 고지되었다.

"구상일 씨를 현행범으로 체포합니다. 당신은 묵비권을 행사할 수 있고, 변호인을 선임할 권리가 있습니다. 당신의 모든 발언은 법정에서 불리하게 작용할 수 있습니다."

지능팀의 정원규 형사가 구상일을 담당했다. 정 형사는 작은 키에 볼품없는 외모지만 낮게 지면을 울리는 음성이 카리스마가 있었다. 번쩍이는 은테 안경 속의 날카로운 눈매는 상대방을 위축시켰다. 정 형사의 예리한 눈빛이 그의 몸을 천천히 훑어 내려갔다. 상일은 머리카락이 쭈뼛해졌다.

'어떻게든 이 상황에 적응해야 해!'

상일은 가족을 떠올리며 이를 악물었다.

"구상일 씨, 어제 수일금융에 10억의 잔고증명을 의뢰하셨지요? 그리고 그 돈을 전부 빼간 사실이 있지요?"

"무슨 말을 하는지 모르겠습니다. 단지 저는 대출 실적을 쌓으러 간 겁니다. 아침에 수일금융에서 전화 와 형사님과 똑같은 이야기를 하더군요. 그래서 제가 '돈을 인출할 모든 서류가 그쪽에 있는데 무슨 수로 하냐'고 했지요. 도대체 어떻게 된 일인지 저도 미치겠습니다."

상일은 답답하다는 듯 가슴을 쿵쿵 쳤다. 이미 정 형사는 복 사장의 진술을 받아 놓고 있었다. 그 진술에 의하면 지금 그의 말은 맞는 것이다. 상일은 통장 계좌번호와 비번을 모를뿐더러 수일금융이 보안카드를 갖고 있어 이체는 불가능하다. 만일 은행 영업 중이라면 본인이라 가능하겠지만 인출은 어제 자정과 오늘 새벽에 발생했다.

'짜고 친 고스톱이 아니라면 도저히 일어날 수 없어! 이거 왠지 한통속 냄새가 나는데?'

정 형사는 반사적으로 코를 쿵쿵거렸다.

"수일금융은 잔고증명을 하는 업체인데 대출 실적은 뭔가요?"

"제가 생활이 어려워 다한컨설팅에 대출을 받으러 갔어요. 거기서 제 명의의 통장으로 실적을 쌓으면 은행에서 대출해 준다고 했어요. 그래서 시키는 대로 했을 뿐이에요."

상일은 능청스럽게 말했다. 역시 연습한 보람이 있었다.

"그러면 통장만 주면 될걸 수일금융에 잔고증명은 왜 하러 갔습니까?"

"어제 저한테 연락이 왔습니다. 지금 실적으로는 4천만 원 대출이 힘들다고 했습니다. 통장 하나를 더 만들어야 한다고 하더군요. 그런데 전 주가 자식을 만나러 미국에 가서 그동안은 실적을 쌓을 수 없어 늦어진다고 했습니다. 빨리 대출을 받으려면 수일금융에서 10억의 잔고증명을 해 오면 실적에 포함된다고 하여 그렇게 한 겁니다."

"그래요. 4천만 원을 대출받는데 수수료는 얼마를 줍니까?"

"4백만 원입니다."

'이제 넌 딱 걸렸어!'

"구상일 씨, 수일금융에 10억을 잔고증명하면서 준 수수료가 450만 원이지요?"

"네."

"그 수수료는 당신 돈입니까?"

"아닙니다. 사무실에서 받았습니다."

"여기서 뭔가 이상하지 않습니까?"

"왜요?"

"대출업자가 상일 씨에게 4백만 원의 수수료를 받으면서 잔고증명 수수료로 450만 원 주었다면 50만 원이 손해인데 당신이라면 이런 장사를 하겠어요?"

정 형사는 싸늘한 시선을 던졌다.

"지금 듣고 보니 그러긴 한데 그때 저는 오직 대출받는 것만 신경 써서 아무 생각도 없었습니다."

상일은 천연덕스럽게 대꾸했다. 그 모습에 정 형사는 속이 부글부글 끓었다.

"구상일 씨, 휴대폰 좀 주시겠어요? 그들과 통화한 내용이 있습니까?"

"이 번호입니다."

"어제 오전에 한 번, 오후에 한 번 했네요."

정 형사는 통화 버튼을 눌렀다. 전원이 꺼져 있다는 멘트가 흘러나왔다. 벌써 그 휴대폰은 공중분해되었으니 당연했다.

"이 발신번호 명의자가 누군가를 알아보고 구상일 씨의 신원 조회를 프린트해 와!"

옆에 있던 조 형사에게 지시했다. 10분도 안 돼 돌아온 조 형사가 조회 용지를 건네며 말했다.

"선배님, 그 번호는 대포 폰이고 구상일 씨는 지명수배나 기소중지가 없는데요. 전과는 10여 년 전에 음주 운전으로 면허정지 딱 한 건이에요."

정 형사의 얼굴에 실망의 표정이 역력했다. 구상일이 사기 전과 등이 있어야 이를 약점 잡아 기를 죽이고 들어가는데 작전에 차질이 생긴 것이다.

'그런데 이 찝찝한 기분은 뭘까?'

형사 경력 20년의 촉이다. 비록 꼴통으로 소문나 동기들보다 진급이 늦었지만 그래도 기죽지 않았던 것은 사기 사건의 해결사라는 자부심이 었다.

"수일금융에서 J은행 통장을 만든 후, 왜 분실 신고를 했지요?"

공세의 고삐를 죄었다.

"오전에 통장을 만들어 J은행 앞에서 박 부장에게 건네주고 집으로 가는 중에 연락이 왔습니다. 박 부장이 통장이 든 가방을 택시에 놓고 내렸다며 재발급을 부탁하여 분실 신고를 하게 된 겁니다."

"그러면 어제 박 부장과 두 번을 만났다는 건데 그 시간과 장소는 어디입니까?"

상일의 알리바이를 확인하려는 질문이다.

"오전 11시쯤 교대역 부근의 J은행에서, 또 오후 2시 정도에 사당역 근처 J은행에서 만났습니다."

정 형사는 자리에서 일어나 조 형사를 한쪽으로 불렀다. 그리고 그의 귀에다 뭐라고 속닥이자 조 형사가 경례를 하고는 부리나케 밖으로 나갔다.

"박 부장은 뭐 하는 사람입니까?"

"사무실 직원인 것 같습니다."

상일은 지갑에서 박 부장의 명함을 꺼내 정 형사 앞에 내놓았다.

'아직 속단은 일러. 현재까지 심증일 뿐이야. 결정적 단서가 곧 나오겠지.'

정 형사는 의자에 몸을 기댄 채 그를 쏘아보았다. 상일은 전혀 주눅 들지 않은 당찬 기세이다.

'나와 기 싸움을 하자는 건가? 보기와 다르게 만만치 않겠어.'

드디어 정 형사가 조커카드를 빼 들었다.

"통장을 재발급받으려면 신분증이 있어야 하는데 구상일 씨의 주민증은 수일금융에서 보관했잖아요? 그런데 어떻게 재발급을 받았습니까?"

"운전면허증으로 만들있습니다."

"음, 음. 그래요?"

히든카드가 뺑카가 되자 기운이 쭉 빠졌다.

"사무실에 몇 명이 있던가요? 박 부장이라는 사람부터 인상착의를 말해 보세요."

"세 명이 있었습니다. 박 부장은 30대 후반 정도로 곱슬머리에 피부가 검었으며 광대뼈가 튀어나왔습니다. 큰 키에 마른 체격이고요. 그리고 강 실장이라는 사람은…."

그의 인물 묘사는 정확했다. 만일 다르게 표현한다면 곧이어 줄줄이 소환될 참고인들의 진술과 대조했을 때 들통날 것은 뻔한 일이다.

이때 정 형사의 휴대폰이 울렸다. 조 형사의 전화였다.

"선배님, USB와 CCTV는 확보했습니다. 다음은 구상일의 집 주변을 탐문 수사하고 보고드리겠습니다."

'이제부터 슬슬 실마리가 풀리겠군.'

"구상일 씨, 사전에 범인들과 공모하고 작업한 거 맞지요?"

정 형사는 그의 반응을 살피고자 은근슬쩍 떠봤다.

바로 상일이 언성을 높였다.

"형사님, 무슨 말씀을 그렇게 하십니까? 저도 엄연한 피해자입니다. 제가 사정이 급하여 빨리 대출이 된다기에 그들이 시킨 대로 한 것밖에는 없습니다. 몇십억씩 입출금된 통장을 보여 주며 실적 대출이라고 하는데 안 믿을 사람이 있겠습니까? 비로소 저도 깜박 속은 걸 알았단 말입니다."

상일은 펄쩍 뛰었다. 그의 목소리가 꽤나 격하여 도리어 정 형사가 머쓱해졌다.

조사가 길어질수록 상일의 완강한 저항에 정 형사의 기세는 약화되어 갔다. 만약 그가 범인이 아니라면 피해자 중 한 사람인 것은 맞다. 그렇다면 지금 자기는 쓸데없이 시간과 정력을 낭비하고 있는지도 모른다. 정 형사는 헷갈리면서도 자신의 촉을 확신했다.

'이 사람은 여태껏 흐트러짐이 없이 얄미울 정도로 침착해. 허점이 안 보여. 어떤 용의자라도 일단 심문을 받게 되면 불안한 빛을 감추지 못하

지. 그런데 두려워하는 낯빛이 조금도 비치지 않아. 하여간 내공이 대단한 놈만은 틀림없어.'

정 형사는 단번에 수세를 만회하려 결정타를 날렸다. 정면 승부를 해 보겠다는 의지였다.

"구상일 씨는 통장을 재발급하면서 어떻게 그 계좌번호와 비번을 알았습니까? 수일금융의 말로는 통장을 만들자마자 직원이 갖고 나갔다는데 말입니다. 게다가 직원이 손으로 가리고 직접 비번을 입력했다고 하는데요. 이것을 설명해 주겠어요?"

"그것은…."

"공범이 아니라면 도저히 불가능한 일이야!"

쾅, 정 형사가 그의 말허리를 싹둑 자르며 주먹으로 책상을 내리쳤다. 공포 분위기를 조성하여 그의 심리를 압박하겠다는 속셈이다. 물론 조사기법 중의 하나지만. 순간 상일은 움찔했지만 곧 담담하게 나왔다.

"그건 재발급을 받기 전에 박 부장이 계좌번호와 비번을 알려 주었습니다. 그때 저는 통장을 빨리 만들어야 대출이 나온다는 말에 온 정신이 쏠려 계좌번호나 비번에는 관심이 없었습니다."

'미리 설계한 듯이 말이 딱딱 맞아떨어져. 이게 더 기분이 더럽단 말이야.'

다시 조 형사로부터 연락이 왔다.

"구상일은 가정적으로 좋은 남편과 아버지인 것 같습니다. 그리고 지금 컨테이너에서 거주할 정도로 비참한 생활을 하고 있습니다. 자녀들도 학비가 없어 학업을 중단할 처지이고요."

"주위 평판은?"

"착하고 예의 바른 사람으로 칭찬이 자자합니다."

"그래. 수고했어."

'이런 사람이라면 가족을 위해 무슨 짓이라도 할 수 있지. 암, 돈의 유혹에 빠져 모험을 할 수 있다는 거야.'

정 형사는 그의 인간성보다 생활고에 초점을 두어 부정적으로 판단했다.

"구상일 씨. 범행을 자백하면 당신이 처한 상황을 고려해 정상참작은 하겠습니다. 마지막 기회입니다."

정 형사는 미전향 양심수의 귀화를 설득하듯 회유하기 시작했다. 그의 유도신문에도 상일은 동요되지 않았다. 시간이 지날수록 정 형사는 초조해졌다. 그러나 곧 출두할 참고인들의 진술을 확보하면 증거가 나올 거라 확신했다.

이 사건과 연관된 사람들이 수사과로 줄소환이 되었다. 조사는 세 파트로 나뉘었다. 한쪽은 대출 손님들이고 다른 쪽은 돈을 인출했던 여자들, 마지막은 잔고증명을 의뢰한 작업 손님들이다. 수사는 내부적으로 신속했지만 비공개로 진행되었다. 그것은 잔고업체의 전주들이 신분 노출을 꺼려 경찰 고위층에게 손을 써서였다. 수사과는 형사들의 고함 소리와 소환인들의 탄식, 한숨이 뒤섞여 시장통을 방불케 했다.

돈을 인출한 여자들의 조사는 박 형사가 맡았다.

"솔직히 말하는 것이 아주머니에게 유리합니다. 부탁치고는 이상하단 생각이 들지 않았습니까?"

"이제 와 형사님의 말씀을 들으니 잘못했습니다. 그런데 그때는 비자금 세탁을 하는 데 통장을 빌려주고 돈 찾는 일이 이렇게 큰 죄라는 것을 진짜 몰랐어요. 제가 생활이 어렵다 보니 수고비에 눈이 멀어서…."

여자는 손으로 얼굴을 감싸며 흐느꼈다. 박 형사는 기가 막힌다는 표정이다.

"수고비는 얼마나 받았습니까?"

"50만 원입니다."

여자들의 대답은 천차만별이었지만 공통점은 100만 원 이하였다.

"그래도 처벌은 받아야 합니다."

"형사님, 제가 감옥에 가면 우리 어린 자식들은 누가 돌보나요? 제발 용서해 주세요."

여자는 박 형사의 다리를 붙잡고 울부짖었다.

"감옥은 안 가요. 아주머니 사정이 딱하여 불구속으로 올릴 테니 집행유예나 벌금이 나올 거예요."

그렇게 명의대여자인 9명의 여자들이 조사를 받았다.

대출 손님으로 사무실을 방문한 사람들은 김 형사가 담당했다.

"아저씨는 그런 식으로 3천만 원 대출이 가능하다고 봤어요?"

"저야, 뭐 압니까? 그 사람들이 하루마다 수억씩 입출금된 통장을 보여 주면서 실적을 쌓으면 은행에서 대출해 준다고 해서 그런 줄 알았지요. 또 사실 그런 것도 있잖아요."

손님은 속은 것이 분한지 몸서리를 쳤다. 김 형사는 한심하다는 듯 고개를 절레절레 흔들었다. 한편으론 순진한 사람이라면 속아 넘어갈 수도 있겠다는 생각이 들었다.

"아저씨에게 대출 상담을 해 준 사람의 인상착의를 말해 보세요."

"번듯하게 생긴 청년이었습니다. 신장은 보통으로 예의도 바르고…."

김 형사는 더 이상 물어볼 필요가 없었다. 대출 손님들의 진술이 한결같았기 때문이다. 구상일을 심문하는 정 형사가 의뢰인들의 조사도 맡았다.

"통장을 개설하고 바로 재발급을 받는 것에 의심이 안 갔나요? 그리고 본인도 모르는 계좌번호와 비번을 알려 주면서 말입니다."

"하도 말이 그럴듯해서 전혀 눈치를 채지 못했어요."

정 형사는 이 여섯 명은 완전히 속은 피해자라고 단정 지었다. 이들에게서는 어떤 혐의점도 발견할 수 없었다. 도리어 분노한 감정을 진정시키느라 땀을 흘릴 정도였다. 정 형사는 의뢰인들의 진술이 구상일과 일치하는 것에 더욱 기분이 나빴다. 확실히 범죄의 낌새를 포착했는데 문제는 심증만 있다는 것이다.

24
바지의 판정승 Ⅱ

12월 28일 (금)

어느덧 시간은 자정으로 치닫고 있었다. 형사들은 팀장 방에 모였다. 지금까지 조사한 내용을 토대로 의견을 교환해서 결론을 내리기 위한 전체 회의였다. 먼저 정 형사가 발언을 했다.

"범인은 네 명으로 판명 났습니다. 초범이 아닌 철저한 사전 준비를 한 상습범의 소행인 것 같습니다."

"사무실에서 물증 등은 발견 못 했나?"

현장을 다녀온 박 형사가 닐름 대답했다.

"사무실을 샅샅이 뒤졌으나 범행의 단서는 손톱만큼도 없었습니다. 집기와 벽과 유리창을 물수건으로 닦아 지문도 발견하지 못했습니다. 심지어 족적이나 머리카락 한 올도 남기지 않았습니다. 이렇게 증거를 인멸한 것으로 보아 상당히 지능적이고 용의주도한 놈들인 것 같습니다. 게다가 아쉽게도 그 건물에는 CCTV가 설치되지 않았습니다. 그래서 반경 300미터 모든 CCTV를 다 뒤져 용의자의 모습이 흐릿하게 찍힌 영상 두어 개를 확보했습니다. 그런데 화질이 나빠 범인을 특정하는

데는 실패했습니다. 아마도 CCTV가 없는 골목으로만 요리조리 피해 다닌 듯합니다."

이번에는 김 형사가 말을 이었다.

"문제는 이와 유사한 사기 사건이 단 한 건도 없었다는 겁니다. 만약 금고털이범이라면 동종 전과자를 족치면 될 텐데 이 사건은 어디서부터 단서를 찾아야 할지 난감합니다."

"구속영장 신청은? 지금 상황이라면 돈을 인출한 여자들을 제외하고는 모두 피해자란 말인데…."

팀장은 곤혹스런 표정을 지었다. 이때 정 형사가 자신 있게 끼어들었다.

"이 사건에 구상일이 공범임은 틀림없습니다."

"그렇게 확신하는 이유라도 있나?"

"그의 진술이 너무나 완벽한 것이 오히려 의심이 갑니다. 마치 사전에 범인들과 각본을 짠 것처럼 자연스럽다는 겁니다. 또한 대출 손님으로 수일금융에 잔고를 의뢰한다는 것이 쉬운 일이 아닌데 말입니다. 무엇보다도 수일금융 직원 진술이 '구상일이 잔고증명의 방법을 잘 아는 사람처럼 보였다'는 겁니다. 그는 한 번도 잔고증명을 한 적이 없다고 했거든요. 이 모순이 바로 결정적인 증거입니다. 주범은 아닌 것 같고 종범으로 보입니다."

"구상일은 대출 사무실에서 시킨 대로 했다고 하지 않았나?"

"물론 그렇게 진술했습니다만 그래도 경험이 전혀 없는 사람을 직원이 진짜 의뢰인처럼 느끼기가 쉽지는 않지요."

"그 정도 혐의만으로 공범으로 엮기엔 부족해."

팀장은 머리를 저었다. 여기서 물러설 정 형사가 아니었다.

"또 있습니다."

"뭔데?"

"잔고를 의뢰했던 여섯 명의 대출 손님들은 범인에게 교묘히 이용당한 것으로 판명되었습니다. 이들은 서류만으로 가능한 잔고업체에 의뢰했습니다. 이 업체들은 의뢰인의 신분, 직업, 용도를 불문하고 잔고증명을 해주지요. 그런데 유독 구상일은 같다는 것이 미심쩍습니다."

"그게 무슨 말이야?"

"수일금융은 본인이 꼭 가야 하고 의뢰인의 직업과 잔고증명 용도가 일치해야만 받아 주거든요."

"정 형사 말인즉, 구상일을 맞춤형으로 작업했다는 거네."

"그렇지요."

"구체적으로 말해 봐."

"구상일은 전에 철공소를 운영해서 사업자등록증 종목에 이와 연관된 공시를 할 수 있습니다. 바로 이 점을 노려서 잔고증명 용도를 '철근 골조 공사용'으로 해 수일금융을 감쪽같이 속인 것입니다. 분명 범인들과 구상일이 모의하여 작업했을 겁니다."

"그건 어디까지나 추정에 불과해. 그 정황 증거로는 구속이 힘들어."

팀장은 일축하고는 다른 형사들에게 시선을 돌렸다.

"그 외에 혐의점은 없나?"

모두 멀뚱히 서로의 얼굴만 바라볼 뿐이다.

팀장은 손으로 턱을 매만지면서 고민에 빠졌다. 형사들의 눈빛이 그의 입으로 향했다.

"이 수사 결과로는 구상일을 검찰에 구속 품신을 올리면 기각되거나 재수사 지휘가 내려올 게 뻔해. 일단 돈을 인출한 여자들은 불구속으로 송치하고 구상일은 보강 수사를 하도록 해. 체포 시한 48시간이 얼마 남지 않았어. 빨리빨리 서둘러!"

전부 자리를 뜨려는데 밖에 나갔던 조 형사가 USB 두 개를 갖고 회의실로 들어섰다. USB를 건네받은 정 형사는 노트북에 꽂으며 의기양양하게 말했다.

"구상일이 진술하기를 어제 오전 9시쯤에 박 부장에게서 연락이 와 J은행 통장을 만들라고 했다는 겁니다. 그리고 낮 12시 정도에 다시 전화가 와서 그 통장을 분실했다며 재발급을 받아 달랬다는 겁니다. 그 통화 내역이 담긴 USB입니다. 다른 하나는 같은 날 박 부장이 시킨 대로 통장을 만들어 오전 11시 정도에 J은행 앞에서 줬다고 합니다. 또한 재발급 통장을 발급받아 오후 2시 즈음에 그에게 건넸다며 주장하고 있습니다. 이를 확인하기 위해 은행 주변의 CCTV에서 촬영된 영상입니다. 이것을 보면 그의 진술이 사실인지 거짓인지 알 수 있습니다. 설마 우리가 여기까지 조사하리라고는 예상하지 못했을 겁니다."

형사들의 눈길이 노트북에 집중되었다. 정 형사는 자신 있게 마우스를 클릭했다. 현우와 상일의 대화가 흘러나왔다. 형사들은 현우의 음성을 당연히 박 부장으로 인식했다.

"구상일 씨, 지금 K은행 통장으로는 실적이 부족해서 대출이 힘들 것 같습니다. 하나 더 발급받아서 실적을 쌓아야 약속한 날에 대출이 나갈 수 있습니다."

"그러면 어떻게 해야 되지요?"

"J은행 통장을 만들어 주세요. 그리고 저희가 입출금이 편하도록 필히 인터넷 뱅킹 신청을 하셔야 합니다."

이때 시간이 오전 9시 5분이다. 두 번째 통화 내역이 이어졌다.

"이거 미안해서 어떡하지요? 제가 사무실로 오다가 구상일 씨 통장이 든 가방을 택시에 놓고 내렸지 뭡니까. 죄송하지만 재발급을 부탁드리겠습니다. 통장의 계좌번호는 ***-**-*****이고 비번은 2970입니다."

시간은 낮 12시 10분이다. 정 형사는 얼굴색이 홍당무처럼 벌게졌다. 두 번째로 USB 영상이 나왔다. J은행 정문 주변의 모습이 펼쳐졌다. 벙거지 모자를 쓰고 CCTV를 등지고 서 있는 박 부장이 포착되었다. 구상일이 무언가를 건네자마자 박 부장은 사각지대로 쏜살같이 사라졌다. CCTV 타이머가 10시 55분을 가리켰다. 이어 다른 J은행에 두 사람은 오후 2시 3분에 나타났으나 마찬가지였다. 이로써 구 상일의 진술은 사실인 것으로 판명 났다.

"어, 어… 이게 아닌데?"

좀 전까지 호기롭던 정 형사는 멘붕에 빠졌다. 박 부장은 정면으로 찍힌 영상이 없었기에 그의 몽타주를 특정 짓기는 불가능했다.

이 시나리오는 영화 '라이언 일병 구하기'처럼 '바지 구하기'로 현우의 특급 작전이었다. 그는 경찰이 구상일 진술의 진위 여부를 확인할 방법은 그날의 통화 내역과 CCTV가 유일하다고 봤다. 역시 예상은 들어맞았다. 감독도 좋았지만 배우의 연기도 훌륭했다. 이로써 상일의 진술에 신빙성이 더해졌다. 실망한 형사들이 우르르 회의실을 나가려는데 조 형사가 외쳤다.

"잠깐만요, 구상일에게 거짓말 탐지기를 한번 해 보지요?"

이 말에 가장 감격한 사람은 정 형사였다. 그는 아직도 상일이 범인과 한패라고 확신하고 있었다. 과학적 수사보다 형사 생활 20여 년의 촉으로 무수히 범인들을 검거하지 않았던가! 하지만 큰소리쳤던 통화 내역과 CCTV 오판으로 전전긍긍하던 차였다. 그런데 파트너인 조 형사가 기발한 아이디어를 냈으니 너무 기뻤다. 와락 안아 뽀뽀라도 해 주고 싶었다.

"좋아. 그렇게 하지."

팀장은 흔쾌히 허락했다.

"구상일 씨. 거짓말 탐지기 조사에 응하겠습니까? 만약 거부하면 범인임을 시인하는 거나 다름없습니다."

"네. 좋습니다."

거짓말 탐지기 검사는 반드시 상대방의 동의를 받아야 하지만 당당하다면 거부할 이유가 없다. 상일은 조사서에 동의한다는 서명을 했다. 거짓말 탐지기 결과는 증거 능력으로 인정은 안 되지만 수사 참고 자료로 사용될 수 있다. 만일 거짓으로 나온다면 정 형사에게는 유리하다.

'넌 이제 곧 가면을 벗게 될 거야!'

드디어 치명타를 날릴 찬스가 온 것에 정 형사는 회심의 미소를 지었다. 그리고 자신의 명예를 회복할 수 있는 승부처로 여겼다.

정 형사는 거짓말 탐지기가 있는 서울 경찰청으로 갈 준비에 바빴다. 상일의 혐의를 잡을 기대에 신나서 콧노래를 불렀다. 시간이 지날수록 이 사건으로 소환된 사람들이 수사과를 빠져나갔다. 이제 홀로 남은 상일은 사태가 숨 가쁘게 돌아가고 있음을 느꼈다. 형사 중 누구 하나 그에게 사건 절차에 대해 일절 말해 주는 사람도 없었다. 피 말리는 시간에 연신 식은땀이 흘러내렸다. 순간 그는 가족을 떠올렸다. 큰딸의 등록금과 대학 갈 아들의 입학금을 마련해 놓았다는 안도감이 그나마 위로가 되었다. 상일은 입 안이 마르면서 코끝이 시큰해졌다.

"구상일 씨, 본청으로 갑시다."

상일과 정 형사, 조 형사가 탄 경찰차는 출발했다. 상일은 눈앞이 캄캄했다. 현우에게 여러 가지 대처 요령을 교육받았지만 거짓말 탐지기는 두 사람도 전혀 예상치 못했던 것이다.

조사실 의자에 앉은 상일의 가슴, 팔, 손가락 등에 마치 심전도 검사를 하듯 센서가 부착된 밴드가 붙여졌다. 정 형사가 질문할 내용의 용지를 검사관에게 건넸다. 거짓말 탐지기는 신체의 자율신경계 원리를 이용한 기계이다. 감정을 가진 사람은 거짓말을 하게 되면 심리적으로 흥분, 갈등, 초조, 불안, 공포 등의 상태가 발생한다. 이런 현상은 혈압, 호흡, 맥박, 땀의 분비 등에 영향을 주어 그래프의 변화로 나타나게 된다. 차트 분석의 결과에 따라 진실, 거짓, 판단 불능으로 결론을 내린다.

사건과 관련된 질문을 한 후 반응의 그래프가 갑자기 치솟거나 이상한 모양을 그리면 거짓말로 추정한다. 그러면 심문을 실시하여 자백을 유도한다.

거짓말 탐지기의 정확도는 70~90%이며 100% 만능 수사 기기는 아니다. 인간의 생리적인 변화를 감지하여 사람이 간접적으로 판단하기에 오류가 생길 수 있다. 예를 들어 머리가 좋은 범죄인의 경우 혀를 깨물어 통증을 일으켜 고의로 교감신경을 자극시킨다. 이러면 사실을, 거짓을 말해도 둘 다 거짓으로 탐지되어 제대로 된 결과가 나오기 어렵다. 또 죄를 짓지 않았는데도 너무 흥분하거나 긴장감을 느껴 반응하는 사람까지 가려 낼 수 없다는 한계가 있다. 그래서 거짓말 탐지기 검사는 억울한 피해자가 생길 수 있기에 법원에서도 참고로만 활용할 뿐 증거로 채택하지 않는다.

검사관이 첫 번째 질문을 했다. 상일은 최대한 침착성을 유지하며 저음으로 대답했다. 그래프 파동이 기준을 초과하여 위아래로 그려졌다. 다음 물음에는 억지로 자연스럽게 말했다. 이번에는 처음보다 더 높은 파동이 치솟았다. 이어 사건과 관련된 질문, 심리를 파악하는 질문, 일반적인 질문이 중간중간 섞여 던져졌다. 비슷한 질문을 조금씩 바꾸는 이유는 긴장을 높이기 위해서다. 만약 사실이라면 생각할 필요도 없이 즉시 대답하면 되지만 거짓이라면 다르다.

'아까 뭐라고 했더라?', '이게 조금 전 질문이랑 같은 거였나?'라고 자꾸 혼동하게 된다. 그래서 대답이 달라지면 그의 진술은 거짓으로 판명나는 것이다. 이런 과정이 두어 시간 동안 진행되었다. 상일은 점점 지쳐 갔다. 숨이 가빠 오며 쓰러질 것만 같았다. 결국 그는 기계 앞에서 무너졌다. 인간 대 인간의 싸움은 정신력으로 버틸 수 있었지만 첨단 과학에는 도리가 없었다. 무의식으로 반사하는 생체리듬을 어찌 의지로 조정할 수 있단 말인가! 거짓말 탐지기 결과는 대부분 거짓인 양성 반응으로 나왔다.

"봐! 내가 뭐랬어. 저놈도 공범이라고 했잖아."

정 형사는 승기를 잡은 듯 주먹을 불끈 쥐었다.

남대문 경찰서로 돌아온 상일은 다시 조사받는 처지가 되었다. 정 형사는 거짓말 탐지기 양성 반응으로 기세가 등등해졌다. 강도 높은 심문 세례를 퍼부으며 수사에 속도를 붙였다. 그러나 전세가 역전된 상황에서도 상일의 진술은 한결같았다. 마지막으로 피의자 진술 조서에 사인하는 절차만 남았다.

"저의 진술을 조서에 그대로 기재를 안 하면 서명과 날인을 거부하겠습니다."

그는 강력하게 나왔다. 정 형사는 딜레마에 빠졌다.

'그래. 2보 전진을 위한 1보 후퇴다.'

대신 수사 보고서에 그 내용을 적고 거짓말 탐지기 결과를 첨부시켰다. 이로써 유죄의 증거는 사실상 없는 거나 다름없다. 유일한 증거인 거짓말 탐지기 양성 반응은 증거능력이 없기 때문이다.

현우는 낮 12시가 되어 눈을 떴다. 그제 한숨도 못 자고 어제 쉴 새 없이 달렸기에 몹시 피곤했다. 돈 가방을 방으로 옮기자마자 긴장이 풀리면서 곯아떨어졌다. 그는 신문 가판대에서 모든 일간지를 사 왔다. 사회면을 살폈으나 그의 사건은 단 한 줄도 보도되지 않았다. 현우는 담배 연기로 도넛을 만들어 허공으로 날렸다. 동그란 원 안으로 상일의 울먹이는 모습이 떠올랐다. 그의 음성이 현우의 고막을 흔들었다.

"능력 없고 초라한 부모가 자식들을 위해 무엇을 못 하겠습니까? 비록 제가 감옥을 가더라도 자식들이 하고픈 공부를 마칠 수만 있다면 결코 후회하지 않습니다."

25
바지의 판정승 Ⅲ

12월 29일 (토)

 이제 상일을 붙잡아 둘 구금 시간도 4시간밖에 남지 않았다. 이 시간이 지나면 무조건 풀어 줘야 한다.
 정 형사는 구속영장 청구서를 갖고 검찰청으로 내달렸다. 허겁지겁 사건과에 영장을 접수했다. 이때 시간이 오후 1시다. 3시간 후면 그를 석방해야 한다. 시계 초침은 왜 이리 빠른지 부숴 버리고 싶었다. 그러고 보니 이틀 밤을 꼬박 새고 밥도 굶다시피 했다. 저 멀리서 조 형사가 햄버거를 시들고 차로 오고 있었다.
 "지금 이 땀방울 젖은 빵이 분명 특진의 보상이 될 거야."
 두 사람은 햄버거를 부딪히며 해맑게 웃었다.
 점심을 마치고 검사실로 돌아온 양 검사는 남대문 경찰서에서 올린 구속영장 청구서를 보았다. 피의자 진술 조서 겉장에 '피의자 구상일', '죄명 특정경제범죄 가중처벌법 등에 관한 법률위반(사기)'이 기재된 서류를 넘기기 시작했다. 이 범죄는 3년 이상의 유기징역에 처하는 중범죄이다. 양 검사가 대충 훑어보고는 습관적으로 구속란에 도장을 찍으며 혀를 찼다.

"이 자식들 머리가 비상하구만. 한 편의 영화감이네그려. 그런데 나머지 공범들의 인적사항은 미상이라니 귀신 같은 놈들이네."

사건과에서 초조하게 처분 결과를 기다리던 조 형사가 급히 차를 향해 뛰었다.

"선배님, 드디어 해냈어요."

이때 시간이 오후 3시 40분으로 그는 20분을 넘기지 못하고 결국 구속이 되었다.

상일은 형사과 피의자 대기실에서 유치장으로 이동되었다. 그는 철장 속의 딱딱한 마룻바닥에 앉았지만 희망의 끈을 놓지 않고 있었다. 그것은 현우의 귀띔이 있어서다.

"구속이 되더라도 포기하지 마세요. 아직 영장실질심사가 있으니 가족을 생각하며 굳건히 버티세요."

눈물 나게 고마운 격려였다. 하지만 그것마저 기각이 된다면 이곳에서 구치소로 가야 한다. 그리고 재판을 받고는 교도소에서 징역을 살아야 한다. 그는 흐르는 눈물을 보이지 않으려 눈에 힘을 주었다.

"구상일 씨, 월요일 오후 3시에 영장실질심사가 법원에서 열릴 겁니다. 물론 하나마나겠지만요."

정 형사는 승자의 미소를 띠며 비웃었다.

26
바지의 판정승 Ⅳ

12월 31일 (월)

    상일은 정 형사와 조 형사의 호송하에 법원 대기실로 갔다. 그는 법정이 처음이라 무척 떨렸다. 높은 법대와 엄숙한 분위기에 압도되어 심장이 쿵쾅거렸다. 곧 그의 재판 순서가 되었다.
    어! 그런데 웬 사선 변호사가 등장하는 것이 아닌가!
    상일은 어리둥절했다. 사선 변호인 선임은 공동각본에 없었던 것이다. 영장전담인 우 판사의 간단한 인정신문이 끝나자 공판 검사가 범죄사실 요지를 읽었다. 재판장은 여러 가지를 물었다. 그 질문들은 정 형사의 심문과 크게 다르지 않았다. 상일은 냉정하리만큼 또박또박 대답했다. 어느 순간에는 원통하다는 듯 액션을 취했다. 그는 이 기회가, 이 연기가 일생의 마지막이라는 것을 잘 알고 있었다.
    변호사가 최후 변론을 하기 시작했다.
    "존경하는 재판장님! 여기 있는 피의자는 이 사건의 피해자 중 한 사람입니다. 조서에 보다시피 잔고증명 의뢰인으로 사기에 이용당한 사람이 여러 명입니다. 그중에 한 사람일 뿐입니다. 피의자의 진술은 처음부터 일관되게 혐의를 부인하고 있습니다. 사건 발생일의 통화 내역과 CCTV 영상도 알리바이와 일치합니다. 결국 이 사건에서 피의자가 범인이란 증거는 하나도 없습니다. 단지 거짓말 탐지기 양성 반응 외에는 전혀 없다는 것입니다. 그러나 법조인이면 누구나 알듯이 거짓말 탐지기 결과는 재판에 증거 능력이 없습니다. 피검사자의 심신미약에 따라 언제든 그 반응이 다름을 법원에서 인정하기에 증거로 채택하지 않는 것입니다. 만약 이것이 재판에 영향을 끼쳐 무죄인 사람이 유죄로 된다면 법원은 한 생명에게 씻지 못할 죄를 짓는 것입니다. 이 점을 잘 헤아려 주시기를 간곡히 소원합니다. 마지막으로 피의자는 지금껏 전과 하나 없이 성실히 살아왔습니다. 더욱이 주거가 안정되었고 단란한 가정의 가장으로서 책임을 다하고 있습니다. 또한 피의자는 생활이 어려워 대출을 받으러 갔다가 사기 사건에 휘말린 선의의 피해자입니다. 부디 이 피해자가 억울한 옥살이를 하지 않도록 재판장님의 현명한 판단을 바라오며 이상 최후 변론을 마치겠습니다."

현우가 선임한 변호인은 법원장 출신으로 갓 법복을 벗은 전관예우 변호사였다. 수임료가 비쌌지만 그만큼 그의 변론은 훌륭했다.

판사실로 돌아온 우 판사는 머리가 복잡했다. 정황상으로 공범이란 심증은 가지만 물증이 없다는 것이다. 재판의 원칙은 심증재판이 아니라 증거재판이다.

유일한 증거라면 변호인 말대로 거짓말 탐지기 양성 반응뿐이고 이는 참고사항이다. 이것만으로 구속영장을 발부하기에는 무리다. 또 재판에서 무죄 판결이 나올 확률이 높다.

'피의자의 초롱한 눈빛과 자신에 찬 목소리로 보아 거짓말은 아닌 것 같아. 어쩌면 죄 없는 사람을 감옥으로 보낼 수도 있어. 죄 지은 9명을 풀어 주더라도 무고한 1명을 벌하지 말라고 하지 않는가! 게다가 처음으로 선배님 사건인데 체면을 세워 드려야 다음에 뵐 때 미안하지 않지.'

우 판사는 결심한 듯 물을 벌컥벌컥 들이켰다.

영장실질심사 결과를 기다리는 상일은 숨이 막혀 죽을 지경이었다. 그때 조 형사가 대기실 문을 열고 들어왔다. 두 사람의 고개가 동시에 그를 향했다. 그런데 조 형사가 안절부절못했다. 결과는 기각이었다. 마침내 상일의 완전한 판정승으로 끝났다. 시간은 오후 6시 40분을 막 지났다.

정 형사는 이맛살을 찌푸리며 그의 손목에 채워진 수갑을 풀었다. 상일은 유유히 구치소를 나왔다. 정 형사가 안경을 벗고는 눈을 꾹꾹 눌렀다. 그렇게도 범인을 잡기 위한 그의 안간힘은 허무하게 무너졌다. 상일의 뒷모습을 바라보며 정 형사는 허탈하게 중얼거렸다.

"저 친구 몸에서 구린내가 진동하는데도 모두가 코를 막고 있었어. 결국 우리가 KO패한 거지."

상일은 집을 향해 달리고 또 달렸다. 두 눈에서 하염없이 굵은 장대비가 흘러내렸다.

"강 실장님, 저 나왔어요. 실장님이 시킨 대로 했지요. 변호사를 선임해 주셔서 너무 고마워요. 이 은혜는 평생 잊지 않겠습니다."

"아닙니다. 가족을 위한 당신의 희생이 지금의 결실을 맺은 것입니다. 당신은 참으로 좋은 아버지십니다."

상일은 비록 고생은 했지만 그 대가로 일생의 돈을 거머쥐었다. 그가 경찰서로 출두해 구치소에서 석방되기까지는 약 75시간이다. 시간당 260만 원짜리 피 말리는 알바를 한 셈이다. 그런 면에서 상일은 막판에 운 좋게 뛰어든 행운아라고 볼 수 있다. 내일 그는 세상에서 가장 따뜻한 새해를 맞이할 것이다.

현우는 그와 통화한 휴대폰을 부러뜨렸다. 이제 이 사건은 영원히 미제로 남을 것이다. 동수는 어릴 때 폭력 전과가 한 번 있었고 동인은 깨끗하다. 만약 그들이 이와 유사한 전과가 있었다면 현우는 처음부터 가담도 안 했을 것이다. 어떤 사건이 발생하면 수사기관은 맨 먼저 동종 전과자를 용의선상에 올려놓기 때문이다. 이 사건은 날고 긴다는 사채업자의 등을 친 특이한 사기 사건이라 경찰의 범죄 유형 파일에 1순위로 올라가 있을지도 모른다. 또한 이 사건이 살인이나 강도처럼 강력범도 아니고 그 흔한 경제사범이므로 몽타주를 배포하기는 드물 것이다. 그러나 거액의 사기 사건이라 장담할 수는 없다. 그럴 경우 CCTV에 흐릿하게 찍힌 동수의 모습은 지명수배 전단지에 실릴 수도 있다. 최악에 그가 검거된다 하더라도 현우와는 연결고리가 없기에 걱정할 필요는 없다.

"동수도 괜찮아야 할 텐데…."

어느새 현우는 안쓰러운 표정으로 바뀌었다.

복 사장은 사무실 안으로 선뜻 들어가지 못하고 문 앞에서 서성거렸다. 엊그제 사건이 터져 10억이 날아갔다. 그래서 전주인 박후자의 불호령이 무서워 결근하고 지금 출근했다.

"이거 큰일이네. 저년 성질에 가만히 있지 않을 텐데."

두 사람 사이는 말이 내연 관계이지 주인마님과 머슴이나 매한가지였다. 그가 문을 빠끔히 열고 고개를 내밀었다. 순간 손에 쥘 수 있는 온갖 집기들이 복 사장을 향해 날아왔다.

"이 빙신아, 내가 안전빵인 사채를 하자고 했잖아!"

"언제는 잔고증명이 돈 회전도 빠르고 더 벌어서 좋다더니…."

"시끄러워! 이제 나도 거지가 되었단 말이야. 네 장기를 팔아서라도 빨리 채워 넣어!"

후자가 의자를 번쩍 들어 그에게 던졌다. 복 사장은 혼비백산하여 줄행랑을 쳤다.

"그나저나 찜질방에서 잘 돈도 없는데 어떡하나. 이 엄동설한에 공원에서 잘 수도 없고 말이야."

복 사장은 리어카에서 굽는 붕어빵 냄새에 입맛을 쩍쩍 다셨다.

27
영원한 동반자

12월 29일 (토)

창밖을 바라보는 수혜의 눈에는 수심이 가득했다. 현우에게 은행 대출이 거절되었다는 말을 들어서다. 가만 보니 그녀는 며칠 사이 꽤나 야위었다.

"정말 안 되는 건가요? 다른 방법은 없나요?"

절실한 바람이 수포로 돌아간 것에 금방이라도 눈물이 쏟아질 것 같았다. 현우는 안주머니에서 봉투를 꺼내 조심스럽게 내놓았다.

"수혜 씨가 대출이 안 되어 제가 대신 받았어요. 금액은 같을 겁니다. 일단 급한 대로 이 돈을 쓰세요."

이어 개구쟁이처럼 말했다.

"이자를 연체하시면 압류에 들어갑니다."

수혜는 급한 불을 껐다는 안도감에 가슴을 쓸어내렸다.

"실장님, 정말 감사해요. 이 고마움은 결코 잊지 않을게요."

어느새 그녀의 눈가에 이슬이 맺혔다. 진한 감동에 흐느끼는 소리가 잔잔한 파도처럼 퍼졌다. 현우는 살포시 손수건을 건넸다. 그리고 그녀의 감정이 가라앉자 밑자락을 깔았다.

"수혜 씨, 혹시 피아노 교습소에 운전기사가 필요하지 않습니까? 이래봬도 제가 1종 면허에 무사고 경력입니다. 이제부터 우리는 영원한 동업자가 아닙니까? 또 수혜 씨가 바쁘면 제가 대신 어머님을 모시고 병원에 가고 동생과 놀아 줄 수도 있거든요."

그녀의 답변을 기다리는 현우의 마음은 조마조마했다. 수혜는 볼에 홍조를 띠고는 고개를 끄덕였다. 커피숍을 나왔을 때 두 사람은 다정한 사이가 되었다.

"저기 잠깐만 앉았다 갈래요?"

현우가 놀이터 벤치를 가리켰다.

"처음 수혜 씨를 봤을 때 제 마음이 어땠는지 아십니까?"

"네?"

"그 순간 제 마음은 골절이 되었지요."

"전치 몇 주가 나왔는데요?"

"곧 중환자실로 갔답니다."

서로의 위트에 분위기가 화기애애해졌다.

"수혜 씨, 제 좌우명이 뭔지 아세요?"

"무엇인데요?"

"버나드 쇼의 묘비명입니다. '우물쭈물하다가 내 이렇게 될 줄 알았다.' 바로 이겁니다."

"그래서 용기를 내어 제게 들이민 거네요."

"빙고!"

그녀는 풋 웃었다.

"사막은 오아시스가 있어서 아름답다고 하잖아요. 마침내 저는 오아시스를 찾았습니다."

"어떻게요?"

"제 곁에 오아시스가 있잖아요."

수혜는 부끄러운 듯 그의 옆구리를 가볍게 쳤다.

"저는 당신이 좋아요."

"왜 저예요?"

"사람을 좋아하는 데 무슨 이유와 시간이 필요합니까?"

"그래도 봄, 여름, 가을, 겨울 사계절은 겪어야 하지 않을까요?"

"나는 마음이 끌리는 데 3초밖에 안 걸렸거든요. 당신에게요."

현우는 용기를 내어 그녀의 손을 슬며시 잡았다.

솜사탕 같은 따스함이 전해져 왔다. 사랑의 맥박이 뛰기 시작했다. 가로등 불빛이 그녀의 검은 눈동자에 담겼다.

"우리 그냥 사랑할까요? 재치기와 사랑은 숨길 수 없다고 하잖아요."

"…."

"해야 할 말을 하지 않는 것도 거짓말이래요."

"네. 사랑해요."

그의 입이 수혜의 이마에 살짝 닿았다 천천히 아래로 내려왔다. 두 사람은 서로의 입술을 탐닉했다. 그녀의 어깨 너머로 마지막 잎새들이 바람에 춤추고 있었다. 현우는 집을 향해 총총 뛰어가는 그녀의 뒷모습을 바라보며 성탄절의 추억이 새록새록 떠올랐다.

그날 그는 수혜에게 전화를 걸었다.

"저에게 커피 한 잔 빚진 거 잊지 않으셨지요?"

"네."

이래서 두 사람은 데이트를 했다. 어쩌면 그녀의 입장에서는 거절하면 대출을 못 받을 수도 있다는 불안감에 응했는지도 모른다. 경춘선을 타고 청평역에서 내려 한적한 커피숍으로 들어갔다. 이 세 번째 만남에서 수혜는 자신의 형편을 고백하였다.

"그중 한 곳은 힘들 거예요. 전에 그 은행에 대출 보증을 선 적이 있었는데 다 갚지를 못했거든요."

대출 상담을 하면서 이렇게 말한 연유를 알 수 있었다.

"저희 아버지는 대기업에서 재하청을 받아 기계를 생산하는 회사를 운영했어요. 아버지는 다시 여러 곳의 하청을 거느리고 있었지요. 어느 날 아버지에게 하청을 준 회사의 사장이 공금을 가지고 잠적했어요."

대기업인 원청에서는 하청 회사에 결재를 다 했으므로 책임이 없다고 했다. 수혜 아버지가 하청을 준 업체들에서는 난리가 났다. 그래서 아버지를 돕기 위해 그녀가 은행 보증을 선 것이다. 하청입자들에 의해 재산은 압류되었고 살던 집마저 경매로 넘어갔다. 그동안 남부럽지 않게 살던 가족은 거리에 나앉을 정도로 비참하게 바뀌었다. 그때 그녀는 대학교 피아노과 3학년이었다고 했다.

그해 겨울 설상가상으로 아버지가 숨지는 사고가 발생했다. 그 일로 아버지는 상심한 마음을 달래려 술을 과하게 마셨다. 그리고 취중에 자동차 전용 고가도로를 걷다가 추락사한 것이다. 전적으로 아버지의 과실이라 보상도 전혀 받지 못한 채 사건은 종결되었다.

"목격자들의 한결같은 진술이 혼자 비틀거리다가 아래로 떨어졌다는 거예요. 아버지가 사고를 당한 날은 눈이 엄청 내렸지요. 그 이후로 저는 눈이 싫어졌어요."

졸지에 그녀는 당뇨병으로 신장 투석을 받는 어머니와 어린 동생을 부양해야 하는 가장이 되었다. 그래서 졸업까지 1년 남은 학기도 안타깝게 마치지 못했다고 한다. 그 후로 피아노 학원에 취업하여 그동안 식구를 돌보고 있었다.

현우는 그녀의 과거사를 듣는 내내 누나를 떠올리며 가슴이 저렸다.

'두 사람은 어쩌다 똑같은 아픔을 겪었을까?'

언제부턴가 수혜에게서 느끼는 이미지와 향기가 누나와 닮았다고 생각했다. 그래선지 사랑의 감정이 더욱 샘솟았다.

그녀는 해바라기처럼 활짝 웃으며 말했다.

"그래도 저는 하나님께 감사하고 있어요. 엄마의 병이 더 이상 악화되지 않고 동생도 건강하게 잘 자라니까요. 또 보습학원을 하면 지금보다 환경이 나아지잖아요."

커피숍을 나왔을 때 밤하늘에서 함박눈이 내리고 있었다.

그러고 보니 그녀가 사무실을 방문했던 날도 적게나마 눈이 날렸다. 스카이라운지 창가에서는 세차게 부딪쳤다. 오늘도 여지없이 눈이 오고 있다.

"이제부터 당신은 눈을 좋아하게 될 거예요. 우리가 만난 날에는 늘 눈이 내렸으니까요."

눈송이가 점점 커지고 있었다.

12월 30일 (일)

현우와 누나는 요양병원을 향해 걸었다.
"정말 1등에 당첨이 되었단 말이야?"
"그렇다니까."
그는 지갑에서 로또를 꺼내 누나의 눈앞에 펼쳐 보였다. 로또 용지 여섯 자리 숫자에 빨간색으로 동그라미가 그려져 있었다. 이것은 현우가 임의로 표시한 것이다.
"봐! 봐! 진짜지? 전에 내가 길몽을 꾸었다고 했잖아."
그녀가 숫자를 암기할까 봐 빠르게 주머니에 넣었다.
누나는 벌린 입을 다물지 못하고 눈물을 찔끔거렸다.
"당첨 수령액이 12억이라고 그랬니?"
어제 저녁에 로또 추첨이 끝나자마자 전화로 알렸었다. 그 회차의 1등 당첨금이 18억으로 33%를 공제하면 약 12억이다. 얼추 이 금액에 맞춰야 돈의 출처에 대해 의심을 피할 수 있다. 그는 거액이 생겼다는 명분을 아무리 머리를 쥐어짜도 적당한 묘안이 떠오르지 않았다. 막말로 은행을 10번 털어도 불가능한 돈이다. 그래서 무식하지만 이 방법을 동원했고 꿈 이야기로 완성도를 높였다.
"누나에게 10억을 줄 테니 집도 사고 반찬 가게도 해."

"아니야. 누나는 괜찮으니 그 돈으로 얼른 장가가서 행복한 가정을 꾸려. 그게 엄마도 바라는 소망일 거야."

현우는 눈시울이 붉어졌다. 순간 누나와 수혜의 얼굴이 겹쳐져 보였다.

"벌써 누나 통장으로 입금했어."

그는 성큼성큼 앞장서 걷다가 뒤를 돌아보았다. 누나는 그 자리에 서서 끝없이 울고 있었다.

현우는 그런 누나를 보며 중얼거렸다.

"그래. 여러 사람이 행복해질 수 없는 진실은 묻히는 게 좋은 거야."

"치매 증상이 더 이상 악화되지 않고 있으니 이 정도만 유지하면 괜찮을 것 같습니다."

요양비를 밀리지 않고 누나가 자주 문병을 와 의사는 친절했다.

"엄마, 복 사장과 돼지 엄마를 기억해?"

"그럼 알지."

"얼마 전에 그 사람들을 만났는데 옛날에 엄마에게 돈을 꾼 적이 있다며 갚았어. 그것도 이자까지 더해서 말이야."

"그래? 정말 고마운 사람들이네."

다행히 엄마의 머릿속에는 그들이 악인으로 각인되어 있지 않았던 모양이다.

"엄마, 나는 그 돈으로 우리 가족이 함께 살 멋진 집을 살 거야. 좋지?"

"나야 더더욱 좋지."

세 사람의 어깨에 포근한 눈송이가 쌓이고 있었다.

28
작업의 정석

12월 31일 (월)

벌써 이 피시방이 10번째다. 이제 마지막 엔터를 치면 18억 정도가 이체된다. 이 돈은 슈킹 금액 35억 중 이체하려고 남겼다. 수십 개의 통장에 수천만 원씩을 분산하였다. 그 이유는 한 개의 통장에 거액을 입금해 놓았다가 지급 정지를 당하면 이 계획은 실패하기 때문이다.

이 작업은 심사숙고했다. 잘못하면 18억이 사라지는 것은 물론 사고가 발생할 수 있다. 돈을 분산한 통장은 되도록 무지한 손님의 것으로 선택했다. 이 사람들은 사고 후 대출을 포기하여 사무실에서 만든 통장에 관심이 적어 통장 정지의 조치를 취하지 않을 거란 생각에서나. 이들에게는 미안했지만 더 큰 명분으로 정당화했다.

다행히 돈은 그대로였다. 다음은 송금 문제로 고민을 거듭했다. 돈을 전부 현금으로 찾는다면 그들에게 보낼 수 있는 방법이 없다. 자신의 통장으로 입금해서 이체한다는 것은 자살 행위나 다름없다. 그렇다고 직접 만나서 줄 수도 없는 노릇이 아닌가! 그래서 결국 이 계책을 세웠다. 복불복이었지만 별도리가 없었다.

또 현우가 피시방을 옮겨 다니면서 이체하는 데는 까닭이 있었다. 그것은 뜻밖의 돈이 입금되어 있으면 그들 중 겁이 나서 경찰에 자진신고를 할 수도 있다. 당장 궁핍한 형편에 견물생심이라 그럴 확률은 적겠지만. 그러면 경찰은 순식간에 현우 자리의 IP 위치를 추적하여 피시방을 급습할 것이다.

먼저 명의대여자인 다섯 명에게 천만 원씩을 더 이체했다. 그녀들은 이 사건으로 몇백만 원의 벌금이 나오기 때문이다. 수고비에서 이 벌금을 내게 하여 배신감을 줄 수는 없었다. 어쩌면 이들이 대출 손님들보다 훨씬 힘든 상황일 수도 있다. 오죽하면 위험을 감수하면서까지 그 일을 했겠는가! 현우는 개개인의 사정을 모른다. 아니 일부러 물어보지 않았다. 그때는 냉정해져야 한다고 결심한 것이 이제와 돌이켜 보니 후회가 되었다.

자판기 옆의 A4 용지에는 이름과 입금 은행, 계좌번호가 빼곡히 적혀 있었다. 대출 광고가 게재된 후 보름이 넘는 동안 하루에 세 명 이상을 상담했다. 거의 사정이 딱했지만 그중에서도 당장 발등에 불이 떨어진 40여 명을 선별하여 12억 정도를 입금했다. 그들은 고통스러운 현실의 거센 파도를 헤쳐 나가려 애쓰고 있었다. 조금만 도와주면 고비를 넘겨 평범한 삶을 살 수 있는, 또 재기할 수 있는 성실한 사람들이었다. 더욱이 자신보다 가족과 이웃을 위해서 희생하려는 마음을 지녔다. 이어 사무실에 설치한 유선전화 명의인의 통장으로 전화 요금을 이체시켰다. 한결 기분이 좋아졌다. 아마도 죄책감에 얼마라도 보상을 했다는 반대급부의 심정이 작용했으리라.

그는 담배를 물고 라이터를 켰다. 타오르는 불꽃 속에 성당의 붉은 종탑이 보였다. 수혜를 세 번째 만난 날 커피숍에서 그녀의 과거사를 들은 후, 두 사람은 청평역으로 향했다.

언뜻 시골의 아담한 성당이 눈에 띄었다. 성탄절이라 마당에 트리를 감싼 꼬마 전구들이 반짝이고 있었다.

"실장님, 신앙이 있으세요?"

그녀의 의도를 간파한 현우가 능글맞게 말했다.

"수혜 씨가 믿는 하나님을 앞으로 저도 한번 믿어 볼까 합니다."

지금까지 대화로 그녀가 독실한 천주교 신자인 것을 눈치채고 있었기에 점수를 따려는 립 서비스였다. 그는 여기서 한 걸음 더 나갔다.

"초등학교 때 친구가 성당 가면 달걀을 준다고 해서 사심으로 따라간 적이 있어요. 아마 부활절인 거 같아요. 저는 몰래 두 개를 받았지요."

"저도 그랬어요. 두 개는 기본이에요."

수혜는 그의 기분을 맞추려 호응했다.

미사 시간이 되었는지 성경책을 손에 든 사람들이 안으로 들어가고 있었다. 그녀가 생글거리며 말했다.

"지금 저와 함께 미사를 드린다면 다음 데이트 신청을 받아들일게요. 선택은 실장님 자유예요."

현우는 눈 한번 질끈 감으면 밑지지 않은 장사라는 계산이 나왔다. 성당 안은 엄숙하면서도 따뜻했다. 특히 창문마다 다양한 동심의 그림들이 새겨진 스테인드글라스가 차가운 마음을 녹일 듯 매우 인상적이었다.

두 사람은 뒷좌석에 나란히 앉았다.

수혜는 핸드백에서 하얀 미사보를 꺼내 머리에 썼다. 그러자 그녀에게서 수녀처럼 순결과 거룩함이 묻어났다. 곧 찬양과 기도가 이어졌다. 그녀는 두 손을 모으고 무언가를 옹알거렸다. 그 모습이 무척이나 간절해 보였다. 현우는 어색한 분위기에 몸이 근질근질했다. 그러다 불현듯 단상 위 십자가로 눈이 갔다. 그 십자가에는 고개가 축 처진 머리에 가시면류관을 쓴 예수님이 양 손바닥과 발등에 대못이 박힌 채 최후를 맞이하는 형상이 있었다. 창에 찔린 옆구리에서는 피가 철철 흘러내렸다.

　그 순간 평소에 느끼지 못했던 감정이 솟구쳤다. 그것은 명의대여자와 대출 손님들의 눈물이 예수님의 피눈물과 일치한다는 것이다.

　간암 말기 아들의 수술비가 없어 절규하던 중년 여자.

　대기업의 진출로 터전에서 밀려나 손 세차장을 운영해서라도 가족의 생계를 책임지려는 카센터 부부.

　조명으로 특허 등록까지 받았지만 기계 살 돈이 없어 재기를 못하여 낙담하는 신용불량자 아저씨.

　거래처의 부도로 평생 마련한 집까지 팔아 빚잔치를 하였지만 그래도 건강함에 감사하며 청소 프랜차이즈를 하려는 중년 부부.

　당뇨병으로 실명된 눈의 통증을 치료할 겨를도 없이 자식들의 뒷바라지가 급하다는 트럭 아저씨.

　베트남에서 한국 남자의 사랑만을 믿고 타국으로 와 온갖 멸시를 당하다 뇌종양까지 걸린 이국 여성.

　자전거 대리점이라는 한 가닥 꿈으로 하루빨리 가정으로 돌아가 처자식에게 속죄하고 싶다는 노숙자 아저씨.

자식에게만은 자신처럼 밑바닥 인생을 물려줄 수 없다며 울부짖던 택시 기사.

교도소에서 나와 10여 년을 돌보지 못했던 중학생인 막내딸에게 꼭 함께 살자고 손가락을 걸었다는 전과자 아저씨.

장애로 인한 차별로 소외당하는 장애인들의 보금자리를 마련하기 위해 남은 생을 바치려는 파랑새 집 할아버지.

만성 신부전증의 딸을 살리려 자신의 신장을 떼어 주며 1,000분의 1의 기적 같은 조직 적합성이라는 판정을 받았으나 돈이 없어 희망이 절망으로 바뀌려는 어머니.

이들의 절규와 십자가에 매달려 울부짖는 예수님의 목 내음은 같았다. 그는 갈등이 일었다. 머릿속에서 악마와 천사가 열렬히 싸우기 시작했다. 악마가 끊임없이 속닥였다.

"어림없는 소리 하지도 마. 어떻게 움켜쥔 건데. 절대 포기하면 안 돼!"

이 결정은 그가 위험을 무릅쓰고 작업을 선택했을 때보다도 훨씬 어려웠다. 자기 소유를 내려놓는다는 것이 이렇게 힘든 줄은 몰랐다. 그것은 당연했다. 지금껏 가진 것이 없었기 때문이다. 이때 그는 십자가를 보며 난생처음 기도라는 걸 했다. 천사의 음성이 들려왔다.

"현우야, 너도 얼마 전까지 그들과 똑같은 처지였잖아? 나는 네가 선한 사람이란 걸 믿어."

드디어 결심을 굳혔다. 시간이 흐를수록 마음이 평안해졌다.

'난 신을 안 믿어. 왜? 한 번도 내 기도를 들어준 적이 없었거든.'

이제까지의 신념이 무너지는 순간이었다.

미사를 마치고 나오면서 현우가 물었다.

"수혜 씨는 세례명이 뭐예요?"

"마리아예요."

현우는 수혜의 세례명이 그녀의 캐릭터와 딱 어울린다고 생각했다.

"저는 삭개오로 하고 이제 본격적으로 예수님을 믿어 볼까 합니다."

"정말요? 그런데 세례명을 삭개오로 하는 특별한 이유라도 있나요?"

"그, 그건… 성경 속 인물 중에 제가 아는 사람은 삭개오밖에 없거든요."

그의 이 대답은 어릴 적 성당에서 유일하게 들은 강론 이야기를 떠올린 것이다. 삭개오는 식민지 동족에게 세금을 강제 징수하여 지배국인 로마 당국에 바치는 세리장이다. 또한 그는 부를 축적하기 위해서라면 동족을 등쳐 먹는 일도 서슴지 않았고 탐욕과 위선으로 얼룩진 수전노였다. 어느 날 삭개오는 자기 마을에 예수가 지나간다는 소문을 들었다. 그러나 키가 작아 군중에 휩싸인 예수를 볼 수가 없어 뽕나무로 올라갔다. 그때 예수가 말을 걸어 왔다.

"삭개오야, 속히 내려오너라. 내가 오늘 네 집에 거하겠노라."

동족의 미움과 멸시를 받던 그는 예수께 인정받은 것에 감격하여 자신의 죄를 고백하며 이렇게 선포한다.

"주여, 내 소유의 절반을 가난한 자들에게 나눠 주겠으며 만일 누구의 것을 속여 빼앗은 일이 있으면 네 배로 갚겠습니다."

갑자기 왜 성경의 이 일화가 떠올랐을까? 그것은 지금 자신이 삭개오와 별반 다르지 않다는 것과 일말의 양심의 가책을 느껴서라고 생각했다. 그 어떠한 대의를 내세워도 남의 돈을 빼앗고 친구를 배신한 사실은 부인할 수 없기 때문이다. 불쌍한 이웃을 돕겠다고 재물을 훔친 로빈 후드의 행동이 과연 선행일까? 아니, 이것은 명백한 어불성설이 아닌가?

어느새 눈이 멈추었는지 밤하늘에 별들이 가득했다.
"수혜 씨, 알퐁스 도데의 '별'을 아세요?"
"네. 학생 때 읽었어요."
"거기 양치기가 바로 저예요."
"그러면 저는 주인 아가씨인 스테파네트인가요?"
그녀는 선홍색 잇몸을 드러내며 환하게 웃었다.
"짝사랑도 사랑이니까 간직할 추억이 있다는 것만으로도 행복하잖아요."
"정말 그러네요."
"세상에 우연은 없는 거래요. 인생에서 일어나는 모든 일에는 다 이유가 있지요. 오늘도 지나 보면 이유 있는 하루라고 봐요."
"실장님은 유머스러우면서도 감성적이네요."
"수혜 씨 앞에서만 척하는 거예요."
현우는 이 분위기를 놓치면 안 될 것 같았다. 그래서 우회적으로 사랑의 진도를 조금 더 나갔다.
"누군가를 좋아하기 전에는 서로 다르다는 것에 끌리지요. 그런데 이후에는 그 다름에 힘들 수도 있어요. 그 다름을 서로 인정하고 이해해야만 비로소 하나가 될 수 있지 않을까요?"
"실장님은 진정한 휴머니스트 같아요."
"게다가 로맨티스트이기도 하지요. 그래서 저는 괴테의 이 시구를 좋아합니다."

"어떤 건데요?"

"태양이 바다에 미광을 비추면 나는 당신을 생각한다. 희미한 달빛이 샘물 위에 떠 있으면 나는 당신을 그리워한다… 저도 괴테처럼 바다의 반짝임만 봐도 눈부신 당신을 떠올리거든요."

그녀는 현우의 멘트에 감동한 듯 부드러운 미소로 화답했다.

저 멀리 청평역 지붕의 불빛이 보였다. 역 앞 푸드트럭에서 고소한 냄새가 퍼졌다. 현우는 뛰어가 핫도그를 사서 그녀에게 건네고는 숨을 골랐다.

"괜찮으세요?"

"이 정도는 완전 껌입니다. 어서 드세요."

"요즘 살이 쪄서…."

"맛있게 먹으면 0칼로리라고 하잖아요."

"그러면 10개 먹을래요."

입을 오물거릴 때마다 보조개가 춤을 추었다. 반쯤 먹다 그녀가 말했다.

"집 근처에 맹아 학교가 있어요. 저는 그 학생들이 지팡이에 의존해 더듬거리며 등교하는 모습을 매일 보아요. 그때마다 그들을 위해, 그리고 동생이 건강한 것에 늘 하나님께 감사의 기도를 드려요."

그녀는 자신이 처한 현실을 부정하기보다 긍정적으로 받아들이고 있었다. 현우는 왠지 부끄러웠다. 수혜가 그의 완고한 집착을 서서히 무너뜨렸다. 그리고 결심을 더욱 굳건하게 해 주었다. 이 순간 그녀는 현우에게 있어 삭개오가 예수를 만난 거나 마찬가지였다. 청량리역에 도착했을 때 두 사람은 MT를 다녀온 대학생처럼 즐거웠다.

어제 그는 시영을 만났다.
"시영 씨와 선영 씨가 대출 신청한 것이 아쉽지만 안 되었어요. 그래서 제가 대신 대출을 받았어요. 빨리 가게 빚을 갚고 나머지는 미용자격증을 취득할 때까지 선영 씨와 함께 쓰도록 해요. 나는 곧 중국으로 일하러 가니 이제 연락이 안 될 거예요."

현우는 5천만 원을 내밀었다. 그리고 선영에게는 이 돈을 비밀로 하라고 신신당부했다. 동수의 귀에 들어갈 수 있어서다. 시영은 눈물을 한없이 흘렸다.

"현수 오빠, 너무너무 고마워요."

그녀는 현우의 가슴에 얼굴을 파묻고 울고 또 울었다.

"참 좋은 인연이란 시작이 좋은 인연이 아니라 마지막이 좋은 인연이에요."

그녀는 헤어짐을 예감이라도 한 듯 이 말을 유난히 강조했었다. 시영과의 이별은 이렇게 끝났다.

곧이어 희현을 만났다. 그녀도 가족의 생계를 짊어진 가장으로 어려운 형편이었다. 또한 이 작업의 성공에 큰 일조를 했기에 보답하는 것이 도리다. 물론 희현은 사건의 진실을 모르지만. 그녀에게도 중국을 핑계 대면서 3천만 원을 건넸다. 희현은 울음을 터뜨렸다. 흘러내리는 두 줄기 눈물이 그칠 줄 몰랐다. 현우는 그녀의 훌쩍이는 어깨를 한동안 감싸

주었다. 인연을 필연으로 만들려 그토록 몸부림치던 희현과의 작별도 여기서 마무리되었다.

"아주머니의 통장에 3천만 원이 있을 거예요. 아드님의 간암 수술비로 쓰세요. 이 돈은 갚지 않아도 됩니다. 그럼 끊습니다."

"김수잔 씨. S은행 통장으로 2차 수술비 포함해서 5천만 원이 입금되었을 겁니다. 즉시 뇌종양 수술을 받으세요. 그리고 이 돈은 잊어버리세요. 예수님께서 당신의 기도에 응답해 주셨다고 생각하세요."

"조석기 씨의 통장에 3천만 원이 있으니 확인해 보세요. 인테리어 사무실을 얻으시고 따님들과 행복하게 사시길 바랍니다. 이 돈은 천천히 갚으셔도 됩니다."

"사장님, H은행으로 5천만 원이 들어갔을 겁니다. 그 돈으로 조명 기계를 사세요. 이 돈은 안 갚아도 됩니다. 대신 돈을 많이 벌면 어려운 이웃을 도와주세요."

"트럭 아저씨, 강 실장입니다. 5천만 원이 J은행으로 입금되었을 겁니다. 유류저장고 공사를 시작하세요. 이 돈은 훗날 형편이 나아지면 좋은 곳에 쓰세요."

"파랑새 할아버지, K은행에 3천만 원이 입금되어 있을 거예요. 당장 재봉틀을 신형으로 바꾸세요. 돈은 안 갚으셔도 돼요. 하나님께서 할아버지의 착한 마음을 아셨나 봐요."

"아주머니, 통장에 4천만 원이 있을 거예요. 빨리 따님의 수술부터 하세요. 분명 기적이 일어나서 완치될 거예요. 돈 갚는 것은 신경 쓰지 마시고요."

이어 카센터 사장에게 4천만 원을, 청소 프랜차이즈 부부에게 3천만 원을, 자전거 아저씨에게 3천만 원을, 택시 기사에게 4천만 원을 이체했다. 11명에게 송금한 돈이 얼추 4억이 넘었다.

마지막으로 현우는 돈을 보냈던 40여 명의 사람들에게 방금 통화한 내용과 비슷한 문자를 전송했다. 그는 작성한 문자에 '대출금'이란 용어를 쓰지 않았다. 대출금이라면 송금처가 은행으로 찍혀야 하는데 대출 손님의 이름으로 보냈으니 모순이 생긴다. 졸지에 이들은 현우 대신 자선사업가의 역할을 한 셈이다. 그런데 분명한 것은 경찰이 증발한 잔고증명 돈의 흐름을 끝까지 추적한다는 것이다. 얼마 후 돈의 종착지는 드러난다. 만약 출처를 모르는 돈을 임의로 소비하였다면 자기 것이 아니므로 횡령죄가 성립한다. 하지만 이들은 입금된 돈을 썼다고 형사처벌을 받지 않는다. 이 상황은 얼굴 없는 천사에게 무상증여를 받은 거나 같기 때문이다. 현우가 보낸 문자 메시지가 그 증거가 될 것이다. 11명도 통화내역이 있기에 마찬가지다. 이렇게 현우는 자신의 개입을 완전히 차단했다.

마침내 18억 정도의 이체가 끝났다.

"대출은 늦어도 12월 말까지 될 겁니다."

이로써 그는 상담한 손님들과의 약속을 지켰다. 태어나서 처음으로 뿌듯함을 느꼈다. 마치 자기가 등대지기라도 된 듯싶었다. 한 달 전만도 난파선에서 표류한 선원으로 폭풍 속을 헤매던 자신이 아니었던가!

작업 후 열흘이 지났다. 그의 예상대로 수혜는 경찰에 소환되지 않았다. 주머니에서 실명 폰을 꺼냈다.

"수혜 씨, 강현우입니다."

얼마 만에 떳떳이 불러 보는 나의 이름인가!

"지금 원생들을 태울 승합차를 보러 자동차 영업소에 갈 건데 같이 가실래요?"

"네. 현우 씨, 함께 가요."

어느새 그는 '실장님'에서 '현우 씨'로 바뀌었다. 먹색 하늘에서 눈이 내리기 시작했다.

'이제 그녀도 분명 눈을 좋아하게 될 거야.'

이어 중얼거렸다.

"나는 사채업자 슈킹뿐만 아니라 연애도 완벽하게 성공했다. 이게 바로 작업의 정석이란 것이다."